HEDWIG COURTHS-MAHLER

Allen Gewalten zum Trotz

HEDWIG COURTHS MAHLER

Allen Gewalten zum Trotz

WELTBILD VERLAG

Genehmigte Lizenzausgabe für
Weltbild Verlag GmbH, Augsburg 1998
© 1988 by Gustav Lübbe Verlag GmbH, Bergisch Gladbach
Einbandgestaltung: Peter Engel, München
Umschlagfoto: Superbild, München
Gesamtherstellung: Presse-Druck Augsburg
Printed in Germany
ISBN 3-86047-936-9

I

Lore Darland steckte ihrer schönen Stiefschwester Hilde Hartung noch eine Blume aus Silberbrokat an der Schulter fest.

»So, Hilde, nun bist du fertig. Gefällt dir das Kleid, das ich dir gearbeitet habe?«

Hilde drehte sich, wohlgefällig ihr eigenes Bild betrachtend, vor dem Spiegel herum. Ohne auf Lores Frage zu antworten und ohne ein Wort des Dankes für die viele Arbeit, die sich Lore wieder, wie so oft, mit ihr gemacht hatte, fragte sie schließlich, der Schwester einen koketten Blick zuwerfend:

»Bin ich schön, Lore?«

Diese seufzte ein wenig, mußte aber dann doch lachen.

»Du weißt ganz genau, daß du schön bist, aber du mußt kokettieren, und wenn es mit deiner Schwester ist! Ich habe dich gefragt, ob dir das Kleid gefällt.«

»Ja doch, Lore, alles, was du arbeitest, gelingt dir. Es sieht wieder aus wie aus einem ersten Modeatelier, sonst würde ich es doch nicht tragen. Aber nun sag, bin ich schön?«

»Nun ja doch, Hilde, wunder-wunderschön, wie immer«, erwiderte Lore aufrichtig und neidlos.

Hilde zog Lore zu sich heran und stellte sich neben sie vor den Spiegel. Lore war gewiß auch ein erfreulicher Anblick in ihrem schlichten und doch vornehm wirkenden weißen Kleid, das sie sich gleichfalls selber genäht hatte, wovon aber kein Mensch etwas wissen sollte. Niemand durfte ahnen, daß die Tochter des Professors Darland für sich, die Stiefschwester und auch für die Stiefmutter alle Kleider selber anfertigte. Hilde behauptete, sich die Augen aus dem Kopf schämen zu müssen, wenn die Leute wüßten, daß sie selbstgeschneiderte Kleider trug.

Ja, Lore war auch hübsch und elegant; das weiße Kleid fiel von dem lang herabreichenden Gürtel aus in weichen Falten an ihrer jugendschönen, schlanken Gestalt herab. Ihr Gesicht trug feine, liebliche Züge, und das nußbraune Haar war von einer aparten Schattierung. Auch wunderschöne braune Augen hatte sie. Aber das alles bemerkte niemand, wenn sie neben der faszinierenden Stiefschwester stand. Da verblaßten alle ihre zarten, stillen Reize. Das wußte Hilde, und es machte ihr immer Vergnügen, die Stiefschwester gewissermaßen als Folie zu benutzen, sogar, wenn sie mit ihr allein war, denn Hilde war maßlos eitel.

Lore kannte die Schwester ganz genau, wußte, daß diese sich jetzt, wie so oft, daran weidete, soviel glänzender und schöner zu sein als sie. Es kränkte sie aber nicht. Ein leichtes, überlegenes Lächeln spielte um ihren Mund.

»Nun, Hilde, hast du wieder einmal festgestellt, daß ich dir das Wasser nicht reichen kann?«

Hilde lachte.

»Ach, weißt du, Lore, heute ist es mir ganz besonders wichtig, alle anderen auszustechen!«

»Warum gerade heute?« fragte Lore mit einer leisen Unruhe, die sie verbarg.

Hilde zupfte an der Brokatblume.

»Heute muß es zur Entscheidung kommen, heute muß sich Richard Sundheim endlich erklären.«

Lore wandte ihr erblaßtes Gesicht schnell ab.

»Liebst du ihn denn, Hilde?« fragte sie heiser vor unterdrückter Erregung.

Hilde lachte, ein schrilles, kaltes Lachen.

»Unsinn, ich werde nicht sterben, wenn er nicht Ernst macht. Aber er ist eine sehr vornehme, interessante Erscheinung, und alle Frauen sehen nach ihm. Das reizt mich natürlich, aber selbstverständlich nur, weil er der Erbe seines reichen Onkels ist. Das gibt den Ausschlag.«

»Oh, nur darum? Wirklich nur darum?« fragte Lore, und es klang wie ein Seufzer.

»Ja, du kleines Schäfchen, ich will hier aus der Misere heraus, will eine glänzende Partie machen, um die mich alle beneiden. Das ist alles. Aber heute muß sich Sundheim entscheiden, länger kann ich den anderen nicht hinhalten.«

»Hilde!«

Es klang wie ein Aufschrei. Hilde wandte sich der erblaßten Schwester zu und lachte hart auf.

»Oh, Lore, wie entsetzt du aussiehst! Du bist wirklich ein kleines Schaf und wirst nie lernen, mit deinem Leben fertig zu werden. Warum denn dieses Entsetzen?«

Mit bebender Hand strich Lore sich das Haar aus der Stirn.

»Warum nimmst du dann nicht gleich den anderen? Das ist doch Frankenstein, nicht wahr? Der ist schon reich, braucht nicht erst zu erben und macht keinen Hehl daraus, daß er dich liebt.«

Hilde drehte sich wieder selbstgefällig vor dem Spiegel.

»Ja, ja, Frankenstein habe ich sicher am Bändchen für den Fall, daß Sundheim nicht endlich Ernst macht. Ich brauche nur zu wollen, das weiß ich. Aber Frankenstein ist mir widerwärtig. Sundheim gefällt mir, und um ihn werden sie mich alle beneiden. Wähle ich Frankenstein, dann beneiden sie mich auch, aber nur um seinen Reichtum, nicht um seine Person. Deshalb ist mir Sundheim lieber, wenn er auch erst seinen reichen Onkel beerben muß. Wir werden aber auch vorher in Gorin ein sehr glänzendes Leben führen, bis der Alte mal tot ist. Sundheim sieht fabelhaft aus und ist vornehm bis in die Fingerspitzen. Aber er zögert mir zu lange, wohl weil er sich nach seinem Onkel richten muß. Wenn der Alte doch tot wäre!«

Lore sah die Stiefschwester mit großen, entsetzten Augen an. »Wie kannst du so reden, Hilde, wie kannst du den Tod eines Menschen wünschen?«

Hart lachte Hilde auf.

»Davon stirbt er ja nicht! Der Alte ist doch ganz überflüssig. Heute wird er übrigens zum Eintrachtsball kommen. Richard Sundheim hat es mir gesagt, und ich glaube, es geschieht meinetwegen. Der Alte will mich wahrscheinlich kennenlernen. Soviel ich aus Richards Anspielungen entnehme, hat er seinem Onkel bereits gestanden, daß er mich liebt und heiraten will, und nun wird der Alte mich erst sehen wollen, ehe er seinen Segen gibt. Und siehst du, deshalb will ich heute besonders schön sein. Halt mir also den Daumen, Lore, heute wird es sich entscheiden, ob ich Frau Sundheim oder Frau Frankenstein werden soll. Man sollte immer wenigstens zwei Eisen im Feuer haben, das mußt du dir merken.«

Lore sanken die Arme schlaff herab, sie hätte bittere Tränen weinen mögen — um Richard Sundheim, der sicher unglücklich werden mußte an Hildes Seite. Aber — er sah in Hilde das Glück seines Lebens, das wußte die arme Lore.

Jetzt trat, ehe Lore noch etwas erwidern konnte, Frau Professor Darland ein, Hildes Mutter und Lores Stiefmutter.

»Seid ihr fertig?« fragte sie.

»Ja, Mama, Vater auch schon?« fragte Lore.

»Ja, ja, er wartet schon, schnell, nehmt eure Mäntel um.«

»Sieh mich erst an, Mama, bin ich schön?« fragte Hilde, sich vor der Mutter drehend.

Ein stolzer Blick aus den Augen ihrer Mutter flog über sie

hin. »Ja, Hilde. Das Kleid ist reizend, und dies lichte Blau hebt deine blonde Schönheit.«

Befriedigt nahm Hilde den blauen Samtmantel um, den ihr Lore ebenfalls gearbeitet hatte. Er paßte in der Farbe genau zu dem Kleid. Frau Professor Darland sah nun mit pflichtgemäß prüfendem Blick auch über Lore hin. »Mein Gott, Lore, willst du nicht wenigstens eine farbige Blume anstecken, du siehst so blaß aus, und dies eintönige Weiß! Du wirkst gar so farblos, irgend etwas Buntes müßtest du zum Aufmuntern haben. Jetzt sind satte Farben modern.«

»Laß nur, Mama, auf mich achtet ja doch niemand.«

»Daran bist du aber selbst schuld, Lore. Du bist doch ein hübsches Mädchen, hast so etwas Apartes und Vornehmes. Wenn du auch neben Hilde nicht aufkommen kannst, so könntest du doch mehr Erfolg bei den Herren haben, wenn du nur ein wenig liebenswürdiger und entgegenkommender sein wolltest.«

Lores Mund zog sich herb zusammen.

»Nein, Mama, das Entgegenkommen liegt mir nicht«, sagte sie ruhig.

»Mein Gott, das hat aber heutzutage jedes Mädchen nötig, wenn es nicht eine alte Jungfer werden will. Mit Hilde darfst du dich nun mal nicht vergleichen, die hat etwas so Faszinierendes, was die Männer anlockt, und braucht nichts dazu zu tun. Aber du mußt schon etwas tun, wenn du einen Mann bekommen willst.«

Lores Gesicht bekam einen gequälten Zug. Solche Ermahnungen ihrer Stiefmutter hatten etwas unsagbar Peinliches für sie. »Es eilt mir nicht, Mama«, sagte sie ein wenig schroff.

»Ich bitte dich, Lore, mit zweiundzwanzig Jahren hat man nicht mehr viel Zeit zu verlieren.«

Lore erwiderte nichts, und die Stiefmutter ging, gefolgt von Hilde, aus dem Zimmer. Lore warf schnell ihren dunklen Mantel um und trat mit hinaus auf den schmalen Korridor. Da stand ihr Vater wartend. Er sah sehr müde und abgearbeitet aus, aber das merkte niemand als Lore.

»Seid ihr endlich fertig? Der Wagen wartet schon eine Ewigkeit. Das kostet unnötig Geld.«

»O weh, Papa hat wie gewöhnlich, wenn er mit uns ausgehen soll, schlechte Laune«, spottete Hilde.

Lore legte aber ihre Hand auf des Vaters Arm.

»Verzeih, lieber Vater, daß wir dich warten ließen. Du siehst so müde aus und hast sicher bis zur letzten Minute gearbeitet.«

Professor Darland sah etwas beruhigt auf seine Tochter herab. Er hatte nach dem Tod von Lores Mutter ein zweites Mal geheiratet. Seine zweite Frau war Witwe gewesen und hatte ein kleines Töchterchen, aber sonst nichts mit in die Ehe gebracht. Hilde war im gleichen Alter mit seiner Tochter. Lore stellte sich von Anfang an gut mit Stiefmutter und Stiefschwester, sie war kaum zwölf Jahre damals. Um dem Vater den häuslichen Frieden zu erhalten, kam sie den beiden freundlich entgegen, aber niemand ahnte, wie das tief veranlagte, feinfühlige Geschöpf unter der kalten Oberflächlichkeit von Hilde und ihrer Mutter litt. Sie sprach nie darüber, am wenigsten mit dem Vater, den sie sehr liebhatte.

Wie so viele, hatte auch Professor Darland in der Inflation sein Vermögen verloren, das seine zweite Frau verlockt hatte, ihn zu heiraten. Und seither galt er für Mutter und Tochter nicht eben viel, obwohl er mit Anspannung aller seiner Kräfte für sie sorgte. Er war jetzt nur auf sein Gehalt als Gymnasialprofessor angewiesen, und da er schon achtundfünfzig Jahre war, stand ihm eine baldige Pensionierung mit vermindertem Einkommen bevor. Das machte ihm viele Sorgen, denn seine Frau und seine Stieftochter waren nicht gerade anspruchslos. Er suchte durch das Schreiben von wissenschaftlichen Artikeln, die er unter einem Pseudonym herausgab, sich ein Nebeneinkommen zu verschaffen, aber da er dabei keine seiner Pflichten vernachlässigen wollte, mußte er sich über Gebühr anstrengen. Lore sorgte sich sehr um ihn und suchte ihm zu helfen, wo sie nur immer konnte.

Lore hatte vor zwei Jahren von einer Schwester ihrer Mutter, die sich nach Holland verheiratet hatte und keine Kinder hinterließ, eine kleine Erbschaft gemacht. Fünfundzwanzigtausend Gulden, also ungefähr vierzigtausend Mark, hatte sie geerbt. Wenn sie den Vater in Sorge wußte, bot sie ihm immer wieder von diesem Geld an. Aber der Professor lehnte jedesmal entschieden ab.

»Das ist für dich, Lore, und ich bin so froh, daß du diesen Notgroschen hast. Vielleicht brauchst du das Geld einmal sehr nötig, denn heutzutage ist es für ein Mädchen schwer, einen Mann zu bekommen, der für sie sorgt. Ich würde es als eine Sünde ansehen, wenn ich von diesem Geld auch nur einen Pfennig annehmen würde. Du hilfst mir ja schon dadurch, daß du die Zinsen benutzt, um alle deinen Bedürfnisse, deine Garderobe und dergleichen zu bestreiten. Ich bin somit der Sorge um dich enthoben und brauche nur noch für Mama und Hilde alles Nötige herbeizuschaffen — obwohl du ein größeres Anrecht daran hättest als Hilde, die doch nur meine Stieftochter ist.«

So mußte Lore darauf verzichten, dem Vater auf diese Weise zu helfen, und mußte mit ansehen, wie er sich plagte, um Hildes und der Mutter Ansprüche zu befriedigen. Deshalb benutzte sie ihr großes Talent, die reizendsten Kleider nach der neuesten Mode anzufertigen, um dem Vater eine Sorge abzunehmen.

Außerdem schrieb sie die Manuskripte ihres Vaters auf der Schreibmaschine ab und half ihm, wo sie nur immer konnte. Gewissenhaft sorgte sie dafür, daß er über die Arbeit Essen und Trinken nicht vergaß. So waren ihre Tage reichlich mit Arbeiten aller Art ausgefüllt, zumal sie auch im Haushalt tüchtig mit zugriff, während ihre Stiefmutter und Hilde ziemlich träge waren und Lore immer noch mehr aufbürdeten, statt ihr etwas abzunehmen. Liebevoll führte sie nun den Vater zu dem unten wartenden Wagen, in dem Frau Professor Darland mit ihrer Tochter schon Platz genommen hatten.

Der Wagen hielt nach einiger Zeit vor dem Klubgebäude der »Eintracht«. Ihr gehörten alle guten Familien der Stadt an, und der große Ball, den die »Eintracht« neben verschiedenen anderen Festlichkeiten jedes Jahr veranstaltete, war unbedingt das glänzendste gesellschaftliche Ereignis des Winters. Man mußte einfach dabeigewesen sein, wenn man etwas auf sich hielt.

Die breite, nach den Garderoberäumen führende Marmortreppe war schon sehr belebt. Und als Professor Darland mit seinen Damen abgelegt hatte und mit ihnen in die große Vorhalle trat, wurde Hilde gleich von einer Anzahl junger Herren mit Beschlag belegt. Unter diesen zeigte sich am interessiertesten ein großer, starker Herr von etwa vierzig Jahren, mit einem roten, etwas gewöhnlichen Gesicht und einem lärmend jovialen Wesen. Das war der reiche Fabrikant Ernst Frankenstein, der am Stadtpark die schöne Sandsteinvilla besaß, nur im eigenen Auto fuhr und eine der begehrtesten Partien der Stadt war. Bisher war es noch keiner Dame gelungen, seine Freiheit ernstlich zu gefährden; das war Hilde Hartung vorbehalten gewesen.

Lore blieb in dem Trubel ziemlich unbeachtet. Sie stand an der Seite ihres Vates und sah ruhig zu, wie Hilde umworben wurde. Richard Sundheim war noch nicht unter den Verehrern Hildes zu sehen, Hilde wußte, daß er erst später, nach der großen Tafel, die dem Ball vorangehen sollte, mit seinem Onkel eintreffen würde. Der alte Herr Sundheim, der reiche Großgrundbesitzer, war ein Sonderling, ging nie in große Gesellschaft und hatte sich auch bei seinem Neffen ausbedungen, daß er nach der Tafel kommen würde und dann nur oben auf dem Balkon sitzen wollte, wo sich wenig Menschen aufzuhalten pflegten. Er hatte keine Lust, sich in dem Festtrubel zu langweilen.

Lore hätte es nur von einem weh getan, wenn sie gesehen hätte, daß er sich in Hildes Nähe drängte, und dieser eine war Richard Sundheim. Aber sie wußte, daß ihr das nicht erspart werden würde, wenn auch dieser junge Herr erst nach der Tafel eintraf.

Sie liebte Richard Sundheim, seit sie ihn zum erstenmal gesehen hatte, mit der ganzen starken Innerlichkeit ihres Wesens. Aber kein Mensch ahnte etwas von dieser Liebe, sie verschloß sie tief in ihrem Herzen. Am wenigsten hätte Richard Sundheim selbst etwas davon ahnen können, denn er beachtete Lore kaum neben ihrer schönen Schwester, für die ihn eine starke Leidenschaft erfüllte.

Hildes Verehrer suchten von ihr die Erlaubnis zu erhalten, sie zu Tisch führen zu dürfen, aber Hilde warf Herrn Frankenstein einen koketten Blick zu.

»Soviel ich mich erinnere, meine Herren, habe ich das schon Herrn Frankenstein zugesagt«, sagte sie.

Es war zwar nicht der Fall gewesen, aber Ernst Frankenstein war nicht der Mann, eine solche Chance ungenützt zu lassen. Stolz blickte er um sich, ein Sieger.

»Freilich, freilich — Fräulein Hartung hat mir diese Ehre bereits zugesagt«, erklärte er eifrig.

Hilde gab sich den Anschein, als glaube sie wirklich, dies Versprechen gegeben zu haben; das verpflichtete noch zu nichts; aber sie konnte während der Tafel ihre Netze ungestört nach Ernst Frankenstein auswerfen, da Richard Sundheim erst nach der Tafel kam. Sie blieb ihrem Grundsatz, immer zwei Eisen im Feuer zu halten, damit treu. Nach der Tafel würde sie sich um so ungestörter Richard Sundheim widmen, ohne daß sich Frankenstein über Vernachlässigung beklagen konnte. Einer von beiden mußte heute zur Strecke

13

gebracht werden. Ihre anderen Verehrer kamen nicht in Frage. Von ihnen war keiner reich genug, um ihr begehrenswert zu scheinen. Hilde benutzte sie nur als wirkungsvolle Staffage.

Während Hilde bei der Tafel Ernst Frankenstein durch ihre Koketterie halb um den Verstand brachte, ohne sich dabei nur im geringsten zu binden, saß Lore still und blaß auf ihrem Platz, unterhielt sich freundlich, aber ziemlich geistesabwesend mit einem jungen Ingenieur, der sie zu Tisch geführt hatte, und sah abwechselnd unruhig nach Hilde und nach der Eingangstür zum Festsaal, durch die endlich, vor vor Schluß der Tafel, Richard Sundheim mit seinem Onkel trat. Sie wurden nicht beachtet, nur Hilde und Lore sahen sie kommen und bemerkten, daß Richard Sundheim seinen Onkel sogleich zu der neben dem Eingang befindlichen, zum Balkon führenden Treppe geleitete. Der alte Herr stützte sich auf einen Stock, und sein Neffe war ihm behilflich.

Lore klopfte das Herz bis zum Hals hinauf, aber niemand merkte ihr die geringste Erregung an.

Während die Tafel aufgehoben und der Festsaal für den Ball von vielen flinken Dienerhänden gerichtet wurde, trat Richard Sundheim auf Hilde Hartung zu. Mit strahlenden Augen kam er ihr entgegen. Lore sah es, sah daß Hilde ihn ebenso anstrahlte und daß sie dann seinen Arm nahm, um sich von ihm in einen der Nebenräume führen zu lassen. Unweit von Lore stand Ernst Frankenstein, der das auch gesehen hatte und der nun aus allen Himmeln gestürzt schien.

Lore wußte, fühlte, daß Richard Sundheim jetzt das entscheidende Wort zu Hilde sprechen würde; ihr schwer und bang klopfendes Herz verriet es. Sie brauchte alle Kraft, um ruhig zu scheinen, um mit ihr gleichgültigen Menschen sprechen zu können.

II

Durch den Festsaal glitten die Paare zu den Klängen der Musik im Tanz dahin. Rings um den Saal auf erhöhten Sitzen hatten die Mütter und einige Väter ihren Platz, um der Jugend beim Tanz zuzusehen. Auch die Nebenräume hatten sich gefüllt. Nur oben auf dem Balkon blieb es leer; lediglich ab und zu kam einmal jemand herauf, um einen Blick in den Saal zu werfen.

Der alte Herr Sundheim wurde also wenig gestört. Er konnte mit Muße das Leben und Treiben unten im Saal beobachten. Aber seine Augen hefteten sich immer wieder auf ein sehr interessantes junges Paar, hauptsächlich auf die Tänzerin. Das war die schöne Hilde Hartung, und der interessant und vornehm wirkende Herr, der sie führte, war Richard Sundheim, sein Neffe, der ein so glückstrahlendes Gesicht zeigte, daß der alte Herr da oben ironisch auf ihn hinabsah.

Er war längst über das Alter hinaus, wo einem Mann eine Frau noch gefährlich werden konnte. Sehr gefährlich waren ihm die Frauen niemals gewesen, vielleicht, weil er nie viel Glück bei ihnen gehabt hatte. Sein krankhaft gelbliches Gesicht zuckte zuweilen nervös. Er stützte sich auch beim Sitzen auf seinen Stock und machte den Eindruck eines unfrohen, verknöcherten Menschen.

Keinen Blick ließ er von dem interessanten jungen Paar, das auch von vielen anderen Festteilnehmern beobachtet wurde. Dabei bemerkte er sehr wohl, daß Hilde Hartung auch für andere junge Herren kokette Blicke und ein ebensolches Lächeln zeigte. Eine grimmige Genugtuung lag auf dem Gesicht des alten Mannes. Der eingekniffene Mund preßte sich noch mehr zusammen.

Drüben an der Tür zu einem der Nebenräume stand Ernst Frankenstein und beobachtete ebenfalls Richard Sundheim und seine Tänzerin, und eine wütende Eifersucht fraß an seinem Herzen. Es tröstete ihn nicht, daß ihm Hilde zuweilen einen verführerischen Blick zuwarf, er merkte doch, daß Richard Sundheim mehr Chancen hatte als er. Und sein Blick flog hinauf zu dem alten Herrn, den er mit Richard Sundheim hatte kommen sehen.

»Der Erbonkel also«, sagte er grimmig vor sich hin. Und plötzlich zuckte es in seinen Augen auf wie ein böser Entschluß. Hilde hatte ihm bei der Tafel lächelnd erzählt, daß der alte Sundheim, der Herr von Borin, heute abend hier sein würde und daß Richard Sundheim sie gebeten habe, sie seinem Onkel vorstellen zu dürfen. Das hatte sie ganz leichthin gesagt, aber Frankenstein wußte, was es für sie zu bedeuten hatte, wußte, daß er nicht eher Hoffnung auf ihren Besitz haben würde, bis Richard Sundheim als Nebenbuhler unschädlich gemacht worden war. Und er war fest entschlossen, das zu tun, denn er war wahnsinnig in die schöne Hilde verliebt, so verliebt, daß er ihr seine so lange gehütete Freiheit opfern wollte.

Es war offenes Geheimnis in der Stadt, daß Richard Sundheim der einzige Erbe seines Onkels sein würde und daß er ganz abhängig von ihm war. Dank seiner Aussichten war er eine glänzende Partie, der einzige in der Stadt, der es mit ihm, Frankenstein, aufnehmen konnte, denn er wußte, daß Hilde sich nur teuer verkaufen würde. Das beeinträchtigte aber seine Liebe durchaus nicht, er war selbst eine so wenig feinfühlige und delikate Natur, daß er es nicht hätte verstehen können, wenn dieses schöne Mädchen sich nicht nach einem glänzenden Rahmen für ihre Schönheit umsah. Und diesen Rahmen konnten ihr hier am Ort nur er und Richard Sundheim bieten, letzterer allerdings nur, wenn er seinen Onkel beerbte.

Wenn!

Dieses Wenn stand plötzlich vor ihm wie eine Erleuchtung, wie eine Eingebung. Ein Plan war blitzschnell in ihm aufgetaucht, wie er seinen Nebenbuhler unschädlich machen könnte. Er war dem alten Sundheim ganz unbekannt, sah ihn heute zum ersten Mal — und auch dieser kannte ihn nicht, und darauf baute er seinen Plan.

Ohne langes Überlegen ging er unauffällig durch den Saal zu der Treppe, die zum Balkon hinaufführte, und setzte sich wie von ungefähr in dieselbe Loge, in der Heinrich Sundheim saß, hinter diesen, so daß er von unten nicht gesehen werden konnte.

Heinrich Sundheim sah sich mit nicht gerade liebenswürdiger Miene nach dem Störer seiner Einsamkeit um. Frankenstein verneigte sich und murmelte undeutlich irgendeinen Namen und fuhr in der liebenswürdigsten Weise fort:

»Sie gestatten, daß auch ich hier Platz nehme und dem Tanz zuschaue?«

Der alte Mann rückte etwas beiseite.

»Bitte, diese Loge steht jedem frei — ebenso wie alle anderen«, sagte er grämlich und dachte bei sich, daß dieser Herr ebensogut anderswo hätte Platz nehmen können.

Ernst Frankenstein machte ein harmlos-freundliches Gesicht. »Ist ja hundeleer hier oben, deshalb habe ich mir erlaubt, neben Ihnen Platz zu nehmen, man will doch ein Wort sprechen, wenn man zuschaut.«

Heinrich Sundheim brummte etwas Unverständliches in seinen Bart. Er war nicht hier, um sich mit einem wildfremden Menschen zu unterhalten, sondern nur, um sich dieses Fräulein Hilde Hartung einmal anzusehen, von dem ihm sein Neffe eine begeistere Schilderung gemacht hatte. Er sollte es ihm im Lauf des Abends dann auch vorstellen, wenn er es erst eine Weile beobachtet hatte. Richard hatte ihm gesagt, welche Tänze er mit Hilde zu tanzen gedenke, und daß sie ein blaues Kleid tragen würde.

Frankensteins Plan hatte bereits ganz feste Gestalt angenommen, und deshalb ließ er sich durchaus nicht durch die unfreundliche Art des alten Herrn abschrecken.

»Man kann von hier oben dem Tanz viel besser zuschauen als von unten, mein Herr.«

»Sie sind doch noch zu jung, um sich mit dem Zuschauen zu begnügen.«

»Aber doch schon alt genug, um nicht unbedingt dabei sein zu müssen. Ich sehe viel lieber zu, zumal wenn gut getanzt wird; und einige Paare tanzen vorzüglich.«

»Ach, diese moderne Tanzerei ist doch nicht etwa schön? In meiner Jugend tanzte man anders«, stieß der alte Herr ärgerlich hervor.

Frankenstein lachte scheinbar harmlos.

»Ich ziehe allerdings auch einen Walzer vor, aber zuweilen ist es doch ein Genuß, einem der Paare zuzusehen. Bitte, betrachten Sie mal zum Beispiel das schöne junge Paar da unten, die Dame trägt ein blaues Kleid mit einer silbernen Blume an der Schulter. Der Herr ist schlank und vornehm und ein vorzüglicher Tänzer. Ein schönes Paar, nicht wahr, und sie tanzen vorzüglich, finden Sie nicht auch?«

»Hm, ja, sehr schön«, brummte der alte Herr, ohne zu verraten, daß dieser schlanke, vornehme Tänzer sein Neffe war und die Dame ein Fräulein Hartung, das sein Neffe heiraten wollte.

Frankenstein hatte das nicht anders erwartet, es wäre ihm ein Strich durch die Rechnung gewesen, wenn sich ihm der alte Herr zu erkennen gegeben hätte. Scheinbar harmlos fuhr er fort:

»Ist überhaupt ein sehr interessantes Paar. Sie möchten gern heiraten, aber da lebt noch ein greulicher alter Erbonkel des jungen Mannes, auf dessen Tod die beiden jungen Leute schmerzlich warten.«

Heinrich Sundheim zuckte leise zusammen, und wenn er vorgehabt hätte, zuzugeben, daß der junge Herr da unten sein Neffe war, so behielt er es nun erst recht für sich. Sein Gesicht bekam einen seltsam gespannten Ausdruck und sah noch verkniffener aus, aber er sagte scheinbar harmlos:

»So, so, ein alter Erbonkel ist da im Wege?«

Frankenstein bemerkte befriedigt, daß der Alte die Ohren spitzte.

»Ja, ja, der junge Herr, ein Herr Sundheim, mit dem ich bekannt bin, hat es mir selbst gesagt. Sein Onkel ist ein alter Trottel, ein alter Tyrann und Nörgler, der reine Menschenfeind, der seinen armen Neffen scheußlich unter Druck hält. Richard Sundheim seufzt unter der Tyrannei des Alten, und man kann es ihm nicht verdenken, daß er seinen Tod herbeisehnt, zumal er wohl erst dann die schöne junge Dame heimführen kann, wenn der Alte tot ist. Sie wird sich wohl dafür bedanken, ebenfalls unter die Tyrannei des alten Menschenfeindes zu geraten, sie will selbst Herrin des großen Gutes sein, das jetzt noch dem Alten gehört: Dieser soll auch ein großes Barvermögen besitzen, aber seinen Neffen hält er scheußlich knapp. Na ja, das haben alte Erbonkels so an sich, die sitzen auf ihren Geldsäcken, bis ihre Erben schwarz werden. Zum Glück ist der Erbonkel immer leidend, und sie hoffen, daß er es nicht mehr lange macht. Man kann es Richard Sundheim wirklich nicht verdenken, wenn er den Tod seines Onkels herbeisehnt, der seinem Glück doch nur im Wege steht.«

In den Augen Heinrich Sundheims flackerte es unheimlich. Er beschloß, den fremden Herrn noch mehr auszuhorchen, um hinter die ganze Niedertracht seines Neffen zu kommen.

»Ist es nicht ein wenig herzlos von diesem jungen Herrn, den Tod seines alten Onkels herbeizusehnen?«

Befriedigt bemerkte Ernst Frankenstein, daß der Fisch an der Angel zappelte. Nun galt es, den Groll des alten Herrn noch mehr zu schüren.

»Was wollen Sie, wenn man verliebt ist und zu wählen hat zwischen einer schönen jungen Dame und einem alten, widerwärtigen Onkel. Ich kann es verstehen. Er möchte gern bald heiraten und seine junge Frau nicht in Gefahr bringen, mit ihm zusammen unter die Tyrannei seines Onkels zu geraten.«

»So, so, und das hat Ihnen dieser Herr Richard Sundheim alles anvertraut?«

»Selbstverständlich nur unter dem Siegel der Verschwiegenheit. Ich hätte eigentlich nicht davon sprechen sollen, hm — ja! Aber Sie sind ja ein Fremder in dieser Stadt, sonst würde ich Sie kennen, wir kennen uns ja hier alle untereinander. Und Bekannte scheinen Sie auch nicht hier zu haben, sonst säßen Sie nicht so allein hier oben.«

»Ganz recht, ich bin nur auf der Durchreise hier, wohne im Hotel nebenan und wollte bloß eine Weile hier zusehen.«

Frankenstein triumphierte innerlich.

»Etwas Ähnliches dachte ich mir. Sie müssen nun nichts Schlechtes von dem jungen Sundheim denken, es ist sonst ein sehr charmanter junger Mann, aber daß er seinen Onkel haßt, kann man verstehen, er hat es ja danach getrieben. Und wenn man jemanden von ganzem Herzen haßt, sehnt man auch seinen Tod herbei. So ist es eben in der Welt, die Alten stehen den Jungen im Weg. Und unser modernes Zeitalter weiß nicht viel mit den Alten anzufangen.«

Es zuckte unheimlich in dem Gesicht des alten Herrn.

»Also der tyrannische Erbonkel, dessen Tod von diesem jungen Paar so heiß gewünscht wird, ist vollkommen überflüssig?« fragte er mit beißender Ironie.

Frankenstein lachte scheinbar harmlos.

»Vollständig, er kann nichts Besseres tun, als recht bald abzufahren und seinem Neffen all sein Hab und Gut zu hinterlassen. Dazu sind ja alte Erbonkel schließlich da.«

Ein finsterer Blick zuckte aus den Augen des alten Herrn zu Frankenstein hinüber.

»Vergessen Sie nicht, daß Sie auch einmal alt werden und dann vielleicht auch ein Erbonkel sind.«

»Ausgeschlossen, ich werde dafür sorgen, daß ich Kinder habe, denen ich mein Vermögen hinterlassen kann.«

Während die beiden Herren so immer eifriger und erregter miteinander gesprochen hatten, bemerkten sie nicht, daß eine schlanke, weißgekleidete, junge Dame die Treppe heraufgekommen war und erstaunt Ernst Frankenstein neben Heinrich Sundheim sitzen sah. Es war Lore Darland. Mit Frankenstein hier oben zusammenzutreffen, war ihr unangenehm, denn er war ihr sehr unsympathisch. Deshalb wandte sie sich sogleich um und ging wieder hinab in den Saal.

Lore gehörte nicht zu den jungen Damen, die als Tänzerin eifrig begehrt wurden. Ihr stilles und sehr zurückhaltendes Wesen ermutigte die jungen Herren nicht. Und ihr lag auch nichts daran, sich mit irgendeinem gleichgültigen Menschen im Tanz zu drehen. Sie war es längst gewohnt, immer hinter ihrer schönen, glänzenden Schwester zurückstehen zu müssen. Sie war hinaufgegangen auf den Balkon, weil sie annahm, daß da oben nur wenige Menschen sitzen würden, die gleich ihr nicht tanzen wollten. Sie sehnte sich nach einem stillen, ungestörten Plätzchen, wo sie ihren traurigen Gedanken nachhängen konnte. Ihr armes Herz war so schwer. Sie hatte mitansehen müssen, wie Richard Sundheim Hilde mit heißen, strahlenden Augen angesehen, wie er ihr glückstrunken die Hand geküßt hatte. Er liebte Hilde — großer Gott, wie sehr liebte er sie; und sie? Sie ließ es sich gnädig gefallen, ohne diese Liebe zu erwidern. Kalt und herzlos, nur in ihrer Eitelkeit geschmeichelt, stand sie ihm gegenüber und spielte noch jetzt mit dem Gedanken, ob sie sich ihm oder Frankenstein zu eigen geben sollte.

Das bedrückte Lore unsagbar. Ruhig hätte sie der Schwester das große Glück an Richard Sundheims Seite gegönnt, wenn sie ihn wirklich geliebt hätte. Hätte ihr das Herz dabei auch noch so weh getan, sie hätte sich mit dem Gedanken getröstet, daß Hilde Sundheim glücklich machen würde. Nur glücklich sollte er werden. Und das wurde er bestimmt nicht an Hildes Seite, so viel kannte sie ihn. Hilde war so maßlos eigennützig, liebte nur sich selbst, sah alle Dinge nur daraufhin an, ob sie ihr Nutzen brachten, und war kaltherzig. Richard Sundheim mußte das eines Tages erkennen und würde dann sehr unglücklich werden, das wußte Lore gewiß. Und es machte ihr das Herz schwer, weil sie ihn nicht vor diesem Unglück bewahren konnte.

Sie dachte nicht darüber nach, was Ernst Frankenstein wohl so eifrig mit Richard Sundheims Onkel zu debattieren gehabt hatte, sie war nur schnell wieder davongegangen, weil sie fürchten mußte, daß Frankenstein sie ansprechen und wohl gar mit dem alten Herrn Sundheim bekannt machen würde. Und das hätte Hilde sicher übelgenommen.

So war sie froh, daß sie ungesehen von den beiden Herren entwischen konnte. Sie begab sich zu ihrer Stiefmutter, die zum Glück in eine eifrige Unterhaltung mit einigen anderen älteren Damen vertieft war und ihr somit nicht immer wieder peinliche Ratschläge geben konnte, wie sie Tänzer heranzuziehen vermöge. Ihre Augen suchten Hilde und Richard Sundheim. Sie gingen jetzt, nachdem der Tanz beendet war, Arm in Arm durch den Saal und hatten anscheinend einander viel zu sagen.

Jetzt begann ein neuer Tanz, und Lore sah, wie Frankenstein plötzlich neben den beiden auftauchte und Hilde um diesen Tanz bat, den sie ihm wohl vorher schon versprochen hatte. Lächelnd verabschiedete sich Hilde von Richard und tanzte mit Frankenstein. Dieser hatte, nachdem er sein Gift in die Ohren des alten Herrn geträufelt hatte, jenen verlassen mit dem Bemerken, daß er jetzt einen Pflichttanz absolvieren müsse.

Lore versuchte Richard Sundheim mit den Augen zu ver-

22

folgen, aber er verschwand in der Menge. Plötzlich stand er vor Lore und bat sie um diesen Tanz. Sie zuckte leicht zusammen, erhob sich aber dann mit ruhiger Freundlichkeit. Sie wußte genau, daß er sie nur engagierte, weil sie Hildes Schwester war, sonst hätte er sie wohl kaum beachtet. Ein wehes Lächeln umspielte ihren Mund. Richard sah dieses Lächeln und blickte zum erstenmal etwas genauer in Lores Gesicht. Unbewußt hatte er sie schon immer sympathisch gefunden, aber seine Liebe zu Hilde ließ ihm keine Zeit, sich länger als Augenblicke mit einem anderen weiblichen Wesen zu beschäftigen. Dennoch war es ihm ein angenehmer Gedanke, eine so nette Schwägerin zu bekommen, und es drängte ihn plötzlich, ihr anzuvertrauen, was sein Herz jetzt bewegte.

»Ihr Herr Onkel ist mit Ihnen gekommen, Herr Sundheim? Ich sah Sie wenigstens mit einem alten Herrn ankommen und vermute, daß es Ihr Herr Onkel ist, man sieht ja den alten Herrn sonst nie in der Stadt«, sagte Lore, sich zu einem unbefangenen Thema zwingend.

»Ja, mein gnädiges Fräulein, es ist mir endlich einmal gelungen, ihn aus seinem Bau herauszulocken. Ihnen gegenüber will ich kein Geheimnis daraus machen, daß ich damit einen bestimmten Zweck verfolgte. Ich habe meinem Onkel gesagt, daß ich Ihre Schwester Hilde liebe und sie zu meiner Frau machen möchte. Da ich aber von meinem Onkel abhängig bin, wollte ich mich nicht eher öffentlich verloben, bis mein Onkel meine zukünftige Frau nicht wenigstens einmal gesehen hätte und ich sie ihm vorstellen konnte. Ich werde ja später mit meiner jungen Frau auf Gorin leben, also im Haus meines Onkels, und so war ich ihm schon soviel Rücksicht schuldig.«

»Das ist zu verstehen«, sagte Lore, sich zur Ruhe zwingend.

»Nicht wahr? Ich habe nun heute Hildes Jawort erhalten und bin sehr glücklich. Nach diesem Tanz, den sie Herrn

23

Frankenstein versprochen hatte, will ich sie zu meinem Onkel hinaufführen und sie ihm als meine Braut vorstellen. Mein Onkel sitzt oben auf dem Balkon, er kann sich nicht entschließen, sich in den Festtrubel zu mischen. Er ist fast immer ein wenig leidend und lebt sehr zurückgezogen, so hat er mir ein großes Opfer damit gebracht, mich hierher zu begleiten.«

»Ich glaube, daß ihm das ein Opfer war; für alte Herrschaften ist so ein Ball mehr oder weniger eine Strapaze; mein Vater bringt uns auch ein Opfer, wenn er uns begleitet.«

»So werden Sie auch meinen Onkel verstehen. Er ist ein Sonderling geworden, aber ich bin ihm großen Dank schuldig, er hat mir schon viele Wohltaten erwiesen. Es tut mir um ihn leid, daß er so menschenscheu und verbittert ist. Leider kann ich ihm gar nicht helfen.«

»Der alte Herr ist sehr zu bedauern, daß er trotz all seines Reichtums so wenig Freude am Leben hat«, sagte Lore mit ihrer weichen, dunklen Stimme.

Der Klang dieser Stimme wirkte seltsam beruhigend und wohltätig auf Richard Sundheim, der doch ein wenig nervös war, weil heute die Entscheidung über sein Lebensglück fallen sollte.

»Sie haben recht, er ist ein sehr bedauernswerter Mensch. Irgendwelche schweren Ereignisse in seiner Jugend haben sein Leben verdüstert. Aber ich hoffe sehr, daß er nun etwas aufleben wird, wenn Hilde erst mit mir in Gorin lebt. Ihrem Zauber kann doch kein Mensch widerstehen, sie ist ein so warmherziges, entzückendes Geschöpf und so heiter und lebensfroh. Ich bin fest davon überzeugt, daß sie meinen Onkel zu einem ganz anderen Menschen machen wird, sie wird ihm von ihrem Liebesreichtum ein wenig abgeben, und dem wird er nicht widerstehen können.«

Lore wurde das Herz immer schwerer. Sie wußte, daß Richard Sundheim sehr, sehr bald von Hildes Charakter

24

enttäuscht sein würde. Jetzt spielte sie ihm eine reizende Komödie vor, wie immer, wenn sie einen Menschen gefangennehmen wollte, aber bald würde sie diese Komödie als überflüssig und anstrengend beiseite lassen.

»Hoffentlich wird Hilde alle Ihre Wünsche erfüllen«, sagte sie nur.

»Oh, davon bin ich fest überzeugt. Im Anfang wird sich ja mein Onkel noch sehr zurückhalten. Wir, Hilde und ich, werden im Seitengebäude des Herrenhauses von Gorin wohnen. Es ist sehr groß und geräumig. Mein Onkel bleibt im Mittelbau für sich, und wir werden uns nur sehen, wenn er es will. Es ist vielleicht so am angenehmsten für Hilde. Sie muß nicht das Gefühl haben, daß sie von Onkels Laune abhängig ist. Und sie ist auch mit allem einverstanden. Ein wenig fürchtet sie sich anscheinend vor meinem Onkel, aber das wird sich verlieren, wenn sie erst merkt, daß er nur scheu und verbittert ist, aber kein böser, schlechter Mensch. Ich verdanke ihm unendlich viel. Er nahm sich, als ich verwaiste, meiner großmütig an und hat mich sogar zu seinem Erben eingesetzt. Das wird es Hilde leicht machen, ein wenig Geduld mit ihm zu haben. Schon mir zuliebe wird es ihr leicht werden, meinen Sie nicht auch?«

Lore hielt einen Seufzer zurück. Sie wußte, wie wenig Geduld Hilde mit anderen Menschen hatte.

»Sicherlich wird Hilde vernünftig sein, Herr Sundheim«, sagte sie leise, um ihn nicht betrüben zu müssen.

Und doch hatte sie das Gefühl, als betrüge sie ihn, als müsse sie ihn warnen, als begehe sie ein Unrecht, daß sie ihm nicht die Augen öffnete über Hildes wirklichen Charakter.

Aber durfte sie das tun? Würde sie damit nicht verraten, wie es um sie selber stand? Nein — kein Wort sollte über ihre Lippen kommen, das ihn aus seinem Glückshimmel riß. Sie mußte ruhig zusehen, wie der Mann, dem ihre ganze Seele gehörte, unerhört belogen und betrogen wurde.

Der Tanz war zu Ende, und Richard Sundheim führte Lore zu ihrer Mutter zurück. Sie trafen mit Hilde und Frankenstein zusammen. Frankenstein hatte Hilde wieder mit Feuereifer den Hof gemacht und war ziemlich deutlich geworden. Aber obwohl Hilde schon Richard Sundheim ihr Jawort gegeben hatte, ließ sie sich das gefallen. Sie hielt es immer noch für ratsam, das zweite Eisen im Feuer zu halten, denn man konnte nicht wissen, wie sich der alte Herr da oben ihr gegenüber verhielt, wenn Richard sie ihm vorstellte. Keineswegs war sie gesonnen, sich irgendwelche Tyrannei von ihm gefallen zu lassen. Erst mußte sie wissen, ob es ihr genehm sein würde, unter einem Dach mit Heinrich Sundheim zu leben, ehe sie Frankenstein vor den Kopf stieß.

Mit einem mehr als verheißungsvollen Lächeln verabschiedete sie Frankenstein, als sie bei ihrer Mutter angelangt waren. Er ging scheinbar ruhig von dannen, obwohl er sich fieberhaft erregt fühlte bei dem Gedanken daran, wie das in das Ohr des älteren Sundheim geträufelte Gift wirken würde.

Nachdem sich Richard Sundheim dankend vor Lore verneigt hatte, trat er auf Hilde zu.

»Willst du jetzt mit mir hinaufkommen zu meinem Onkel, Hilde?« fragte er sie mit leiser Stimme, weil noch niemand hören sollte, daß er sie du nannte.

Hilde seufzte ein wenig, sah Richard aber mit einem betörenden Blick an.

»Nun ja, einmal muß es doch sein, Richard.«

»Du mußt dich nicht ängstigen, Hilde. Laß dich nicht beirren von Onkels Art, wenn er auch nicht sehr freundlich und liebenswürdig ist, so meint er es doch nicht böse. Denk daran, daß er unsere ganze Zukunft in seinen Händen hat, und sei recht nett zu ihm.«

Das war gar nicht nach Hildes Sinn. Hatte sie es nötig, einen alten Griesgram zu umschmeicheln? Frankenstein war bestimmt ebenso reich wie der alte Sundheim, und sie brauchte nur zuzugreifen, dann lag ihr Frankenstein mit all seinem Reichtum zu Füßen. Sie brachte Richard wirklich schon ein unerhörtes Opfer, weil er eben eine viel vornehmere, interessantere Erscheinung war als der andere.

Hilde redete sich allen Ernstes ein, daß sie Richard Sundheim ein Opfer bringe. Frankensteins Verhältnisse sagten ihr an sich viel mehr zu. Wenn er nur nicht so gewöhnlich gewirkt hätte! Allerdings dachte sie es sich angenehmer, Richards Frau zu werden als die Frankensteins, aber man sollte nun auch nicht gar zu viele Opfer und Anstrengungen von ihr erwarten.

In nicht eben rosiger Stimmung, beinahe schon ein wenig bereuend, daß sie Richard ihr Jawort gegeben hatte, schritt sie neben ihm durch den Saal und die Treppe zu dem Balkon hinauf. Lore sah ihnen mit bangen, traurigen Augen nach.

Frankenstein hatte Heinrich Sundheim in einer unbeschreiblichen Gemütsverfassung zurückgelassen. Der alte Herr hatte ohne weiteres alles geglaubt, was ihm Frankenstein sagte. Er war immer leichter bereit, etwas Schlechtes als etwas Gutes von den Menschen zu glauben.

Richard hatte er an Kindes Statt angenommen, als dessen Eltern bei einem Eisenbahnunglück beide zugleich ums Leben kamen. Damals war Richard zwölf Jahre alt. Seine Eltern waren arm gewesen. Der Onkel hatte ihm eine gute Erziehung zuteil werden lassen und keinen Hehl daraus gemacht, daß Richard einst sein Erbe werden würde. Und so sollte sich Richard der Landwirtschaft widmen. Nach Beendigung seines Studiums hatte er sich auf des Onkels Wunsch zur Vervollkommnung seiner Kenntnisse noch längere Zeit auf einem Mustergut als Volontär aufgehalten.

Nun unterstützte er den Onkel schon seit zwei Jahren in der Bewirtschaftung von Gorin und hatte seitdem zum ersten Mal im Leben das Gefühl, nicht mehr Almosen und Wohltaten von seinem Oheim zu empfangen, sondern sich seinen Unterhalt ehrlich zu verdienen.

Aber es war seltsam, seit Richard erwachsen und ein tüchtiger Mensch geworden war, der Gorin fleißig mit vorwärtsbrachte, war in dem alten Herrn etwas wie Abneigung gegen ihn emporgekeimt. Er betrachte ihn beinahe als seinen begünstigten Rivalen, dem er seine Jugend, seine imponierende Erscheinung und die Sympathien neidete, die ihm von allen Seiten entgegengebracht wurden. Er sah in ihm die begünstigte Zukunft, während er sich mehr und mehr zu der verbrauchten Vergangenheit rechnen mußte. Das quälte ihn ebensosehr wie die Furcht vor dem Tod. So verursachte ihm dann der Gedanke, daß der Nachfolger neben ihm stehe und ihn fast schon zur Seite dränge, zehrende Pein. Und darum stieg Bitterkeit in ihm auf gegen das blühende Leben neben ihm.

Sein immer waches Mißtrauen hatte ihn oft schon daran denken lassen, ob Richard wohl mit Ungeduld auf seinen Tod warte. Wie wenig er den Neffen kannte, wußte er nicht, und er ahnte nichts von dessen vornehmem Empfinden und der tiefen Dankbarkeit, die er dem Onkel gegenüber empfand.

Manchmal freilich überkam den alten Herrn etwas wie Scham über seine kleinlichen Gefühle. Aber bald gewann das alte Mißtrauen wieder Oberhand, ihn mehr und mehr gegen den Neffen verbitternd.

Als dieser ihm vor einiger Zeit von seinen Herzenswünschen gesprochen hatte, war es mit besonderer Stärke aufgewacht. Woraufhin wollte Richard heiraten? Doch nur daraufhin, daß er sein Erbe war!

Schließlich aber hatte er seine Einwilligung gegeben und

sogar zugesagt, den Eintrachtsball zu besuchen, damit Richard ihm die Erwählte vorstelle.

Mit nicht sehr erhebenden Gefühlen hatte er oben vom Balkon aus Hilde beobachtet. Sie hatte ihm nicht die geringste Sympathie abgenötigt, und er hatte Richard einen Narren gescholten, der sich von einem hübschen Lärvchen hatte blenden lassen.

In diese Stimmung hinein war dann Ernst Frankenstein gekommen und hatte ihm mit seinen Worten ein Messer in die Brust gestoßen. Nur zu willig hatte er ihm Glauben geschenkt, bestätigte doch das, was er hörte, seinen längst gehegten Argwohn. Grimm und Wut drohten ihn fast zu ersticken. Mit fieberhafter Ungeduld wartete er darauf, daß Richard ihm seine Braut vorstellte. Die sollten ihre Freude haben. Mit einem Wort würde er ihr Glück vernichten und ihnen klarmachen, daß sie umsonst auf seinen Tod warteten. Immer mehr redete er sich in seinen Zorn hinein, mit stieren Augen vor sich hinblickend und im voraus seine Rache genießend. Richard Sundheim sollte sein Erbe nicht werden, sogleich wollte er es ihm ins Gesicht schleudern, aus seinem Haus wollte er ihn jagen und ganz die Hand von ihm abziehen. Mochte er dann sehen, wo er blieb.

Seltsamerweise empfand der sonderbare alte Mann bei diesem Gedanken etwas wie Befreiung. Ihm war, als könne er sein Leben dadurch verlängern, daß nun niemand mehr da sein würde, der auf seinen Tod wartete. Es existierte außer Richard nur noch ein einziger Verwandter von ihm, Karl Sundheim, der vor vielen Jahren nach Australien ausgewandert war. Dieser Karl Sundheim mußte einige Jahre älter sein als Richard, und Heinrich Sundheim wußte nicht mehr von ihm, als daß er in Melbourne oder Sidney ein kleines Geschäft gegründet hatte, das ihn schlecht und recht ernährte. Er war, als er das letztemal von ihm gehört hatte, noch Junggeselle gewesen. Der sollte nun sein Erbe werden — der würde wenigstens nicht auf seinen Tod warten, weil er wußte, daß Richard sein alleiniger Erbe hatte werden sollen. Gleich morgen wollte er sein altes Testament zerreißen und ein neues zugunsten Karl Sundheims machen. Mit Richard war er fertig, für ewige Zeiten, der sollte nun sehen, wie er ohne Erbonkel durch die Welt kam. An Hochzeit würde er dann schwerlich mehr denken können, da dieses Fräulein Hartung arm war.

Ahnungslos, was sich für ein Unwetter über seinem schuldlosen Haupt zusammengezogen hatte, trat Richard lächelnd mit Hilde in die Loge. Mit einigen warmen Worten stellte er dem Onkel das geliebte Mädchen vor, während Hilde ein kokettes Lächeln aufsteckte, ganz sicher, daß sie den »Alten« damit »kirre« machen würde. Aber in demselben Moment schnellte der alte Herr, sich auf seinen Stock stützend, empor und sah mit kalten, höhnischen Augen die beiden jungen Menschen an.

»Freut mich, Ihre Bekanntschaft machen zu können, mein schönes Fräulein. So kann ich Ihnen doch gleich selbst sagen, daß Sie sich ganz vergebliche Hoffnung auf meinen Tod machen, Sie und mein sauberer Herr Neffe. Ich erkläre Ihnen hiermit, daß mein Neffe Richard nicht einen roten Heller von mir erben wird, und daß ich überhaupt nichts mehr mit ihm zu schaffen habe. Der alte tyrannische Onkel weiß etwas Besseres mit seinem Hab und Gut anzufangen, als es einem undankbaren Schlingel zu vererben. Er hat nicht Lust, Menschen um sich zu dulden, die gierig auf seinen Tod warten. Aus ist es zwischen dir und mir, Richard Sundheim, ich ziehe meine Hand völlig von dir ab, und in meinem Haus ist kein Platz mehr für dich, nie mehr, verstanden?«

So sagte er hart und laut, während unten wieder ein neuer Tanz gespielt wurde. Und dann ging er hastig, sich auf seinen Stück stützend, zur Treppe und schritt sie, so eilig er konnte, hinab.

Richard Sundheim stand wie gelähmt. Er wußte nicht, was geschehen war, was den Onkel in diesen Zorn gebracht hatte. Wie hätte er darauf kommen sollen, daß ein Nebenbuhler ihn seinem Onkel verdächtigt, ihn in lügenhafter Weise verleumdet hatte. Sein Onkel war nie sehr liebenswürdig zu ihm gewesen, hatte sich hauptsächlich in den letzten Jahren zuweilen sehr finster und ablehnend gezeigt, aber das hatte er für Schrullen gehalten und war trotzdem überzeugt gewesen, daß der Onkel ihn liebhatte, wie auch er ihn trotz allem liebte. Dieser Ausbruch jetzt kam ihm ganz unvermutet. Er stand eine Weile ganz verstört da und sah dem Onkel nach, als könne er nicht fassen, was geschehen war.

Hilde war bei den Worten des alten Herrn leichenblaß geworden, sie erfaßte zunächst nur eines, daß Richard enterbt war, daß sein Onkel die Hand von ihm abziehen wollte. Auch sie war eine Weile fassungslos und wunderte sich nur im stillen, woher der alte Herr wußte, daß sie auf seinen Tod gewartet hatte. Auch sie ahnte nichts von Frankensteins Eingreifen in ihr Schicksal und in das Richard Sundheims. Aber schnell übersah sie die Lage, machte sich klar, daß sie sich jetzt um jeden Preis wieder von Richard Sundheim lösen müsse. Sie mußte sich jetzt klug aus der Schlinge ziehen. Wenn Richard Sundheim von seinem Onkel enterbt wurde, hieß das, daß er aufgehört hatte, eine gute Partie zu sein.

Entrüstet trat sie einen Schritt von ihm zurück.

»So eine Unverschämtheit! Muß ich mir das bieten lassen? Sie haben mir doch gesagt, daß Ihr Onkel in alles eingewilligt habe, und nun dieser Affront! Wie soll ich das verstehen?« sagte sie zornig, mit schriller Stimme.

Richard zuckte zusammen und sah sie, wie aus einem schweren Traum erwachend, an. Hildes Worte lösten die Erstarrung, die ihn befallen hatte. Er sah sie mit brennenden Augen an.

»Um Gottes willen, Hilde, beruhige dich, ich verstehe das alles selber nicht. Du mußt mich jetzt entschuldigen, Hilde, ich muß meinem Onkel folgen und ihn fragen, was das alles bedeuten soll. Ich bitte dich, sei ruhig, irgendein Irrtum muß da vorliegen. Ich versichere dir, mich haben diese Worte meines Onkels härter getroffen als dich. Verzeih mir, daß ich dich in eine solche Situation brachte, aber wie konnte ich sie voraussehen? Ich verstehe meinen Onkel nicht, sein ganzes Auftreten ist mir rätselhaft. Bitte gehe jetzt zu deiner Mutter zurück. Sei guten Muts, es muß sich ja alles aufklären. Wenn ich heute abend nicht mehr zurückkehren kann, komme ich morgen gegen elf Uhr zu euch, ich muß ja auch mit deinen Eltern sprechen. Und hoffentlich kann ich dir dann gute Nachricht bringen. Es tut mir sehr leid, jetzt von dir fort zu müssen. Zürne nicht, ich bitte dich. Gute Nacht, mein Liebling — sei gut.«

Er zog ihre Hand inbrünstig an seine Lippen und eilte die Treppe hinab, seinem Onkel nach. Er bemerkte nicht, daß Frankenstein in der Nähe stand und ihn verstohlen beobachtete, wie er auch vorher schon seinen Onkel beobachtet hatte, als er zornig die Treppe herunterkam. Er ahnte, daß sein Plan geglückt war. Nun hieß es schnell zugreifen, um sich Hilde zu sichern. Es mußte ihr doch einleuchten, daß er ihr Besseres zu bieten hatte als dieser von seinem Onkel abhängige junge Mann. Selbst wenn es diesem gelang, seinen Onkel wieder zu versöhnen, würde er das junge Paar doch verdammt knapphalten. Das mußte Hilde einsehen.

Wie verhängnisvoll sein Eingreifen für Richard Sundheim werden würde, zog Frankenstein wenig in Betracht. Mochte Richard Sundheim zusehen, wie er seinen Onkel wieder versöhnte, wenn er nur erst Hilde für sich erobert hatte.

Daß der alte Herr seinen Neffen wirklich für immer verstoßen könne, glaubte Ernst Frankenstein nicht.

Richard eilte inzwischen hinter seinem Onkel her. Er

suchte ihn zuerst in der Garderobe, erhielt aber hier die Auskunft, daß der alte Herr mit dem Stock vor einigen Minuten seine Sachen verlangt habe und schnell davongegangen sei.

Richard eilte nun hinunter an das Portal — da sah er so eben das Auto seines Onkels davonfahren. Er wollte ihm in seiner Erregung nachlaufen, sah aber ein, daß dies nicht möglich sei. So stand er eine Weile vor dem Portal und starrte finster vor sich hin. Dann raffte er sich auf und sah auf die Uhr. Er rechnete aus, daß der letzte Zug nach Gorin in einer Viertelstunde vom Bahnhof abgehen würde. Schnell eilte er in die Garderobe zurück, ließ sich seine Sachen geben und ging davon. Er rief ein Auto an und ließ sich zum Bahnhof fahren. Es war die höchste Zeit, wenn er den Zug noch erreichen wollte. Und er mußte noch heute abend mit seinem Onkel sprechen, mußte erfahren, was das alles zu bedeuten hatte.

III

Richard Sundheim hatte den Zug gerade noch erreicht und verließ ihn auf der ersten Station, Gorin, von wo aus er das Gut seines Onkels in einer Viertelstunde erreichen würde. Es stiegen nur noch einige Bauern auf der Station aus, die ihn respektvoll grüßten, denn er galt überall schon als der künftige Herr von Gorin. Richard dankte zerstreut, er war mit seinen Gedanken unablässig bei der rätselhaften Szene.

Während Richard durch die Nacht dahinschritt, rief er sich immer wieder jenes Wort, das der Onkel in kaltem, schneidendem Tone und doch in wildem Zorn hervorgestoßen hatte, ins Gedächtnis zurück, und er fragte sich vergeblich, wie der Onkel so hatte sprechen können. Nie, niemals hatte er auf den Tod des Onkels gewartet, hatte sich immer nur um seine Gesundheit gesorgt. Wie war er nur auf diese Idee gekommen?

Als er die Toreinfahrt des Goriner Hofes durchschritt, zu der er stets den Schlüssel bei sich führte, sah er, daß Licht in des Onkels Arbeitszimmer war. Er war also noch nicht zu Bett gegangen. So konnte er ihn gleich noch um eine Unterredung bitten lassen. Er mußte ihn um eine Erklärung für sein sonderbares Verhalten bitten.

Friedrich, der alte Diener seines Onkels, kam Richard mit trüber Miene entgegen.

»Friedrich, bitte, melde mich meinem Onkel, ich muß ihn unbedingt heute abend noch sprechen.«

Betrübt schüttelte der Alte seinen grauen Kopf.

»Es tut mir leid, Herr Richard, aber ich habe strikten Befehl, gerade Sie nicht vorzulassen. Als ich den gnädigen Herrn verlassen habe, hat er sich in seinem Arbeitszimmer eingeschlossen. Dort hat er zuvor eine furchtbar zornige Rede gehalten, hat sein Testament aus dem Schreibtisch genommen und es in Fetzen gerissen. Ich soll Ihnen sagen, daß ich das mit meinen eigenen Augen gesehen habe, und auch, es habe keinen Zweck, wenn Sie ihn noch aufsuchen würden. Es sei alles aus, er will nichts mehr mit Ihnen zu tun haben, und wenn Sie heute abend noch nach Hause kämen, sollte ich Ihnen sagen, Sie möchten Ihre Sachen packen, damit Sie morgen früh das Haus verlassen könnten. Was ist nur um Himmels willen geschehen, Herr Richard, mir ist der Schreck in alle Glieder gefahren, so aufgeregt und zornig habe ich den gnädigen Herrn noch nie gesehen.«

Richard zuckte mutlos die Schultern. Er sah sehr blaß aus.

»Ich weiß es selbst nicht, Friedrich, aus heiterem Himmel hat er mir eine schlimme Szene gemacht, hat mir gesagt, ich brauche nicht auf seinen Tod zu warten, denn er werde mich enterben, keinen roten Heller bekäme ich mehr von ihm, und ich müsse sein Haus verlassen. Keine Ahnung habe ich, was ihn dazu bewogen hat; du wirst es mir glauben, Friedrich, daß ich mir keiner Schuld bewußt bin gegen ihn.«

»Lieber Gott, Herr Richard, das glaube ich Ihnen gern, ich kenne Sie doch von Kind auf. Aber irgend etwas muß doch den gnädigen Herrn so außer sich gebracht haben. Leider hat er es auch mir nicht gesagt, ich meinte, der Schlag würde ihn treffen vor Zorn, wenn er das auch noch aussprechen wollte, Sie seien ein undankbarer Mensch. Als ich ganz schüchtern sagte: ›Nein, gnädiger Herr, das ist Herr Richard ganz gewiß nicht!‹ da hat er geschrien: ›Schweig still, sonst müßte ich auch noch an dir irre werden und glauben, daß du mit ihm unter einer Decke steckst und auch auf meinen Tod lauerst.‹ Da bin ich still gewesen; solange er so zornig und aufgeregt ist, kann man kein Wort mit ihm sprechen.«

Besorgt sah der alte Diener in Richards blasses Gesicht.

»Heute abend, das sehe ich ein, kann ich nicht zu ihm vordringen, Friedrich, ich möchte ihn nicht noch mehr erregen, das schadet seiner Gesundheit. Aber ich bitte dich, suche ihn morgen früh zu bewegen, daß er mich vor sich läßt. Ich kann doch so nicht für immer von ihm gehen. Wissen will ich wenigstens, was ihn so sehr gegen mich aufgebracht hat.«

»Ich will gerne alles versuchen, was in meiner Macht steht, Herr Richard. Gehen Sie jetzt nur zur Ruhe, Sie sehen so blaß aus, wie ich Sie noch nie gesehen habe.«

Es zuckte bitter um Richards Mund.

»Ich bin auch heute aus allen Himmeln gefallen, Friedrich, und der Sturz war ein wenig heftig. Schlafen kann ich nicht — es hängt ja mehr für mich von der Ungnade des Onkels ab, als du dir denken kannst. Ich gehe jetzt auf mein Zimmer und werde meine Sachen packen.«

»Das lassen Sie doch noch sein, morgen wird er hoffentlich schon anders denken«, suchte der Diener zu trösten.

Richard schüttelte heftig den Kopf.

»Nein, nein, Friedrich, bleiben kann ich nicht — wenn er nicht alles zurücknimmt. Und du weißt, wie hartnäckig er ist. Gute Nacht, Friedrich, und — wenn Onkel mich sehen will, ruf mich sogleich.«

Traurig sah der alte Diener hinter ihm her. Er wußte, ein Stück von seinem alten Herzen ging mit, wenn Herr Richard gehen mußte.

»Das soll geschehen, Herr Richard.«

Richard begab sich auf sein Zimmer. Eine Weile überlegte er, ob er noch einmal in die »Eintracht« zurückkehren sollte, um Hilde zu beruhigen, aber es fiel ihm ein, daß kein Zug mehr nach der Stadt ging, und über das Auto wagte er, nach dem Vorangegangenen, nicht mehr zu verfügen. Wenn er aber zu Fuß gehen sollte, würde er ganz gewiß erst ankommen, wenn das Fest in der »Eintracht« zu Ende war. Es hatte also keinen Zweck, Hilde mußte sich bis morgen vormittag gedulden, und dann würde er hoffentlich mehr wissen als jetzt.

Er warf sich in einen Sessel und starrte grübelnd vor sich hin. Noch einmal überdachte er alles, was geschehen war, rief sich noch einmal jedes Wort, das sein Onkel gesprochen hatte, ins Gedächtnis. Allein er kam mit allem Sinnen und Grübeln zu keinem Resultat. Nur das machte er sich klar, daß er seine Sachen packen müsse.

Was dann werden sollte, wenn er wirklich das Haus seines Onkels verlassen mußte, wenn der Onkel ihn wirklich enterbte und seine Hand von ihm abzog, das wußte er noch nicht, darüber kam er auch heute nicht mehr zur Klarheit. Nur eines stand fest, daß dann sein Leben auf einer ganz anderen Basis aufgebaut werden mußte.

Er wäre damals, als die Berufsfrage an ihn herantrat, gern Ingenieur geworden. Nur dem Onkel zuliebe, und weil dieser ihm klarmachte, daß für ihn als künftiger Herr von Gorin ein anderer Beruf als der des Landwirtes gar nicht in Frage kommen könne, hatte er eingewilligt. Er wußte, daß ein studierter Landwirt nur Erfolg haben konnte, wenn er eigenen Grund und Boden besaß. Die Aussichten standen also für ihn schlecht, sich eine Existenz zu gründen. Verwalterposten waren rar geworden, die meisten Gutsbesitzer behalfen sich ohne einen solchen. Wo aber ein Verwalter unbedingt gebraucht wurde, da saßen alte, erprobte Leute fest. Es gab nur wenig Stellen für Landwirte, dagegen sehr, sehr viele Bewerber. Außerdem konnte er in solcher Stellung, falls er das unerhörte Glück hatte, eine zu erhalten, nur knapp das verdienen, was er selber brauchte. Eine Frau oder gar eine Familie damit zu ernähren, war ganz ausgeschlossen, vor allen Dingen keine so anspruchsvolle, an Luxus gewöhnte Frau wie Hilde, die kein Vermögen hatte.

Er dachte an seinen ehemaligen Studienfreund Heinz Martens. Der hatte auch eingesehen, daß er in Deutschland als Landwirt ohne Land nicht vorankommen konnte, und war nach Südwest ausgewandert. Richard hatte eine ganze Anzahl Briefe von Heinz Martens erhalten, die ihn sehr interessierten und zuweilen die Abenteuerlust, die in jedem Mann steckt, in ihm weckten. Diese Briefe wollte er auf alle Fälle mit einpacken und sie, sobald er Zeit dazu fand, noch einmal aufmerksam durchlesen. Vielleicht, daß sie ihm einen Fingerzeig gaben, was er tun könnte.

Er erhob sich, kramte die Briefe hervor und legte sie als erstes in einen Handkoffer. Aber dann fuhr er sich mit der Hand über die Stirn, als sei ihm zu heiß. Was sollte ihm Südwest? Was würde dann aus Hilde?

Er hatte sie um ihre Hand gebeten. Aber nur, weil er stets davon überzeugt war, der Erbe seines Onkels zu sein. Jetzt aber, großer Gott, was sollte jetzt werden? Wenn der Onkel seine Hand von ihm abzog, war er ein Bettler.

Er wußte nur zu gut, daß ihm eine schwere, sorgenvolle Zeit bevorstehen würde, wenn der Onkel ihn wirklich enterbte und seine Hand von ihm abzog. Doch sorgte er sich um sich selbst viel weniger als um Hilde. Sie hatte sich ihm

37

angelobt — und bei allem Kummer stieg diese Gewißheit nun doch wieder wie ein süßer Rausch in ihm empor —, aber er konnte ihr doch, wie die Dinge jetzt lagen, keine gesicherte Zukunft bieten. Das einzige, was ihm bleiben würde, um schneller vorwärtszukommen, war, ins Ausland zu gehen und sich dort eine Existenz zu gründen. Jedoch selbst im glücklichsten Fall würden Jahre vergehen, ehe er daran denken konnte, eine Frau heimzuführen. Würde Hilde solange auf ihn warten wollen? Durfte er das von ihr fordern, um dann vielleicht auch nur einer sorgenvollen Zukunft an seiner Seite entgegenzusehen? Nein, nein, das durfte er nicht.

Er stöhnte auf und barg sein Gesicht in den Händen. Wo war all sein Glück geblieben, das er heute abend schon so fest zu besitzen glaubte, als ihm Hilde in einem menschenleeren Nebenraum der »Eintracht« willig die Lippen zum Kuß geboten hatte? Arme Hilde! Wie es wohl jetzt in ihr aussah! Er hatte sie allein lassen müssen in ihrer Not. Sie war außer sich gewesen über das schroffe Verhalten des Onkels. Süße Hilde, daß ich dir das nicht ersparen konnte. Denkst du jetzt an mich, wie ich an dich denke? Du sitzt jetzt wohl daheim in deinem Zimmer und quälst dich mit Kummer und Sorgen, wie ich mich quäle. Wirst du tapfer sein, Hilde? Wird deine Liebe groß genug sein, um ausharren zu können, bis ich dich eines Tages heimführe?

So sprach er im Geist mit der Geliebten.

Und dann wollte wieder eine leise Hoffnung in ihm aufkeimen, daß doch noch alles gut werden könnte. Nur um Hildes willen sollte der Onkel seine Härte mildern. Vielleicht war es nur ein Ausfluß seiner schlechten Laune gewesen, vielleicht hatte er sich nicht wohl gefühlt, vielleicht nahm er morgen alles zurück. Er mußte doch einsehen, daß er ein Unrecht begangen hatte.

Endlich erhob sich Richard und ließ von einem Diener seine beiden großen Koffer herbeischaffen, die er immer während seiner Studienzeit benutzt hatte. Dann packte er in den kleinen Handkoffer, in den er die Briefe Heinz Martens' geworfen hatte, das Nötigste für die nächsten Tage. Er wollte zunächst in einem Hotel Wohnung nehmen. Mit einem Seufzer zog er seine Brieftasche hervor und sah nach, wieviel Geld er noch besaß. Es waren nicht ganz dreihundert Mark. Damit würde er freilich nicht weit kommen, aber zur Not konnte er noch seine goldene Uhr und einige sonstige kleine Wertsachen verkaufen, damit er erst einmal über die nächste Zeit hinwegkam. Zugleich fragte er sich, ob er berechtigt sei, alle seine Sachen mitzunehmen. Schließlich stammte das alles von dem Onkel. Wohl hatte er in den letzten Jahren fleißig für diesen gearbeitet, aber das reichte wohl nicht aus, um alles abzutragen, was er dem Onkel schuldete. Schließlich hatte ihm ja der Onkel sagen lassen, er möge seine Sachen packen, damit beschwichtigte er seine Zweifel.

So suchte er alles herbei, was ihm gehörte, seine Wäsche, seine Kleider, seine Bücher. Die beiden Koffer wurden voll davon, der Onkel hatte ihn nie knapp gehalten, er hatte sich immer sehr gut kleiden können. Wäsche und Garderobe mußten jetzt für lange Zeit vorhalten, und es war gut, daß er das wenigstens besaß.

Als er mit Packen fertig war, warf er sich auf sein Lager und versuchte zu schlafen. Lange wollte es ihm nicht gelingen, aber endlich schlief er in den ersten Morgenstunden doch ein.

Als er wieder aufwachte, stand der alte Friedrich an seinem Bett und hielt ihm mit bekümmerter Miene einen Brief hin.

»Guten Morgen, Herr Richard.«

»Guten Morgen, Friedrich — nun habe ich mich doch verschlafen. Ist Onkel schon wach?«

»Ja, Herr Richard, schon lange. Und er hat einen Wagen in die Stadt geschickt, der Herr Notar Weidlich nach Gorin holen soll. Er will wirklich ein neues Testament machen. Noch immer ist er sehr böse auf Sie, und ich darf kein Wort zu Ihrer Verteidigung sagen. Das ist ein Brief von ihm, er will Sie nicht wiedersehen, nie mehr, sagt er.«

Mit einem Satz war Richard von seinem Lager aufgesprungen und griff nach dem Brief.

»Ich danke dir, Friedrich, und mach dir keine Ungelegenheiten meinetwegen. Bitte komm in einer Viertelstunde noch einmal zu mir, ich will den Brief lesen, und da mich mein Onkel nicht vorlassen will, werde ich ihm wenigstens einige Zeilen zum Abschied schreiben.«

»Ach, lieber Herr Richard, was soll nur aus Ihnen werden?«

»Das weiß Gott, Friedrich, ich weiß es vorläufig selbst nicht. Aber ich werde mich schon durchbeißen, mach dir keine Sorge meinetwegen.«

Friedrich ging mit trüber Miene hinaus. Er hing an Richard wie an einem eigenen Kind.

Als dieser allein war, öffnete er den Brief. Als er ihn aus dem Kuvert zog, fiel ein Scheck heraus — er lautete über tausend Mark. Richard hob ihn auf und starrte darauf hin. Dann las er den Brief, der gar keine Überschrift trug. Er lautete:

»Beifolgend erhältst Du einen Scheck über tausend Mark. Das ist das letzte, was Du von Deinem ›Erbonkel‹ erhalten wirst. Dies Geld soll Dich in die Lage setzen, noch einige Zeit auf dessen Kosten zu leben. Sieh zu, wie Du Dir nun weiterhilfst. Zwischen Dir und mir ist alles aus. Mein Testament, das ich zu Deinen Gunsten machte, habe ich vernichtet, das wird Dir Friedrich bestätigt haben. Noch heute mache ich ein neues, worin ich Karl Sundheim zu meinem alleinigen Erben einsetze. Er wird nicht auf meinen Tod lauern, da er ja nicht ahnt, daß ich ihn zu meinem Erben einsetze, und er es auch erst nach meinem Tod erfahren soll. So kann ich wenigstens meinen Lebensabend beschließen, ohne daß man gierig die Stunden zählt, die ich noch zu leben habe.

Ich will Dir nicht Deine grenzenlose Undankbarkeit vorwerfen, will überhaupt nicht mehr von dem reden, was gewesen ist. Es wird Strafe genug für Dich sein, daß ›der alte Tyrann‹ Dich enterbte, Dich aus seinem Haus weist und seine Hand von Dir abzieht. Nie mehr wirst Du vor mein Antlitz dürfen, nie mehr einen Pfennig von mir erhalten. Deine schöne Braut wird Dich ja über diesen Verlust trösten, und es ist mir eine Genugtuung, daß Euch nun das Warten auf meinen Tod vergehen wird. Ich verlange, daß Du Gorin sofort verläßt und noch mit dem Morgenzug abreist. Ein Wagen wird Dich mit Deinen Koffern zur Bahn bringen.

Heinrich Sundheim«

Richards Stirn rötete sich, als er diesen Brief las. Was berechtigte den Onkel, so zu ihm zu reden? Was hatte er getan?

Am liebsten hätte er ihm sofort den Scheck zurückgeschickt, aber er biß die Zähne zusammen und sagte sich, daß er mit den dreihundert Mark, die er besaß, nicht einmal ins Ausland reisen könnte. Er mußte dieses so verächtlich angebotene Almosen annehmen, so schwer es ihm fiel. Hoffentlich konnte er es eines Tages mit allem, was er dem Onkel schuldete, zurückzahlen.

Er gab es auf, noch eine Unterredung mit dem Onkel zu erzwingen, denn dieser würde in seiner jetzigen Stimmung nur annehmen, daß er ihn umstimmen wollte, ihm sein Erbe nicht zu entziehen. Das durfte nicht sein. Er mußte sich eilen, aus diesem Haus zu kommen.

Schnell schrieb er einige Zeilen.

»Lieber Onkel! Womit ich mir Deinen Zorn zugezogen habe, weiß ich nicht. Ich bin mir keiner Schuld bewußt und verstehe Deine Bemerkungen nicht. Aber nie, darauf gebe ich Dir mein Wort, ist es mir eingefallen, auf Deinen Tod zu lauern. Schilt mich nicht undankbar, ich bin es nicht. Auch jetzt, da Du mich so verächtlich aus Deinem Haus weist, bin ich mir noch bewußt, wieviel ich Dir zu danken habe.

Daß Du mich durch diese plötzliche Verbannung in eine schlimme Lage bringst, brauche ich nicht erst zu betonen, ich fühle, daß dies Deine Absicht ist, und ich gäbe viel darum, wüßte ich wenigstens, weshalb Du so mit mir verfährst. Ich kann nichts anderes tun, als Deinen Willen, Gorin so schnell wie möglich zu verlassen, zu erfüllen. Ich danke Dir, daß Du dem Verwaisten hier so lange eine Heimat gabst, ich habe jetzt keinen sehnlicheren Wunsch, als daß ich Dir eines Tages meine Dankesschuld abtragen kann, denn jetzt drückt sie mich.

Ich bitte Dich — auch Deinetwegen —, mach Dich von dem Wahn frei, der Dich anscheinend befallen hat, daß ich auf Deinen Tod gelauert haben könnte. Ich bin zu stolz, mich dagegen zu verteidigen. Lebwohl, und der Himmel möge Dir noch viele Jahre in Frieden und Gesundheit bescheren. Trotz allem

Dein Dich liebender, dankbarer Neffe

Richard.«

Friedrich kam wieder herein, als Richard mit dem Brief fertig war.

»So, Friedrich, diesen Brief gib meinem Onkel, aber erst, wenn ich fort bin. Und dann laß den Wagen vorfahren. Ehe du aber gehst, gib mir noch einmal deine Hand, mein guter Friedrich, und laß dir danken für alle Mühe, die du mit mir gehabt hast — und dafür, daß du mir oft ein gutes Wort gesagt hast. Ich kann es dir vorläufig leider nicht vergelten.«

Der Alte hatte feuchte Augen und drückte Richards Hand, so fest er konnte. Dann sagte er unsicher:

»Herr Richard, nehmen Sie es mir nicht übel, wenn ich Ihnen jetzt vielleicht ein ungeschicktes Anerbieten mache. Ich habe Sie liebgewonnen, als seien Sie mein eigen Fleisch und Blut. Und — ich weiß, daß Sie nun plötzlich mittellos hinausgeschickt werden. Ich — ich habe etwas über dreitausend Mark auf der Sparkasse — wenn ich Ihnen damit ein wenig helfen könnte — nehmen Sie es an von mir.«

Richard mußte die Zähne zusammenbeißen, um seine Fassung nicht zu verlieren.

»Guter, alter Kerl, das rechne ich dir hoch an. Sehe ich doch daraus deine Liebe, aber Gott behüte, daß ich dir deinen Sparpfennig wegnehme. Das wäre ja eine Sünde von mir.«

»Ich brauche es ja nicht, Herr Richard, ich habe doch hier mein Auskommen.«

Ein bitteres Lächeln umspielte Richards Mund.

»Weißt du denn, ob dich nicht eines Tages eine Laune meines Onkels ebenfalls vor die Tür setzt? Nein, mein Alter, ich nehme dein Geld nicht, ich bin jung und gesund und werde mir schon weiterhelfen. Aber ich danke dir von ganzem Herzen, daß du mir dieses Opfer bringen wolltest, ich vergesse es dir nie.«

Betrübt sah ihn der alte Diener an.

»Werde ich denn manchmal von Ihnen hören, Herr Richard?«

Dieser dachte nach.

»Damit du nicht etwa Unannehmlichkeiten hast, Friedrich, werde ich dir jedes Vierteljahr, zum Quartalsschluß, postlagernd schreiben unter deinem Namen. Du wirst dann immer wissen, wo ich bin und wie es mir geht. Und — du kannst mir dann auch zuweilen schreiben, wie es dir geht — und dem Onkel; er braucht es nicht zu wissen, daß ich mich noch um ihn sorge.«

»Ja, ja, Herr Richard, ich werde Ihnen alles Wichtige

schreiben und bin sehr froh, daß Sie mich wissen lassen wollen, wie es Ihnen geht. Meine besten Wünsche begleiten Sie. Der liebe Gott wird Ihnen schon helfen, ich weiß, Sie haben nie etwas Schlechtes getan und werden es nie tun.«

Richard klopfte ihm gerührt auf die Schultern.

»Keine Sorge, mein Alter, ich muß doch deiner Erziehung Ehre machen. Laß es dir gutgehen und — nun den Wagen, Friedrich, sonst komme ich zu spät zur Station.«

Friedrich ging hinaus, und Richard ließ seine Koffer zum Wagen hinunterbringen. Heute hatte ihm der Onkel nicht sein elegantes Auto zur Verfügung gestellt, ein alter, ausrangierter Landauer und ein Paar minderwertige Pferde davor — so hatte er es bestimmt. Richard fühlte darin sehr wohl die Absicht, ihn zu demütigen. Es zuckte in seinem Gesicht, seine Augen suchten die Fenster von seines Onkels Zimmern. Er war nicht zu sehen — Richard wußte nicht, daß der alte Herr sich hinter den Stores versteckt hielt und seine Abfahrt beobachtete.

Ein Ausdruck befriedigter Rache lag auf seinen Zügen. Und als ihm nun der alte Friedrich Richards Brief brachte und er denselben gelesen hatte, sagte er hart und laut vor sich hin: »Komödie!«

Der alte Friedrich, der sich im Zimmer zu schaffen gemacht hatte, sah ihn mit trüben Augen an.

»Gnädiger Herr, und wenn ich meine Stellung auf der Stelle verliere, ich muß Ihnen sagen, daß Herr Richard ganz bestimmt kein Unrecht getan hat.«

»Halt's Maul, alter Esel! Bist genauso dumm, wie ich es war«, schrie ihn Heinrich Sundheim an.

»Ach, gnädiger Herr, der Abschied ist ihm unendlich schwer geworden.«

Heinrich Sundheim lachte heiser.

»Jawohl, der Abschied von den Fleischtöpfen Ägyptens!«

»Nein, nein, gnädiger Herr, das war es gewiß nicht.«

»Ruhe, zum Donnerwetter, ich will nichts mehr davon hören, verstanden? Raus — ich will allein sein. Und wenn der Notar kommt, führe ihn sofort zu mir.«

Da mußte Friedrich Order parieren, aber in seinen Augen war zu lesen, daß dies nicht das letztemal war, daß er zu Richards Gunsten ein Wort riskieren würde.

IV

Hilde Hartung hatte, als Richard seinem Onkel gefolgt war, eine Weile vor der Loge gestanden, in der der ältere Sundheim gesessen hatte. Sie blickte finster vor sich hin und stieß immer wieder zornig mit dem Fuß auf. Ihr Zorn galt zu gleichen Teilen Onkel und Neffen. Sie war wütend, daß Richard sie in dieser Situation zurückließ, um seinem Onkel zu folgen. Sie redete sich in heftigen Zorn gegen Richard hinein. Er hatte ihr einfach unter Vorspiegelung falscher Tatsachen ihr Jawort abgelockt, hatte ihr gesagt, sein Onkel sei einverstanden mit seiner Wahl, und sie könnten in Gorin wohnen, wo es ihr an nichts fehlen würde. Er hatte ihr in rosigen Farben ausgemalt, eine wie schöne Zukunft ihnen winke. Stets würde ihr ein Wagen zur Verfügung stehen, wenn sie zur Stadt fahren wolle. Von allem Komfort würde sie umgeben sein, der doch zu ihrer eleganten Persönlichkeit gehöre.

Und nun? Was war von all diesen Versprechungen geblieben? Daß Richard Sundheim ein Bettler war, enterbt und verstoßen. Was war da übrig von der guten Partie, die sie zu machen gehofft hatte? Nichts — einfach nichts. Unter diesen Umständen konnte doch kein Mensch von ihr verlangen, daß sie diese Verlobung aufrechterhielt. Das wäre doch Wahnsinn gewesen. Es fiel ihr unter diesen Umständen gar nicht ein, ihr Geschick an das Richards zu binden. Nein, diese Szene mit seinem Onkel machte sie frei, sie hatte ihr Jawort unter ganz anderen Bedingungen gegeben. Jetzt hieß es klug sein, sich aus der Schlinge ziehen und die andere Chance nützen.

Ein finsterer Entschluß glomm in ihren Augen auf. Ganz selbstverständlich war es, daß sie sich von Richard löste, und noch heute abend mußte sie versuchen, Frankenstein zu einer Erklärung zu bringen. Das würde nicht schwerfallen, hatte sie doch Mühe genug gehabt, ihn hinzuhalten.

Freilich — ein Schauer flog über sie hin — Frankensteins Persönlichkeit war ihr zuwider — aber er war reich, sehr reich, besaß eine wunderschöne Villa, große Fabriken, ein herrliches Auto — alles, was sie sich wünschte. Da mußte man eben seine Person mit in Kauf nehmen.

Sie richtete sich entschlossen auf, öffnete ihre Handtasche, und, in einen kleinen Spiegel schauend, den sie stets bei sich hatte, fuhr sie mit der Puderquaste über das Gesicht. So! Nun noch eine heitere Miene aufgesteckt — kein Mensch durfte ahnen, welchen Ärger sie soeben gehabt hatte.

Langsam schritt sie die in den Saal führende Treppe hinab. Sie sah Frankenstein an deren Fuß stehen, als habe er hier auf sie gewartet. Er sah ihr mit gespanntem Blick entgegen. Sie schien ganz ruhig zu sein, keinerlei Erregung war ihr anzumerken. Sie lächelte ihm zu. Schnell trat er zu ihr.

»Mein gnädiges Fräulein, ich sah Sie vor einer Weile mit Herrn Sundheim hier hinaufgehen. Er lief aber dann eilig davon, und da habe ich hier gewartet auf Sie, weil ich Sie noch um einen Tanz bitten wollte.«

Hilde sah ihn mit einem Blick an, wie sie ihn noch nie angesehen hatte. Er bekam starkes Herzklopfen, und die Leidenschaft für dieses schöne Mädchen schlug über ihm zusammen.

»Herr Sundheim wollte mich seinem Onkel vorstellen, der da oben auf dem Balkon saß. Aber Gott behüte, was ist das für ein unausstehlicher alter Herr! Er hat kaum Notiz von mir genommen, fuhr mit zornigen Worten über seinen Neffen her und ist einfach davongelaufen. Der junge Herr Sundheim lief angstvoll hinter ihm her — einen Erbonkel muß man sich wohl warmhalten. Mich ließ er einfach stehen, ich blieb mir selbst überlassen und habe eine Weile von da oben dem Tanz zugesehen, weil ich mich ein wenig ausruhen wollte.«

»Oh, wie konnte man sich so unerhört gegen Sie betragen, gnädiges Fräulein?«

Hilde lachte wie amüsiert.

»Ja, das habe ich mich auch gefragt. Ich empfand es, offen gesagt, schon als eine große Zumutung, daß ich mit hinaufgehen sollte, um einen grilligen, alten Herrn kennenzulernen, aber man kann manchmal so etwas nicht abschlagen. Ich verstehe Herrn Sundheim nicht, daß er mich absolut seinem Onkel vorstellen wollte.«

Frankenstein hatte geschickt so manövriert, daß Hilde mit ihm einen kleinen, ganz menschenleeren Nebenraum betrat. Forschend sah er sie nun an.

»Nein? Hatten Sie das wirklich nicht verstanden? Sollten Sie nicht bemerkt haben, daß sich Herr Sundheim sehr stark für Sie interessiert?«

Hilde zuckte gleichgültig die Achseln.

»Das tun viele andere auch, man kann nicht darauf achten.«

»Er hat aber sicherlich seinem Onkel die Frau vorstellen wollen, die er eines Tages gerne als die seine heimführen wollte.«

»Das hätte er sich aber sparen können. Es wäre ein ganz hoffnungsloser Fall gewesen — mein Herz ist längst anderweitig gefesselt.«

Der Blick, mit dem Hilde diese Worte begleitete, konnte

Herrn Frankenstein nicht im Zweifel lassen, daß er der Glückliche sei, der Hilde Hartungs Herz besaß.

Er blieb vor ihr stehen, sie am Weitergehen hindernd, und nahm ihre Hand in die seine.

»Fräulein Hilde — angebetetes Fräulein Hilde, wenn ich hoffen dürfte, daß Sie mir Ihr Herz geschenkt, daß Sie meine heiße Liebe erwidern könnten?«

Mit einem schmachtenden Blick, der ihr immer zu Gebote stand, wenn sie es für nötig fand, sah sie ihn an.

»Können Sie wirklich daran zweifeln? Habe ich mich nicht doch, trotz aller Vorsicht, zuweilen verraten?«

Inbrünstig küßte er ihre Hand. Jetzt wollte er nicht darüber nachdenken, ob Hilde ihn wirklich liebte oder ob sie nur die Katastrophe zwischen Onkel und Neffen, die er kühl vorbereitet hatte, in seine Arme trieb. Er wollte dieses schöne, entzückende Geschöpf besitzen um jeden Preis.

»Hilde, süße Hilde, ich habe nicht zu hoffen gewagt, daß Ihre Blicke mir Mut machen wollten. Hilde, wollen Sie meine angebetete Frau werden, der ich alles, was ich besitze, zu Füßen legen darf?«

Sie sah in sein Gesicht, in dies gewöhnliche, rote Gesicht mit den kleinen Augen, das in der Erregung noch unschöner, noch gewöhnlicher aussah. Aber sie zwang ein traumhaft seliges Lächeln in ihr Gesicht. Scheinbar zaghaft legte sie ihre Hand in die seine.

»Ich weiß nur, daß ich Sie liebe, und daß es mich sehr glücklich machen wird, Ihre Frau zu werden«, sagte sie verschämt.

Da zog er sie, von seiner Leidenschaft übermannt, in seine Arme und küßte sie.

»Hilde, süße Hilde!«

Sie schauerte zusammen unter diesem Kuß und dachte daran, wieviel angenehmer es gewesen sei, als sie vor kaum einer Stunde von Richard Sundheim geküßt worden war.

Und impulsiv riß sie sich los, hatte sich aber gleich wieder in der Gewalt.

»Wenn uns jemand sieht«, stieß sie hervor.

Er lachte laut auf in seiner Glückseligkeit.

»Was tut es denn, Hilde, wir sind doch jetzt Brautleute. Alle Welt kann es sehen, wenn wir uns küssen. Aber komm, ich führe dich jetzt zu deinen Eltern. Meinst du, daß ich ihnen als Schwiegersohn willkommen bin?«

Es lag etwas Überhebliches in seiner Frage, und sie fand ihn in dieser satten Selbstzufriedenheit widerwärtig. Aber er war reich, sehr reich, so daß sie sich jeden anderen Wunsch würde erfüllen können.

»Ich hoffe es, Ernst«, sagte sie ein wenig kühl.

»Na, was meinst du, wie viele Eltern mir gern ihren Segen geben würden, wenn ich ihre Töchter von ihnen begehrte. Aber mich hat bisher noch keine zur Strecke gebracht, das blieb dir vorbehalten, du kleine Circe. Und was haben wir überhaupt viel nach den Eltern zu fragen; du bist doch mündig, Hilde, und außerdem ist Professor Darland doch nur dein Stiefvater. Im Grunde hat doch nur deine Mutter ein Wörtchen mitzureden.«

»Und Mama will, was ich will, da kannst du unbesorgt sein, Ernst«, sagte sie ein wenig von oben herab. Sie wollte Frankenstein von Anfang an zeigen, daß ihr Wille Geltung habe. Und seine Überheblichkeit wollte sie ihm bald abgewöhnen, wenn sie erst seine Frau war. Trotz ihres Sträubens küßte er sie erst noch einmal, ehe er sie zu ihren Eltern führte. Diese saßen zufällig mit Lore allein zusammen. Lore sah sehr bleich aus. Voll Unruhe hatte sie immer wieder hinauf zu dem Balkon gesehen, aber weder Hilde noch Richard erblickt. Und nun sah sie plötzlich Hilde an Frankensteins Arm durch den Saal kommen. Betroffen sah sie in Hildes Gesicht, das ihr ein wenig blasser als sonst erschien. Sie konnte sich das nicht erklären. Aber da waren die beiden schon herangekommen, und sie hörte, wie Frankenstein zu ihrem Vater sagte:

»Sehr verehrter Herr Professor, Ihre Tochter Hilde hat mir die Ehre erwiesen, mir ihr Jawort zu geben. Wir bitten um Ihren und Ihrer Frau Gemahlin Segen zu unserem Bund. Wir wollen es nicht bis morgen verschieben, Ihnen unsere Verlobung mitzuteilen.«

Lore war zumute, als setze ihr Herzschlag aus. Totenblaß war sie geworden und sah mit nervöser Spannung in Hildes lächelndes Gesicht. Was sollte das heißen? Hilde und Frankenstein verlobt? Das konnte doch nicht sein! Richard Sundheim hatte ihr vorhin bei dem gemeinsamen Tanz ganz klar und ausdrücklich gesagt, daß Hilde ihm ihr Jawort gegeben hatte. Wie kam jetzt Frankenstein dazu, sich als Hildes Verlobter zu präsentieren? Und wo war Richard? Unklare Angst um Sundheim erfüllte ihre Seele. Sie hätte Hilde rütteln und fragen mögen, was mit ihm geschehen sei. Sie konnte sich nicht freuen, daß Richard dennoch frei war, daß Hilde, die kaltherzige Hilde, nicht seine Frau wurde, denn sie fühlte, wußte, daß es ihn sein Herzblut kosten würde, gehörte Hilde einem anderen an.

Sie vernahm nichts von dem, was zwischen den Eltern und dem Brautpaar gesprochen wurde, keines dieser Worte fand mehr den Weg über ihre Bewußtseinsschwelle. Sie schrak erst aus ihrem dumpfen Brüten auf, als Hilde sich neben sie setzte und lächelnd zu ihr sagte:

»Nun, Lore, willst du uns nicht auch deinen Glückwunsch aussprechen?«

Lore faßte sich mühsam, und Frankenstein, der in ihr blasses Gesicht sah, dachte in gönnerhaftem Mitleid: Das arme junge Ding, es ist ganz überwältigt von dem Glück der Schwester.

Lore stammelte einige Worte. Sie kamen ihr schwer über die Lippen, und ihr war, als hörte sie ihre eigene Stimme wie aus weiter Ferne. Zum Glück wurde Frankenstein dann für eine Weile von den Eltern mit Beschlag belegt, und so flüsterte Lore erregt, mit bebender Stimme Hilde ins Ohr:

»Hilde, wie ist das möglich — wo ist Richard Sundheim — was ist geschehen?«

Da preßte Hilde Lores Arm ganz fest, und während sie mit einem bezaubernden Lächeln zu Frankenstein hinübersah, zischte sie Lore zu: »Schweig von ihm! Zu Hause erfährst du alles, jetzt kein Wort!«

Und dann scherzte und lachte sie scheinbar im glücklichen Übermut mit Frankenstein und den Eltern. Der Professor war sehr aufgeräumt. Er freute sich, daß Hilde es so gut getroffen hatte und er nun nicht mehr für sie zu sorgen brauchte. Hildes Mutter strahlte, der reiche Schwiegersohn, der die wundervolle Villa am Stadtpark besaß, imponierte ihr. Aber sie hatte ja immer gewußt, daß ihre Hilde »vernünftig« sein und ihre Schönheit teuer verkaufen würde. Sie sagte nun froh und erregt:

»Wir könnten eure Verlobung gleich heute abend publizieren, es sind doch fast alle unsere Bekannten anwesend.«

Hilde wehrte aber heftig ab.

»Auf keinen Fall, Mama, das gibt zuviel Tumult.«

Frankenstein lachte siegesfroh.

»Hilde hat ein zu weiches Herz, sie will ihre zahlreichen Verehrer schonen, so lange es geht.«

Hilde fand seine eitle Siegessicherheit widerwärtig.

»Daran denke ich nicht. Aber es ist gräßlich, wenn man der Mittelpunkt einer großen Gesellschaft ist und alle mit Glückwünschen über einen herfallen.«

In Wirklichkeit hätte es ihrer Eitelkeit geschmeichelt, wenn man sie als Frankensteins Braut gefeiert hätte und sie in all die neidischen Gesichter hätte sehen können. Aber noch wußte sie nicht genau, ob Richard Sundheim nicht nochmals zurückkehren könnte. Sie wollte nicht, daß er von ihrer Verlobung erfuhr, bevor sie selbst noch einmal mit ihm gesprochen und ihm klargemacht hatte, daß er keinerlei Recht auf sie hätte. Es durften ihr keine Unannehmlichkeiten erwachsen. Sie würde ihm schon auf eine für sie günstige Art beibringen, daß zwischen ihnen alles aus sein mußte.

So wurde die Verlobung nicht proklamiert.

V

Lores Augen hatten immer wieder ängstlich nach Richard Sundheim Umschau gehalten. Nach einer Weile entfernte sie sich von ihren Angehörigen und ging hinauf zu dem Logenbalkon, um nachzusehen, ob er vielleicht noch da oben bei seinem Onkel saß. Aber kein Mensch befand sich dort oben. Und da sie Richard Sundheim auch unten nirgends sehen konnte, mußte sie annehmen, daß er das Fest verlassen hatte.

Was aber mußte geschehen sein, daß Hilde sich mit Frankenstein verlobte, kaum eine Stunde, nachdem sie Richard Sundheim ihr Jawort gegeben hatte? Daß etwas geschehen sein mußte, war ihr klar. Auch Hildes leise Worte zu ihr ließen darauf schließen.

Unerträglich lang erschien ihr dies Fest, und sie atmete auf, als man endlich aufbrach. Frankenstein begleitete sie, und er bestand darauf, die Herrschaften in seinem Auto nach Hause bringen zu dürfen. Er selbst setzte sich, in seinen Pelz gehüllt, zu dem Chauffeur.

Hilde lehnte sich mit einer unnachahmlichen Gebärde in die Polster des eleganten Autos zurück. Sie fühlte sich schon als dessen Besitzerin.

Lores Kopf schmerzte. Sie konnte es kaum mehr ertragen,

mitanzuhören, wie der Vater und die Stiefmutter immerfort von Hildes unerhörtem Glück sprachen, während Hilde mit einem eitlen Lächeln zuhörte. Ihr Vater streichelte verstohlen ihre Hand, als wollte er sie trösten, daß nicht auch ihr ein so großes Glück zuteil geworden war. Lore wußte, was ihn bewegte, und ein mattes Lächeln huschte um ihren Mund. Wie wenig neidete sie Hildes »Glück«. Ihr lag jetzt nur eines schwer auf der Seele: was mit Richard Sundheim geschehen war.

Endlich hielt der Wagen. Frankenstein half erst Hildes Mutter, dann ihr und zuletzt Hilde aus dem hellerleuchteten Auto. Er küßte Hilde zum Abschied in freudigem Besitzerstolz.

»Morgen vormittag mache ich meinen Besuch, wenn es den Herrschaften angenehm ist«, sagte er.

Der Professor und Hildes Mutter sagten, daß sie sich sehr freuen würden. Hilde aber sagte ruhig und bestimmt:

»Komm aber bitte nicht vor zwölf Uhr, Ernst, ich muß mich erst richtig ausschlafen nach diesem aufregenden Abend.«

Mit zärtlichem Lachen stimmte er zu.

»Schlaf süß, meine Hilde, träume von mir«, sagte er leise.

Hilde antwortete nur mit ihrem schmachtenden Blick und einem leisen Neigen des blonden Kopfes.

Eine halbe Stunde später waren die Schwestern endlich allein in ihrem gemeinsamen Schlafzimmer. Lore fiel wie kraftlos in einen Sessel, während sich Hilde kokett vor dem Spiegel drehte und sich selbst schöne Augen machte.

»Was meinst du, Lore, was mir Frankenstein für einen Brautschmuck schenken wird? Ob er sich zu Perlen versteigt?«

Lore sah sie mit unruhigen Augen an.

»Wie dich das jetzt interessieren kann, ist mir ein Rätsel, Hilde. Sag mir doch endlich um Gottes willen, wie du dazu gekommen bist, dich mit Frankenstein zu verloben, nach-

53

dem du kaum eine Stunde vorher Richard Sundheim dein Jawort gegeben hattest.«

Hilde warf sich nun ebenfalls in einen Sessel und stieß die Fingerspitzen aneinander.

»Kurz und gut, Lore, es hat einen Krach gegeben. Wohl hatte mich Sundheim gebeten, seine Frau zu werden, und ich gab ihm mein Jawort. Aber er hat es mir unter Vorspiegelung falscher Tatsachen abgelockt.«

Lore fuhr auf, als sei sie selbst tödlich beleidigt worden.

»Richard Sundheim? Unmöglich, Hilde!«

»Doch, doch. Er hatte mir gesagt, sein Onkel sei einverstanden mit seiner Wahl, wir würden in Gorin den ganzen Seitenflügel für uns haben, ein Wagen stände mir immer zur Verfügung, und aller Komfort würde uns umgeben. Er sei der alleinige Erbe seines Onkels, und es werde mir an nichts fehlen. Sein Onkel sei eigens auf das Fest gekommen, um mich kennenzulernen, und so weiter und so weiter. Er führte mich dann auch hinauf zu diesem gräßlichen alten Mann. Mein Gott, bin ich froh, daß ich nicht in dessen Nähe leben muß! Also dieser schreckliche Mensch fuhr in wildem Zorn auf uns los, versicherte mir, daß sein Neffe nicht einen roten Heller von ihm erben würde, es habe keinen Zweck, wenn wir auf seinen Tod lauerten. Er ziehe sofort seine Hand von Richard ab, dieser solle sein Haus für immer verlassen, und so ging es weiter. Einfach scheußlich war der alte Mann in seinem Zorn. Gott weiß, was ihn so wütend gemacht hat. Nachdem er seinem Herzen Luft gemacht hatte, stob er davon. Richard Sundheim war völlig konsterniert, brachte nicht ein Wort der Entgegnung hervor und ließ mich dann einfach stehen, mir gnädig versichernd, daß er morgen vormittag um elf Uhr zu uns kommen werde, wenn es ihm nicht möglich sei, auf das Fest zurückzukommen. Ich frage dich, habe ich nötig, mir so etwas bieten zu lassen? Soll ich so wahnsinnig sein, mich mit einem Manne zu verbinden, der selbst nichts zu beißen hat, nachdem ihn sein Onkel verbannt und enterbt hat?«

Lore atmete tief und gepreßt, ihr Herz zitterte um Richard Sundheim.

»Mein Gott, Hilde, was muß denn geschehen sein, um den alten Herrn in diesen Zorn zu versetzen?« fragte sie mit blassen, zuckenden Lippen.

Hilde zuckte die Achseln.

»Wer weiß? Ich mag es gar nicht wissen, es geht mich nichts mehr an. Selbstverständlich ist zwischen mir und Sundheim alles aus. Ich betrachte mich durchaus nicht gebunden. Das werde ich ihm morgen sagen, wenn er kommt. Ich muß ihn selbstverständlich sprechen, ehe Frankenstein kommt und meine Verlobung mit ihm proklamiert wird. Deshalb habe ich Frankenstein erst für zwölf Uhr bestellt. Sundheim kann nicht von mir verlangen, daß ich ein Wort halte, das er mir unter falschen Vorspiegelungen abgelockt hat.«

»O pfui, Hilde, wie kannst du so etwas von ihm sagen. Er ist ein Ehrenmann und wird niemals jemandem etwas vorspiegeln.«

Hilde sah sie spöttisch an.

»Mein Gott, du legst dich ja heftig für ihn ins Zeug, Lore. Du bist doch nicht etwa verliebt in ihn?«

Lores Stirn zog sich zusammen. Um keinen Preis hätte sie vor Hildes spöttischen Augen ihre Gefühle verraten.

»Sprich nicht solchen Unsinn, Hilde. Ich weiß nur, daß Sundheim ein Ehrenmann ist und daß er dich über alle Maßen liebt. Wenn er erfährt, daß du dich mit einem anderen verlobt hast, wird ihm das Herz brechen.«

»Glaub doch das nicht! So schlimm wird es nicht werden. Er kann sich doch denken, daß ein Mädchen wie ich nicht geschaffen ist, eine Ehe einzugehen, die mit nichts beginnt und nur Sorgen und Elend im Gefolge hat. Ich muß dafür danken.«

55

»Du darfst aber nicht glauben, daß er dir falsche Tatsachen vorgespiegelt hat. Was er dir gesagt hat, beruhte bestimmt auf Wahrheit. Und sein Onkel muß auch mit allem einverstanden gewesen sein, muß dich deshalb haben kennenlernen wollen. Irgend etwas muß geschehen sein, um ihn so zornig auf seinen Neffen zu machen.«

»Aber was denn bloß?«

Lore hatte sinnend vor sich hingesehen, als müsse sie das ergründen, und plötzlich sprang sie wie in höchster Erregung auf. Es war ihr eingefallen, daß sie kurz vorher Frankenstein oben in der Loge des alten Herrn hatte sitzen sehen und daß die beiden anscheinend in einer sehr erregten Unterhaltung begriffen gewesen waren.

»Was ist denn, Lore?« fragte Hilde.

Lore zwang sich mit aller Macht zur Ruhe.

„Bitte, erzähl mir noch einmal möglichst wortgetreu, was der alte Herr gesagt hat«, bat sie mit bebender Stimme.

Hilde schüttelte verwundert den Kopf.

»Du bist wunderlich, Lore. Wie kann dich denn das alles so erregen, du siehst doch, wie ruhig ich bin.«

»Ich werde es dir später sagen, bitte, wiederhole mir das alles noch einmal genau, was der alte Herr gesagt hat.«

Hilde berichtete nun fast wortgetreu die Szene, die sich oben auf dem Balkon abgespielt hatte.

Lore lauschte mit intensivster Aufmerksamkeit, und als Hilde fertig war, sagte sie fest und bestimmt:

»Nun will ich dir sagen, was mich so sehr erregte. Frankenstein steckt hinter dem allen; ihm hat Richard Sundheim es zu danken, wenn sein Onkel ihn wirklich enterbt.«

Erstaunt sah Hilde zu ihr hinüber.

»Was soll denn Frankenstein damit zu tun haben?«

»Das will ich dir sagen. Ich sah Frankenstein, kurz bevor du mit Richard zu dessen Onkel hinaufgingst, oben auf dem Balkon in der Loge des alten Herren sitzen. Sie sprachen sehr erregt miteinander. Und als du mit Richard oben warst, stand Frankenstein mit einem seltsam gepannten, lauernden Gesicht unten an der zu dem Balkon hinaufführenden Treppe, als erwarte er irgend etwas Besonderes. Frankenstein ist wahnsinnig verliebt in dich; darum war er auf Richard Sundheim, den du anscheinend begünstigtest, eifersüchtig. Er hat sich wohl überlegt, wie er Sundheim aus dem Sattel heben könnte, und wird sich gesagt haben: wird er von seinem Onkel enterbt, dann ist er nicht imstande, dich zu heiraten. Wahrscheinlich hat er den alten Herrn gegen seinen Neffen aufgehetzt, hat ihm vielleicht gesagt, daß ihr beide auf dessen Tod lauert, um ihn beerben zu können. Ich bin ganz fest davon überzeugt, daß er an der Katastrophe beteiligt ist.«

Hilde sah sie betroffen an.

»Lore, du bist ja der reine Sherlok Holmes«, spottete sie.

»Es ist nicht schwer, sich das zusammenzureimen. Als der alte Herr mit seinem Neffen zur ›Eintracht‹ fuhr, war er mit eurer Verbindung einverstanden und hatte Richard alle möglichen Zugeständnisse gemacht. Plötzlich ist er ganz verändert, voll Zorn und scheinbar außer sich über seines Neffens Undankbarkeit. In der Zwischenzeit hat er aber mit keinem Menschen gesprochen, außer mit Frankenstein, denn oben auf dem Balkon befand sich außer den beiden Herren kein Mensch. Das alles liegt für mich ganz klar auf der Hand.«

Hilde legte den Kopf zurück, dachte eine Weile mit geschlossenen Augen nach, als müsse sie Für und Wider überlegen. Dann richtete sie sich auf.

»Das wäre allerdings eine Erklärung! Aber daran ist nun nichts mehr zu ändern. Es ist ganz ausgeschlossen, daß ich Richard Sundheims Frau werde. Verstößt ihn sein Onkel, so ist er ein Bettler. Söhnt er sich aber wieder mit ihm aus, dann wäre ich gezwungen, mit diesem greulichen alten Mann unter einem Dach zu leben und mir von ihm allerlei gefallen zu lassen. Für beides danke ich. Nein, nein, es ist schon gut so, wie es ist. Frankensteins Verhältnisse geben mir doch mehr Garantien für die Zukunft. Mag er dem Schicksal nachgeholfen haben, was geht es mich an, ich weiß von nichts und will nichts davon wissen. Er tat es dann nur aus Liebe zu mir. Und schließlich hat er damit auch für mich das Beste erreicht und mich von einem törichten Schritt zurückgehalten.

Lore sah die Schwester mit großen Augen an.

»Und Richard Sundheim hat dafür zu büßen. Tut es dir denn nicht leid, daß du ihm soviel Schmerz und Kummer zufügen wirst?«

Hilde zuckte wieder die Achseln.

»Ich kann es nicht ändern, schließlich geht es um mein Glück, und das ist mir wichtiger als das seine.«

Lore hätte sie zornig schütteln mögen.

»Glaubst du denn, daß du mit einem Mann wie Frankenstein, der dir im Grunde nicht gefällt, glücklich werden kannst?«

»Er wird mir jeden Wunsch erfüllen. Ich werde in Glanz und Luxus leben und endlich aus allen Alltagssorgen herauskommen. Das wird mich schon glücklich machen. Ich bitte dich, sei nicht sentimentaler, als es notwendig ist. Sundheim wird das Herz nicht brechen. Und ich habe, was ich erstrebenswert finde. Bitte, hilf mir, daß ich morgen vormittag mit Richard Sundheim eine halbe Stunde allein sein kann, damit ich Klarheit zwischen uns schaffe. Ich werde ihm einfach sagen, daß ich mich nach der Szene mit dem alten Herrn von meinem Wort entbunden halte, da ich es ihm unter anderen Voraussetzungen gegeben und daß ich mich dann mit Frankenstein verlobt habe. Damit muß er sich abfinden.«

Lore krampfte die Hände zusammen.

»Wird es dein Gewissen gar nicht beschweren, daß, wenn meine Vermutung richtig ist, Frankenstein ihn um sein

Erbe gebracht hat, indem er ihn bei seinem Onkel verdächtigte und verleumdete?«

»Sie werden sich schon wieder aussöhnen, Onkel und Neffe.«

»Und — wenn nicht?«

»Mein Gott, dann kann ich doch auch nichts daran ändern, ich habe doch nichts dazu getan.«

»Nichts weiter, als daß du ein Doppelspiel getrieben hast, indem du Frankenstein schöne Augen machtest und dann seine Eifersucht auf Sundheim wachriefst.«

Unmutig erhob sich Hilde.

»Nun sei so gut und mach mir nicht immer wieder solche Vorhaltungen. Ich habe getan, was ich für mich als das Beste hielt — erst komme ich. Und hüte dich, deinen Verdacht gegen Frankenstein anderen Menschen gegenüber in Worte zu kleiden. Auf so eine vage Vermutung hin kannst du keinen Verdacht gründen. Auf keinen Fall laß dir einfallen, Sundheim gegenüber etwas von deinem Verdacht laut werden zu lassen, du könntest damit ein großes Unheil anrichten. Es käme möglicherweise zu einem Duell, und dann hättest du die Schuld, wenn einer von ihnen fallen würde. Ich will auch nichts mehr davon hören — ich habe dich reden lassen, da wir allein sind. Aber jedes weitere Wort gegen Frankenstein würde ich als eine Beleidigung auffassen. Danach richte dich.«

Lore sah sie nur mit einem großen Blick an. Das Herz lag ihr schwer in der Brust.

Die Schwestern sprachen kein Wort mehr und gingen zu Bett. Aber während Hildes ruhige Atemzüge bald verrieten, daß sie schlief, lag Lore da und starrte mit brennenden Augen ins Dunkel. Sie kam sich selber mitschuldig vor an Richard Sundheims Unglück, weil sie zu feige gewesen war, ihn vor Hilde zu warnen. Aus Angst, daß er dann merken könne, wie sie ihn liebe, hatte sie geschwiegen und ihn in sein Unglück hineinrennen lassen. Warum hatte sie es nicht lieber auf sich genommen, daß er erraten könnte, was er ihr war, wenn sie ihn vor Hilde warnte? Dann wäre er vielleicht aufgewacht aus seiner Verzauberung — dann wäre Frankenstein nicht eifersüchtig auf ihn geworden und hätte ihn nicht bei seinem Onkel verleumdet. So war sie mit all ihrer schrankenlosen Liebe mitschuldig geworden an seinem Unglück. Wie sollte sie das ertragen? Ihr Herz zitterte um Richard Sundheim, und sie grübelte darüber nach, wie sie an ihm gutmachen konnte, was Hilde ihm angetan und was sie durch ihr Schweigen mitverschuldet hatte und noch verschulden mußte.

VI

Richard Sundheim hatte seine großen Koffer gleich auf dem Bahnhof lagern lassen; er nahm nur den kleinen Handkoffer mit sich ins Hotel. Einen Entschluß hatte er noch nicht fassen können, was nun werden sollte. Erst mußte er mit Hilde gesprochen haben. Im Hotel angekommen, setzte er sich in seinem Zimmer ans Fenster und starrte vor sich hin. Es war noch viel zu früh, als daß er schon zu Darlands hätte gehen können. Hilde würde ihn erst um elf Uhr erwarten. Er versuchte Klarheit in sein Denken zu bringen, und so schwer es ihm wurde, mußte er sich doch sagen, daß er Hilde unter den veränderten Verhältnissen ihr Wort zurückgeben mußte. Ja, er mußte sie wieder freigeben, das war seine Pflicht. Aber tief in seinem Innersten hoffte er, daß sie diese Freiheit nicht annehmen, daß sie ihm sagen würde: Ich warte auf dich, was auch kommen mag, wir tragen es gemeinsam, denn ich liebe dich. Ja, das hoffte er von Hilde — und dann wollte er alle Kraft daransetzen, ihr sobald wie möglich eine leidlich sorglose Existenz bieten zu können.

Er zergrübelte sich den Kopf, was er tun könnte, um sein Lebensschiff aus diesem Sturm in einen sicheren Hafen zu retten. Er war jung und gesund, hatte zwei kräftige Arme und den festen Willen, nicht unterzugehen. Allen Gewalten zum Trotz sich erhalten.

Dies Dichterwort stand plötzlich wie ein Ziel vor ihm. Es strömte von ihm eine so feste Zuversicht, ein unbeugsamer Lebenswille aus, daß er den Kopf entschlossen zurückwarf. Er durfte nicht verzagen, mußte das Schicksal fest in seine Hände nehmen, wenn er es meistern wollte.

Der Scheck in seiner Brieftasche brannte ihn wie Feuer. Wie gern hätte er ihn dem Onkel zurückgegeben und wie sehr demütigte es ihn, daß er sich diesen Luxus in seiner Lage nicht leisten konnte. Wenig genug war es, um darauf eine neue Existenz gründen zu können. Wieder stand das Ausland lockend vor ihm. Mit den tausenddreihundert Mark, die er besaß, kam er wohl ins Ausland — aber was dann? Und wohin sollte er gehen?

Wieder fielen ihm die Briefe seines Studienfreundes Heinz Martens ein, der nach Südwest gegangen war und sich dort eine ganz annehmbare Existenz geschaffen hatte. Aber Heinz Martens hatte wenigstens ein bescheidenes kleines Vermögen gehabt, mit dem er in Deutschland nicht viel hätte beginnen können, das ihm aber ermöglichte, in Südwest von den Engländern eine Farm zu pachten. Er hatte sich Vieh gekauft und war gut vorangekommen. Wieviel Geld hatte Heinz Martens eigentlich gehabt, als er nach Südwest gegangen war?

Richard sprang auf und nahm aus seinem Handkoffer die Briefe, die er von Heinz Martens erhalten hatte. Mit brennendem Interesse las er sie durch. In dem einen hieß es:

»Ein tüchtiger Kerl kann hier schon vorankommen, wenn es auch hart auf hart geht. Die Engländer geben gern von dem ehemals deutschen Besitz auch an Deutsche ab, die ihnen vertrauenswürdig erscheinen. Allerdings dürfen sie nicht mit ganz leeren Händen kommen und müssen eine gewisse Sicherheit zu bieten haben. Leicht ist das Farmerleben in Südwest gewiß nicht, aber doch nicht so niederdrückend, wie es für einen Landwirt ohne Land oder nennenswertes Vermögen in Deutschland ist. Ich besaß nur zwanzigtausend Mark, als ich hierher kam. Damit hätte ich in Deutschland nicht die kleinste Klitsche haben können. Hier habe ich damit, als ich ankam, die erste Rate Pacht bezahlt, habe das nötige Vieh gekauft und was ich unbedingt an Gerätschaften brauchte. Es gab im Anfang viel Arbeit, aber bald ging es voran.

Ich habe jetzt schon eine Menge Leute. Sie sind anspruchslos und begnügen sich, wenn sie am Sonnabend ihre reichliche Kost bekommen für die ganze Woche und einige Schilling für Extrabedürfnisse.«

Ein andermal hieß es in einem Brief:

»Du, mein lieber Richard, wirst freilich zu meinen Schilderungen afrikanischen Lebens mitleidig lächeln. Du sitzt vergnügt auf dem Prachtgut Deines Onkels und freust Dich der fetten Ernten. Davon ist hier nichts zu merken. Man ist froh, wenn das Vieh sein Futter hat und die Tränken nicht ohne Wasser sind. Aber man beißt sich doch durch. Um Dich ist es eigentlich schade, daß Dir so die gebratenen Tauben in den Mund fliegen. Ein Kerl wie Du würde hier seine Kräfte besser regen können. Und man hat doch eine ganz andere Freude am Leben, wenn man alles selber erkämpfen und erarbeiten kann. Aber damit will ich Dir das Herz nicht schwermachen, denn in Deinem letzten Brief an mich klingt ohnedies soviel Sehnsucht nach Freiheit und mannhaften Abenteuern. Na, laß gut sein, wohl dem, der es nicht nötig hat, sich mit den Widrigkeiten des Lebens herumzuschlagen, man tröstet sich nur mit solchen Lob- und Preisliedern auf dies wilde Leben hier. Manchmal hat man doch eine verfluchte Sehnsucht nach einem steifen Oberhemd und Lack und Frack. So was gibt es hier nicht.«

Richard las alle diese Briefe bis zu Ende durch, und als er sie dann wieder zusammenpackte, sah er sinnend vor sich hin. Also zwanzigtausend Mark hatte der Freund mit nach Südwest genommen? Ja, wenn man eine solche Summe sein eigen nannte, oder wenn man sie sich wenigstens leihen könnte. Aber wer sollte ihm, dem Enterbten, eine solche Summe anvertrauen? Ja, wenn er noch der Erbe des reichen Goriner gewesen wäre, dann wäre es ein leichtes gewesen. Doch jetzt würde ihm kein Mensch mehr eine solche Summe leihen.

Aber — es mußte auch ohne dies Geld gehen. Er wollte sich mit Heinz Martens in Verbindung setzen, wollte ihn fragen, ob man in Südwest nicht auch ohne Geld eine Existenz finden könnte. Es sollte ja da unten Riesenfarmen geben, auf denen sicher tüchtige Leute gebraucht würden.

Aber jetzt erst einmal zu Hilde, jetzt war es so weit, daß er Punkt elf Uhr dort sein konnte. Er wollte Hilde nicht warten lassen, sicherlich bangte sie sich nach ihm.

Er sprang auf. Und nun waren wieder alle seine Gedanken nur bei ihr. Daß er sie freigeben mußte, stand bei ihm fest, aber die Hoffnung, daß sie trotzdem zu ihm halten würde in Not und Tod, Glück und Unglück, verließ ihn nicht.

Eine Viertelstunde später stand er vor der Darlandschen Wohnung und zog die Klingel. Ein junges Dienstmädchen öffnete ihm.

»Sind die Herrschaften zu sprechen?«

»Bitte sehr.«

Er reichte dem Mädchen seine Karte. Sie ging damit in das Wohnzimmer, wo Hilde, Lore und Hildes Mutter beisammensaßen. Der Professor war noch im Gymnasium. Frau Professor Darland nahm die Karte und machte ein enttäuschtes Gesicht. Sie hatte Hildes Bräutigam erwartet.

63

»Es ist nur der junge Herr Sundheim«, sagte sie und sah Hilde fragend an.

Lore zuckte zusammen und wurde sehr blaß, aber Hilde erhob sich ruhig.

»Führen Sie den Herrn in das Besuchszimmer«, gebot sie dem Mädchen. Dann wandte sie sich zu ihrer Mutter.

»Mama, ich muß Herrn Sundheim unbedingt allein sprechen — ich habe ihm etwas zu sagen.«

»Aber, Hilde, wenn dein Verlobter kommt«, wandte die Mutter etwas unsicher ein.

Sie hatte wohl eine Ahnung, daß Hilde irgendeinen Flirt mit Sundheim gehabt hatte.

»Frankenstein kommt erst um zwölf Uhr. Ich sage dir ja, ich muß allein mit Herrn Sundheim sprechen. Halte mir auch Papa fern, wenn er heimkommt. Lore, du sorgst auch dafür, daß ich nicht gestört werde.«

Damit ging Hilde aus dem Zimmer.

Lore sah ihr mit starren Augen nach und preßte die Lippen zusammen. Sie wußte, daß sie nicht abwenden konnte, was Richard Sundheim jetzt angetan wurde. Er würde die Frau, die er liebte, jetzt in einem anderen Licht sehen, und das würde ihm weh tun. Das konnte sie nicht aufhalten. Aber — helfen wollte sie ihm, soweit es in ihrer Macht stand. Und sie hatte in dieser schlaflosen Nacht in unerhörter Opferbereitschaft ausgesonnen, wie sie ihm über das Schlimmste hinweghelfen konnte. Ihre Stiefmutter fragte sie:

»Weißt du, was Hilde mit Sundheim zu sprechen hat?«

»Frag mich bitte nicht, Mama«, sagte sie heiser. Und, die Lippen fest zusammenpressend, erhob sie sich und ging zur Tür.

»Wo willst du hingehen, Lore?»

»Ein wenig ins Freie, ich habe Kopfweh.«

Damit verließ Lore schnell das Zimmer, nahm draußen Hut und Mantel und verließ die Wohnung, mit einem blassen, aber entschlossenen Gesicht. Sie wollte sühnen, daß sie mitschuldig war an all dem, was Richard Sundheim angetan wurde.

Als Hilde in das Besuchszimmer trat, wollte Richard auf sie zueilen.

»Hilde, meine Hilde, wie gut, daß ich dich endlich sprechen kann.«

Sie wich vor ihm zurück, richtete sich stolz empor und sah ihn mit kalten Augen an.

»Ich muß darum bitten, Herr Sundheim, daß Sie diese vertrauliche Anrede unterlassen. Ehe Sie noch ein Wort weitersprechen, hören Sie bitte an, was ich Ihnen zu sagen habe.«

Richard Sundheim war zumute, als würde er mit kaltem Wasser begossen. Erschrocken starrte er Hilde an. Ihre Augen blickten stolz und abweisend, fremd und kalt. Und ihre Stimme klang ganz anders als sonst.

»Hilde – was soll das heißen?« fragte er heiser.

Sie hob die Hand.

»Ich bitte nochmals, diese vertrauliche Anrede zu unterlassen. Sie haben kein Recht dazu. Was gestern abend zwischen uns geschehen ist, muß vergessen sein. Sie haben sich mein Jawort unter falschen Vorspiegelungen erschlichen. Ihr Herr Onkel hat es an Deutlichkeit nicht fehlen lassen. Ich habe meine Schlüsse daraus gezogen und betrachte mich als frei von dem Augenblick an, als Sie mich gestern abend verließen.«

Er war sehr bleich geworden und sah sie entsetzt an.

»Hilde – bitte, besinne dich! Du wirst doch nicht glauben, daß ich dir etwas vorgespielt habe? Niemand kann überraschter gewesen sein als ich über das Verhalten meines Onkels. Ich gebe dir mein Wort, daß er mit unserer Vereinigung einverstanden war, daß er mir alles zugebilligt hatte, was mich in den Stand setzte, dir ein sorgenfreies, ja luxuriöses Leben zu bieten. Sein so jäh verändertes Verhalten ist

65

mir noch jetzt unerklärlich, da ich nicht mit ihm sprechen durfte. Ich weiß nicht, was geschehen ist, was ihn zu diesem aggressiven Verhalten gegen mich und leider auch gegen dich veranlaßte.«

Stolz warf Hilde den Kopf zurück.

»Ich bin jedenfalls nicht willens, mich zu einer Verbindung zu drängen, wo ich nicht mit offenen Armen aufgenommen werde. Und ich verbiete Ihnen nochmals, mich beim Vornamen zu nennen. Wie die Dinge jetzt liegen, bin ich frei — völlig frei von einem Versprechen, das ich unter ganz anderen Voraussetzungen gab. Ich habe mir jedenfalls meine Freiheit wiedergenommen — und habe mich gestern abend mit Herrn Ernst Frankenstein verlobt. Daraus ersehen Sie wohl zur Genüge, daß Ihnen keinerlei Hoffnung bleibt, mich an Ihr jetzt so unsicheres Dasein zu fesseln.«

Richard wich einen Schritt zurück, er starrte Hilde an, als sei sie ihm plötzlich ein ganz fremder Mensch geworden. Mehr als ihre Worte verletzte ihn der Ton, in dem sie gesprochen wurden. Seine Züge wurden schlaff und fahl. Nein, diese junge Dame, die ihm sein heißes Lieben so hart und kaltherzig vor die Füße warf, war nicht die Hilde, die ihm so lieb gewesen war, sondern ein herzloses, grausames Geschöpf, das ihn ohne Wimpernzucken tödlich verletzte. Sie sollte nicht merken, wie tief sie ihn getroffen hatte.

»Mein gnädiges Fräulein«, sagte er heiser, aber mit kalter Förmlichkeit, »ich war hierhergekommen, um Ihnen Ihre Freiheit zurückzugeben, weil sich meine Verhältnisse seit gestern wesentlich geändert haben. Aber ich hatte geglaubt, daß Sie diese Freiheit nicht annehmen würden, daß Sie mir sagen würden: Was auch kommen mag, wir tragen es zusammen. Ja, ein so törichter Mensch war ich, diese Hoffnung nicht ganz zu ersticken. Ich sehe erst jetzt, wie töricht ich war. Sie haben sich Ihre Freiheit bereits selbst wieder genommen, haben sich schnell mit einem anderen getröstet, der Ihnen mehr Glanz und Reichtum zu bieten hat als der arme Enterbte, der nichts mehr hat als ein Paar Fäuste zum Arbeiten und den festen Willen, nicht unterzugehen. Sie gestatten, daß ich Ihnen meinen Glückwunsch ausspreche und mich verabschiede.«

Damit verneigte er sich formell und verließ das Zimmer, ehe sie noch etwas erwidern konnte.

Hilde stand eine Weile wie versteinert. Es regte sich nun doch etwas wie Scham in ihr, und sie fühlte sich gedemütigt. Aber das ging schnell vorüber, sie warf den Kopf zurück. Fort mit solchen Sentimentalitäten. Sie hatte keine Lust, sich ihr Leben verpfuschen zu lassen.

Richard Sundheim durchschritt draußen den kleinen Korridor, öffnete die Flurtür und trat hinaus in das Treppenhaus. Niemand sah ihn. Als er die Tür hinter sich zugezogen hatte, holte er tief Atem, als sei ihm die Brust zu eng. Mit heißen, trockenen Augen starrte er vor sich hin. Nur er wußte, was er in diesen wenigen Minuten erlebt und erlitten hatte. Seine Liebe war mit Füßen getreten worden. Hilde Hartung hatte nur mit ihm gespielt, nie, nie hatte sie ihn geliebt, sonst hätte sie nicht so handeln können. Er wußte jetzt, daß sie in ihm nur die gute Partie gesehen hatte. Ohne das Erbe war er ihr nur ein gleichgültiger Mensch. Dieser Herr Frankenstein, über den sie sich oft in seiner Gegenwart lustig gemacht hatte, galt ihr jetzt mehr, weil er reich war. Und so eilig hatte sie es gehabt, ihm einen Nachfolger zu geben, hatte nicht einmal gewartet, bis er sie freigegeben hatte. Und um ihre Herzenskälte zu bemänteln, hatte sie es sogar gewagt, ihn zu beschuldigen, er habe sie unter falschen Vorspiegelungen verlockt, ihm ihr Jawort zu geben.

Er stöhnte auf und biß die Zähne zusammen. Nichts also war übriggeblieben von seiner großen Liebe — als qualvolle Verachtung. Ein wütender Schmerz preßte ihm die Brust zusammen. Aber — das mußte anders werden, so bald wie möglich. In seiner Lage durfte er sich nicht durch eine unglückliche Liebe die Kraft aus den Adern saugen lassen. Er mußte dagegen ankämpfen wie gegen etwas, das an seinem Lebensmark zehren wollte.

Er schritt die Treppe hinab. Nicht mit der alten Elastizität und Leichtigkeit, aber mit festen Schritten. Er wollte und mußte niederringen, was ihm jetzt noch weh tat.

So trat er auf die Straße hinaus. Ohne sich umzusehen, ging er weiter, mit nach innen gerichtetem Blick. Blaß und fahl war sein Antlitz, und die Muskeln seines Gesichts spielten, weil er die Zähne fest zusammenbiß.

Er achtete nicht darauf, daß ihm leichte Schritte folgten, schrak erst auf, als in einer ganz stillen, menschenleeren Nebenstraße eine weiche, dunkle Stimme mit zitterndem Klang seinen Namen rief. Da blieb er stehen und sah sich um. Lore Darland stand vor ihm, blaß bis in die Lippen und mit feucht schimmernden Augen, in denen eine tiefe Qual lag. Er zwang sich zu einem ruhig-formellen Ton.

»Mein gnädiges Fräulein — Sie wünschen?«

Lore rief all ihre Tapferkeit zu Hilfe.

»Herr Sundheim, ich wünsche gutzumachen, soweit ich es kann, was Ihnen angetan worden ist. Ich weiß alles, weiß, was gestern geschah zwischen Ihnen und Hilde. Und ich weiß auch — daß — daß Hilde Sie verraten hat und daß Sie jetzt mit einer qualvollen Bitterkeit und Verzweiflung ringen. Es ist ein großes Wagnis für mich, daß ich mich jetzt in Ihre Empfindungen hineindränge. Aber ich muß es tun, ich kann Sie nicht so fortgehen lassen, ohne zu versuchen, Sie ein wenig zu trösten und gutzumachen, was auch ich Ihnen angetan habe.«

Er sah in ihre feucht schimmernden Augen, hörte ein banges Herz aus ihren Worten zittern und sah sie zum erstenmal mit wachem Interesse an. Das wehe Lächeln fiel ihm wieder ein, das er gestern abend auf ihrem Gesicht gesehen hatte.

»Wenn Sie alles wissen, gnädiges Fräulein, dann werden Sie verstehen, daß mir jetzt nicht nach Konversation zumute ist«, stieß er rauh hervor.

Erschrocken hob sie die Hände.

»O mein Gott, so dürfen Sie es nicht auffassen, daß ich Ihnen folgte und Sie ansprach. Ich bin so bis ins Innerste durchdrungen von dem Wunsch, Ihnen zu helfen, nur ein wenig, bis Sie selbst wieder Mut gefaßt haben. Bitte, bitte, fassen Sie es nicht als Anmaßung oder Aufdringlichkeit oder gar als eine Laune auf, nur der redliche Wille, zu helfen, gutzumachen, ließ mich Sie ansprechen. Ich weiß, daß Sie jetzt nicht allein den Schmerz um Hildes Verrat zu tragen haben, sondern ich fürchte auch, Ihr Herr Onkel könnte wahrmachen, was er Ihnen gestern abend angedroht hat.«

Er lachte hart und bitter auf.

»Oh, er hat es schon wahrgemacht. Ich bin aus Gorin verbannt, auf die Straße gesetzt worden, stehe dem Nichts gegenüber — bei Gott, so völlig zerschmettert hat mich das alles, daß ich alle Kraft brauche, nicht zusammenzubrechen. Fräulein Hartung hat recht getan, sich ganz von mir zu scheiden. Mit einem vom Unglück Gezeichneten soll man nicht gemeinsame Sache machen. Auch Ihnen rate ich, sich nicht um mich zu bekümmern. Bitte, lassen Sie mich gehen, ich bin heute ein schlechter Gesellschafter.«

Sie schüttelte energisch den Kopf.

»Nein, ich lasse Sie so nicht gehen, Sie brauchen jetzt einen Menschen, der ein wenig Verständnis für Sie hat, und der zu Ihnen stehen wird mit allem, was er zu geben hat.«

Mit einem seltsam forschenden Blick sah er sie an.

»Was hat Sie bewogen, mir zu folgen, mir soviel Teilnahme zu zeigen?«

Sie atmete tief auf und lächelte wieder das wehe Lächeln

von gestern abend, aber ihre Augen senkten sich nicht, sie sah ihn groß und ehrlich an.

»Ich sagte es Ihnen schon — ich fühle mich mitschuldig an dem, was man Ihnen angetan hat.«

Erstaunt sah er sie an.

»Sie? Mitschuldig? Wie könnte das sein?«

Fest preßte sie die Handflächen zusammen, als müsse sie sich Mut machen.

»Das will ich Ihnen sagen, es soll meine Buße sein. Ich bin mitschuldig, weil ich zu feige war, Ihnen, ehe es zu spät war, zu verraten, daß Hilde ein falsches Spiel mit Ihnen trieb, daß es nicht Liebe war, was sie für Sie empfand, sondern nur das Verlangen nach einer reichen Partie. Sie erwog kaltblütig, ob Sie oder Frankenstein ihr mehr Glanz und Reichtum zu bieten hätten. Nur zog sie Sie ein wenig vor, weil Sie die elegantere, vornehmere Erscheinung waren und weil sie um Sie mehr beneidet würde. Frankenstein ist ihr direkt unsympathisch, aber sie verlobte sich gestern schnell mit ihm, nachdem sie von Ihrem Onkel gehört hatte, daß er Sie enterben würde.

Das alles sage ich Ihnen nun zu spät, weil ich zu feige war und fürchtete, daß Sie merken würden, was Sie mir waren. Ja — ich liebe Sie. Daß ich Ihnen das jetzt sage, soll meine Buße für meine Feigheit sein. Ich habe mich dadurch mitschuldig gemacht; hätte ich Ihnen das früher gesagt, ehe Sie Hilde um ihr Jawort baten und ehe Sie Ihrem Onkel sagten, daß Sie Hilde heiraten wollten, dann — das habe ich im Gefühl — wäre es nicht dazu gekommen, daß Ihr Onkel Sie enterbt hätte. Nur — weil Sie heiraten wollten, kam er wohl auf den Verdacht, daß Sie auf seinen Tod warteten. So, nun habe ich Ihnen alles gesagt, habe mich namenlos vor Ihnen gedemütigt dadurch, daß ich Ihnen verriet, daß ich Sie liebe, aber ich hoffe, daß Sie mich deshalb nicht für unweiblich halten, sondern daß es Ihnen ein wenig Mut macht und Ihnen zeigt, daß man an einer unglücklichen Liebe nicht stirbt. Sie werden sich durch meinen Mut nicht beschämen lassen. Und weil ich Sie in Ihr Unglück hineinrennen ließ, ohne Sie zu warnen, deshalb möchte ich Ihnen helfen, soweit es in meinen schwachen Kräften liegt. Sie sollen wissen, daß ein Mensch mit seinem ganz ehrlichen Herzen zu Ihnen hält und von dem heißen Wunsch beseelt ist, gut-zumachen.«

Fassungslos hatte er ihr zugehört. Tiefbewegt sah er in ihr zuckendes Gesicht, in ihre opfermutigen Augen hinein.

»Sie beschämen mich, mein gnädiges Fräulein; ich be-greife, was es für Sie heißt, mir ein solches Geständnis zu machen, und ich stehe mit leerer Hand vor Ihnen und kann es Ihnen nicht vergelten.«

Unter Tränen lächelnd, schüttelte sie den Kopf.

»Ich will doch nur gutmachen, was ich und andere Ihnen angetan haben.«

»Sprechen Sie doch nicht von Ihrer Schuld — Sie haben nicht anders handeln können. Ich wollte, ich könnte Ihnen vergelten, daß Sie so opfermutig für mich eintreten.«

»Um Gottes willen, nichts von Vergeltung, ich bitte Sie. Glauben Sie mir, ich will nichts, als Ihnen ein wenig helfen, über das Schlimmste hinwegzukommen. Wenn ein schwa-ches Mädchen wie ich mit ihrer unglücklichen Liebe fertig werden kann, dann müssen Sie es doch auch können, nicht wahr?«

Er atmete tief auf.

»Sorgen Sie sich darum nicht. Wo man verachten muß, wird man mit der Liebe fertig. Es ist nur alles noch zu frisch. Die Wunde, die mir geschlagen wurde, brennt noch. Sie haben mich tief gerührt durch Ihren edlen, stolzen Mut. Es tut mir leid, daß ich Ihnen nicht danken kann, wie ich es möchte.«

»Nichts von Dank. Bitte, vergessen Sie nur, was ich Ihnen gesagt habe. Das Geständnis ist mir sehr schwer geworden — aber — sonst wäre es auch keine Sühne gewesen.«

»Nein, vergessen werde ich es nicht, aber ich werde immer mit Rührung und Dankbarkeit an Sie denken — ich muß Ihnen danken.«

Sie sah flehend zu ihm auf.

»Wenn Sie mir wirklich danken wollen, dann beweisen Sie es mir dadurch, daß Sie sich nicht entmutigen lassen durch alles, was jetzt über Sie kam. Und bitte, sagen Sie mir, hat Ihr Onkel wirklich seine Hand ganz und gar von Ihnen abgezogen?«

»Ja, ich habe heute morgen sein Haus für immer verlassen müssen. Er hat sofort den Notar kommen lassen, um ein anderes Testament zu machen, in dem er einen weitläufigen Verwandten zu seinem alleinigen Erben einsetzt. Nur einige Zeilen in einem sehr verletzenden Ton hat er mir zum Abschied geschrieben, und diesen Zeilen legte er einen Scheck über tausend Mark bei. Es quält mich, daß ich ihn annehmen muß, aber wie die Dinge liegen, bleibt mir nur übrig, ins Ausland zu gehen. Ich will nach Südwest, wenn auch dort die Aussichten für einen Landwirt, der nicht das geringste Vermögen hat, nicht eben glänzend sind. Aber hier in Deutschland kann ich verhungern, ehe ich eine Stellung bekomme. Die tausend Mark brauche ich als Reisegeld — sonst würde ich sie gern zurückgeben, da sie mir so verletzend geboten wurden.«

Lore sah ihn mit flammenden Augen an.

»Geben Sie den Scheck zurück, ich kann Ihnen nachfühlen, wie gern Sie das tun würden. Lassen Sie mich Ihnen helfen, daß Sie dazu in der Lage sind.«

Er zuckte zusammen.

»Mein gnädiges Fräulein«, sagte er kalt und abweisend.

Sie hob flehend die Hände zu ihm auf.

»Bitte, bitte, mißverstehen Sie mich nicht. Ich weiß, daß ein Mann wie Sie nie Geld von einer Frau annehmen würde, und — ich besitze ja auch gar kein Geld. Aber — Sie sagen, daß Sie ganz ohne Geld in Südwest nur schlecht eine

72

Existenz finden würden. Warum leihen Sie sich nicht eine Summe, die Sie nötig haben?«

»Weil kein Mensch mir Geld leihen würde, nachdem ich enterbt worden bin. Aber nein — ein Mensch bot mir alles an, was er besaß, meines Onkels alter Diener, der mich mit aufgezogen hat. Der gute Alte hängt so sehr an mir, daß er infolge meiner Verbannung unglücklich ist wie ich selbst. Er bot mir dreitausend Mark an, die er sich mühsam gespart hat. Ich nahm sie selbstverständlich nicht, denn sie sind ein Notgroschen für sein Alter. Aber es hat mir doch wohl getan. Ich will es ihm nie vergessen. Aber außer diesem alten Diener wird mir kein Mensch einen Pfennig leihen, wenn ich ihm sage, wie es um mich steht.«

Lebhaft hob Lore den Kopf.

»Doch ich weiß jemand, der Ihnen Geld leihen würde, ohne weiteres. Ich habe Freunde. Eine Schulfreundin von mir, der ich einmal einen Dienst erweisen konnte, ist an einen reichen Fabrikanten verheiratet. Dieser leiht Geld an anständige Menschen zu mäßigen Zinsen aus. Auf meine Bitte wird er Ihnen ganz gewiß so viel vorstrecken, wie Sie für den Anfang brauchen. Wieviel würden Sie brauchen, um einen guten Anfang zu haben?«

Ihre Augen forschten bei dieser Frage unruhig in seinem Gesicht. Würde ihr kleines Vermögen ausreichen, ihm zu helfen? Sie sprach nicht die Wahrheit, nicht ihre Freunde, sondern sie selbst wollte ihm das Geld leihen, ohne daß er eine Ahnung davon haben durfte.

Er wunderte sich, daß er hier stand und mit diesem jungen Mädchen seine tiefsten Sorgen besprach, als müßte es so sein. Aber unter dem ernsten Blick ihrer schönen, braunen Augen kam ihm alles so leicht über die Lippen, als sei sie sein bester Freund. Forschend sah er sie an.

»Das wollten Sie für mich tun? Nein, nein, ich habe keinerlei Sicherheit zu bieten; Ihre Freunde würden sich hüten, mir Geld anzuvertrauen.«

»Sie selbst sind diese Sicherheit.«

Mit einem gerührten Lächeln sah er sie an.

»Das genügt vielleicht Ihnen, aber Geldleute sind vorsichtiger.«

»Ich weiß aber, daß bei meinen Freunden meine Fürsprache gilt wie die beste Bürgschaft. Ich glaube, daß Sie bestimmt das Geld bekommen werden — wenn die Summe nicht zu hoch ist. Wieviel müßten Sie haben?«

Er schüttelte den Kopf.

»Das kommt mir so plötzlich, so unerwartet, aber bei Gott, ich kann mir nicht den Luxus erlauben, auf eine Möglichkeit zu verzichten, Geld zu erhalten. Wenn Sie wirklich glauben, daß mir Ihre Freunde Geld leihen würden — ein Freund von mir ist mit zwanzigtausend Mark nach Südwest und hat sich damit eine gute Existenz gegründet.«

Sie atmete wie erlöst auf, ihre Augen leuchteten.

»Oh, so viel werden Sie sicher bekommen, vielleicht auch etwas mehr — ich werde dreißigtausend Mark für Sie verlangen, dann können Sie sich doch etwas freier regen, können etwas größer anfangen.«

Sie war sehr eifrig, und ihre Augen glänzten. Er sah sie nur immer an und staunte, wie so ganz anders dieses Mädchen war als die Schwester. Doch dann wurde er wieder unsicher. Konnte er wirklich von ihr annehmen, daß sie bei ihren Freunden für ihn bat? Sie liebte ihn und hatte ihm schon ihre Opferfreudigkeit bewiesen; es war vielleicht gar nicht so leicht für sie, wie sie es hinstellen wollte, ihre Freunde zu einem so ungewissen Geschäft zu bewegen.

Sie bemerkte den Kampf in seinen Zügen und sah mit bangen Augen zu ihm auf, als er jetzt heftig den Kopf schüttelte und sagte:

»Nein, nein, ich kann das nicht annehmen, daß Sie für mich bei Ihren Freunden bitten. Es wäre ein so großer Dienst, daß ich ihn von einer jungen Dame nicht annehmen darf.«

Ihre Augen wurden groß und dunkel.

»Wollen Sie wirklich so kleinlich sein? Glauben Sie mir nicht, daß ich Ihnen ein viel größeres Opfer brachte, als ich Ihnen sagte, was mich in Ihren Augen unweiblich erscheinen lassen muß?« stieß sie erregt hervor.

Er schüttelte den Kopf.

»Unweiblich? O nein, ich kann mir nicht denken, daß mir je eine Frau ihre absolute Weiblichkeit überzeugender klarmachen könnte, als Sie es getan haben. Glauben Sie mir, daß ich Sie bewundere und verehre, Ihres stolzen Mutes wegen. Wahrlich, ganz klein erscheine ich mir Ihnen gegenüber mit meinen ängstlichen Bedenken, ob ich einen solchen Dienst von Ihnen annehmen darf. Aber — es bedrückt mich, daß ich mir von einer Frau helfen lassen soll.«

Fast zornig sah sie ihn an.

»Wenn ich zufällig dreißig Jahre älter wäre, dann würde es Sie nicht bedrücken, nicht wahr? Schalten Sie doch mein Alter aus, betrachten Sie mich gar nicht als junge Dame. Mein Gott, seien Sie doch nicht so kleinlich und verwehren Sie es mir nicht, meine und meiner Schwester Schuld ein wenig zu verkleinern. Es ist doch wirklich nur eine ganz nüchterne geschäftliche Sache, die mit der Person gar nichts zu tun hat. Meine Freunde verleihen an manche Menschen Geld, sie werden auch bei Ihnen nichts riskieren, das weiß ich. Ich tue gar nichts in dieser Angelegenheit, als daß ich Sie bei meinen Freunden einführe und ihnen bezeuge, daß Sie ein ehrlicher, anständiger Mensch sind.«

Ein bitteres Lächeln umspielte seinen Mund.

»Sie vertrauen mir so großzügig, und Ihre Schwester machte mir den Vorwurf, daß ich sie unter falschen Vorspiegelungen verlockte, mir ihr Jawort zu geben.«

Dunkle Glut trat in Lores Gesicht.

»So hat sie es doch gewagt? Es ist unerhört. Sie glaubt das ja selbst nicht. Sie wollte nur um jeden Preis von Ihnen loskommen, weil sie sich mit Frankenstein verlobt hat. Im Ernst zweifelte sie an Ihrer Ehrenhaftigkeit so wenig, wie ich es tue.«

»Nun gut, ich will alle Bedenken fallen lassen und Ihr großmütiges Anerbieten annehmen. Wenn Ihre Freunde mir zwanzig- bis dreißigtausend Mark leihen wollen, so will ich alles tun, was in meinen Kräften steht, diese Schuld sobald wie möglich abzutragen. Bis ich das kann, will ich die Zinsen regelmäßig schicken. Wenn mir ein anderer Ausweg bliebe, würde ich Ihre Güte nicht in Anspruch nehmen, aber unter den gegebenen Umständen bin ich nun mal auf fremde Hilfe angewiesen. Und — wenn ich meinem Onkel diesen Scheck zurücksenden kann, wird mir ein Stein vom Herzen fallen. Gott mag mir helfen, daß ich ihm einst alles zurückzahlen kann, was er für mich aufgewandt hat, solange ich in seinem Haus war.

Irgend etwas, ein fremder Einfluß, den ich nicht kenne, muß ihn gegen mich eingenommen, muß mich in seinen Augen verdächtigt haben. Es muß gestern erst geschehen sein, denn als ich mit ihm zur ›Eintracht‹ fuhr, war er noch mit allem einverstanden, machte mir allerlei Zugeständnisse für meine bevorstehende Verheiratung, und alles war zwischen ihm und mir wie immer. Es ist mir ein Rätsel, was diesen plötzlichen Umschwung seiner Gesinnungen herbeigeführt haben kann. Von seiner Güte habe ich alles annehmen können, von seinem Zorn und Mißtrauen etwas anzunehmen, wäre mir furchtbar — ich wäre glücklich, könnte ich den Scheck zurückgeben.«

Lore wagte ihn nicht anzusehen, ahnte sie doch, wer ihn verdächtigt hatte. Ja, es erschien ihr jetzt als ganz gewiß. Aber sie dachte an Hildes Worte — wenn sie Richard Sundheim ihren Verdacht mitteilte, könne es zu einer Katastrophe kommen. Um keinen Preis durfte er jetzt erfahren, was sie zu wissen glaubte. Auch durfte sie auf Vermutungen hin keinen Menschen verdächtigen. So mußte sie schweigen.

Aber sie war froh, daß er wenigstens ihre Hilfe annehmen würde.

»Kommen Sie gleich jetzt mit mir zu meinen Freunden, Herr Sundheim. Sie wohnen nicht weit von hier. Wenn Sie einige Minuten vor der Tür warten wollen, dann gehe ich hinein und spreche erst mit ihnen. Nur wenn sie einwilligen, werde ich Sie rufen, sonst brauchen sie gar nicht zu wissen, für wen ich bitte. Aber ich hoffe ganz bestimmt, daß ich Ihnen gute Nachricht bringen kann.«

Richard folgte ihr, gleichsam einem inneren Zwang gehorchend. Immer wieder sah er von der Seite auf Lores feines Profil. Wie blaß und erregt sie noch immer aussah. Er wußte, daß er noch nie einer Frau begegnet war, die ihrer Liebe ein so großes Opfer gebracht hatte. Das Geständnis ihrer Liebe hatte sie nicht ihrer weiblichen Würde und Reinheit entkleidet. Es hatte auch auf ihn gewirkt wie eine heldenhafte Tat.

Stumm schritten sie nebeneinander hin. Er merkte sehr wohl, wie sie noch mit ihrer Befangenheit ihm gegenüber kämpfen mußte, und wollte ihr Zeit lassen, sich zu fassen und ihr seelisches Gleichgewicht wiederzufinden. Er sah zum ersten Mal, was für feine, liebliche Züge, was für eine aparte Haarfarbe, was für eine jugendschöne, schlanke Gestalt und was für herrliche Augen sie hatte. Wahrlich, dieses junge Geschöpf war wohl dazu angetan, eines Mannes Glück auszumachen. Wie leid tat es ihm, daß er ihre Gefühle nicht erwidern konnte. Aber sein Herz zuckte noch in Qual und Not um die andere, die er doch verachten mußte.

Plötzlich blieb Lore vor einem villenartigen Gebäude stehen, hinter dem sich, durch einen großen Garten getrennt, Fabrikanlagen bis zum Fluß hinunterzogen. Sie sah zu ihm auf.

»Wir sind am Ziel, Herr Sundheim. Bitte, warten Sie einige Minuten.«

Er verneigte sich und sah sie mit ernsten Augen an.

»Wenn Sie es nur nie zu bereuen brauchen, was Sie für mich tun wollen«, sagte er, ihre Hand ergreifend und mit warmem Druck festhaltend.

Sie atmete tief auf, und ihre Augen strahlten wie in tiefem Glück.

»Nie — niemals! Bitte, machen Sie doch kein Aufhebens wegen solcher Kleinigkeit. Die paar Worte, die ich zu Ihren Gunsten sprechen kann, werden mir leichter über die Lippen gehen als das, was ich Ihnen sagen zu müssen glaubte.«

Tiefbewegt sah er sie an.

»Immer werde ich daran denken, welchen Heldenmut Sie damit bewiesen haben.«

Ein schwaches Lächeln zitterte um ihren Mund.

»Ja, es war Heldenmut«, stieß sie mit versagender Stimme hervor, »das weiß ich besser als Sie. Aber bitte, vergessen Sie so schnell wie möglich diese meine Heldentat.«

»Nein, das kann ich nicht versprechen, ich werde die Erinnerung daran heilig halten, denn Sie gaben meiner Seele dadurch ein Licht, als es ganz dunkel in mir war. Diese Erinnerung soll mir über manche schwere und bittere Stunde hinweghelfen. Immer wird es mir ein Trost sein, daß eine Frau so heldenhaft gewesen ist — meinetwegen.«

Sie errötete tief und ging schnell durch die Gartenpforte auf die Villa zu. Richard sah ihr, auf und ab gehend, nach, sah, daß sie von einem Diener empfangen wurde. Als sie verschwunden war, fühlte er plötzlich wieder ganz eindringlich, wie einsam und verlassen er jetzt in der Welt dastand, wie alles Schöne und Gute aus seinem Leben gestrichen war. Er biß die Zähne zusammen. Nur nicht weich werden. Allen Gewalten zum Trotz sich erhalten. Er würde einen rechtschaffenen Trotz noch recht nötig brauchen. Es erschien ihm jetzt wieder ganz zweifelhaft, daß er das Geld bekommen würde, ein Geschäftsmann verlangte andere Sicherheiten als ein liebendes Weib. Und das konnte er ihm nicht verdenken.

VII

Lore wurde von dem Diener wie gewöhnlich ohne Anmeldung in das Wohnzimmer der Frau Grete Heims geführt. Sie war hier ein oft und gern gesehener Gast. Als Grete Heims Braut war, hatte sie eines Tages Lore, als sie zusammen im Fluß bei Hochwasser geschwommen waren, vom sicheren Tod errettet. Grete Heims war von einem Krampf befallen worden und hatte nicht mehr weitergekonnt. Lore, die eine tüchtige Schwimmerin war, hatte Gretes Not bemerkt, war ihr zu Hilfe gekommen und hatte sie unter eigener Lebensgefahr an das Ufer in Sicherheit gebracht. Als Lore mit der Freundin am Ufer angelangt, war sie bewußtlos zu Boden gestürzt. Grete Heims war schneller wieder zu Kräften gekommen als sie. Herbeieilende Menschen hatten Lore ins Bootshaus getragen und sie wieder zu sich gebracht. Das Abenteuer war zum Glück für beide jungen Damen ohne Folgen geblieben, aber Grete Heims hatte es Lore nie vergessen, was diese für sie getan, und ebensowenig ihr Gatte, der sie bald darauf heimgeführt hatte.

Grete Heims kam Lore freudig entgegen.

»Endlich läßt du dich wieder einmal sehen, Lore, so lange warst du nicht bei uns.«

»Du mußt das entschuldigen, Grete, ich hatte vor dem Eintrachtsball soviel zu tun, mußte für Hilde, mich und Mama neue Kleider anfertigen, und auch für Hilde noch einen Mantel.«

»Ja, ja, du bist wieder einmal über Gebühr von deiner Schwester ausgenutzt worden. Aber ich habe gestaunt, welche Wunderwerke du geschaffen hast; eure Toiletten waren gestern wieder einmal die schönsten. Kein Mensch würde auf den Gedanken kommen, daß sie nicht aus einem ersten Modeatelier stammten.«

»Das soll auch niemand ahnen als du; Hilde wäre außer

sich, wenn man ihr nachsagte, sie trüge ein im Hause gefertigtes Kleid.«

»Oh, man könnte deiner schönen Schwester mancherlei nachsagen, was beschämender wäre. Komm, setz dich, Lore, du bleibst doch länger?«

»Jetzt nicht, Grete, ich komme am Nachmittag zu einem längeren Plauderstündchen. Jetzt führt mich ein besonderes Anliegen zu euch. Ich will euch um einen Dienst bitten, dich und deinen Mann.«

»Wirklich einmal? Willst du uns endlich eine Gelegenheit geben, etwas von unserer großen Dankesschuld abzutragen?«

Lore lächelte.

»Ich weiß von keiner Dankesschuld.«

»O Lore, du hast mir das Leben gerettet.»

»Davon sprich, bitte, nicht mehr, du hättest im gleichen Fall das gleiche getan.«

»Vielleicht, ich hätte es wenigstens versucht, aber dabei wären wir wahrscheinlich alle beide ertrunken, denn ich bin keine sehr tüchtige Schwimmerin. Und ich bedaure, daß du mir nie Gelegenheit gibst, dir meine Dankesschuld abzutragen.«

»Nun gut, heute will ich dir und deinem Mann diese Gelegenheit geben, aber dann wird nie mehr davon gesprochen.«

»Was soll ich tun, Lore?«

»Du sollst mir helfen, deinen Mann zu bestimmen, mir eine große Gefälligkeit zu erweisen.«

»Darum brauche ich ihn nicht erst zu bitten.«

»Ist dein Mann zu Hause?«

»Drüben in der Fabrik, ich rufe ihn sogleich.«

»Bitte, tu das!«

Grete rief ihren Mann durch das Telefon herbei.

»Gleich wird Georg hier sein, Lore. Nun berichte mir, was wir für dich tun sollen.«

»Bitte, warte, bis dein Mann hier ist, ich möchte es nicht zweimal sagen.«

Georg Heims erschien in kurzer Zeit.

»Guten Tag, Fräulein Lore! Grete sagte mir, Sie bedürfen meiner — da bin ich«, sagte er lächelnd, sich zu den Damen setzend.

Lore atmete tief auf, dann sagte sie, ihre Handflächen fest zusammenpressend:

»Es handelt sich darum, ihr lieben Menschen, daß ich ein Unrecht gutmachen möchte, das meine Schwester einem jungen Mann zugefügt hat. Euch kann ich ja rückhaltlos vertrauen, wie immer.«

Sie berichtete, wie Hilde mit Richard Sundheim kokettiert, wie er sie gestern um ihre Hand gebeten hatte und was danach geschehen war.

»Euch will ich keinen Hehl daraus machen, daß ich vermute, daß Frankenstein, um sich Hildes Besitz zu sichern, dem alten Sundheim Nachteiliges über seinen Neffen gesagt und ihn so gegen ihn eingenommen hat. Der alte Herr scheint ohnedies sehr zu Mißtrauen zu neigen. Jedenfalls hat er seinen Neffen enterbt und verstoßen, und Hilde hat ihn in schroffer Weise fallenlassen. Ich fühle mich bedrückt und mitschuldig, weil ich ihn nicht beizeiten gewarnt habe, während Hilde sich keinerlei Gewissensbisse macht.«

»Das sieht dir so ähnlich wie deiner Schwester das letztere. Hilde ist ein kaltherziges, berechnendes Geschöpf, das wissen wir längst. Und wie sie sich in dieser Angelegenheit gezeigt hat, beweist mir wieder, daß ich sie richtig eingeschätzt habe«, sagte Grete entrüstet.

»Und Frankenstein ist ein Filou! Aber Hilde wird ihm schon das Leben schwermachen, der bekommt seine Strafe«, sagte Georg Heims. »Doch nun weiter, Fräulein Lore, was können wir in dieser Angelegenheit tun?«

Lore strich sich über die Stirn, als sei ihr heiß geworden.

»Ich will Richard Sundheim helfen. Er steht vollständig mittellos da und will nach Südwest auswandern, wo ein Freund von ihm lebt. Für den Anfang braucht er dreißigtausend Mark — und — die will ich ihm leihen. Ihr wißt, daß ich von meiner Tante in Holland gegen vierzigtausend Mark geerbt habe. Darüber steht mir allein die Verfügung zu. Ob das Geld nun auf der Bank liegt oder ob ich es diesem armen Menschen leihe, um ihm zu einer neuen Existenz zu verhelfen, ist einerlei. Aber niemals, um keinen Preis würde Richard Sundheim Geld von einer Frau annehmen. Deshalb habe ich ihm gesagt, daß Freunde von mir, denen mein Wort viel gilt, zuweilen kleine Kapitalien an ehrliche, anständige Leute ausleihen. Und ich habe ihn mit hergebracht, er steht unten und wartet, ob meine Freunde ihm dreißigtausend Mark auf sein ehrliches Gesicht hin leihen wollen. Er zweifelte sehr daran. Sie, lieber Herr Heims, sollen nun Herrn Sundheim scheinbar dieses Geld leihen. Ich brauche keine Sicherheit, denn ich kenne ihn genügend, um zu wissen, daß mein Geld bei ihm gut angelegt ist.«

»Aber — wenn er Unglück hat, Fräulein Lore, wenn es ihm nicht gelingt, emporzukommen?« fragte Herr Heims als vorsichtiger Geschäftsmann.

»Er wird es schon schaffen. Und wenn nicht — dann bleiben mir immer noch zehntausend Mark als Notgroschen, schließlich kann ich ja arbeiten und Geld verdienen, sollte mir mein Vater einmal genommen werden. Ich stelle Ihnen einen Scheck über dreißigtausend Mark aus, Sie lassen Richard Sundheim diese Summe auszahlen. Um keinen Preis darf er ahnen, daß das Geld von mir kommt.«

»Was wird aber Ihr Herr Vater sagen, wenn Sie das Geld verleihen?«

»Vater kümmert sich gar nicht um dies Geld, ich verfüge ganz allein darüber. Bitte, suchen Sie mich nicht davon abzuhalten, es ist mir ein Bedürfnis, Herrn Sundheim aus

seiner momentanen Bedrängnis zu retten. Ein Risiko ist
es nicht einmal für mich, aber ich würde jedes Risiko über-
nehmen.«

»Gut, ich werde tun, was Sie wünschen, denn ich sehe, daß
man Ihnen nicht abreden darf. Aber ich werde die Angelegenheit wenigstens so geschäftlich wie möglich ordnen,
damit Sie möglichst vor Schaden bewahrt bleiben.«

Lore nickte erleichtert und lächelnd vor sich hin.

»Ja, ja, das tun Sie nur. Je geschäftlicher Sie die Sache anfas-
sen, desto unverfänglicher wird sie ihm erscheinen. Er darf
keine Ahnung haben, daß ich als Geldgeberin in Betracht
komme. Nur um eines bitte ich Sie: berechnen Sie ihm nicht
mehr als vier Prozent Zinsen.«

»Das ist aber viel zu wenig bei so einer riskanten Sache.«

»Für mich ist die Sache nicht riskant. Und auf der Bank
bekomme ich auch nicht mehr Zinsen, ich will mich keinesfalls an ihm bereichern und ihm sein Fortkommen erschwe-
ren.«

Sie besprachen noch einiges, was zu der Angelegenheit
gehörte, und dann erhob sich Lore.

»Nun will ich ihn nicht länger in Ungewißheit lassen und
werde ihn hereinholen.«

Georg Heims hielt sie fest.

»Warten Sie doch, ich schicke den Diener hinaus, Fräulein
Lore.«

Sie fiel wieder in ihren Sessel zurück, und Georg Heims
klingelte dem Diener und gab ihm Order, den Herrn herein-
zubitten, der draußen auf und ab gehe. Lore hatte ihm
Richard vom Fenster aus gezeigt. Wenige Minuten später
trat Richard Sundheim ein. Herr und Frau Heims kannten
ihn noch nicht, da sie wenig in Gesellschaft kamen und
Richard auch nur selten von Gorin hereingekommen war.
Lore stellte ihn vor, und das Ehepaar begrüßte ihn freundlich.

»Fräulein Lore Darland hat mir gesagt, Herr Sundheim,

83

daß Sie dreißigtausend Mark benötigen, um sich in Südwest eine Existenz zu gründen. Wenn ich Sie auch nicht persönlich kenne, so habe ich doch schon von Ihnen gehört, und Ihr Herr Onkel gehört sogar zu meinen Kunden. Es hätte also gar nicht Fräulein Darlands Fürsprache bedurft, um Ihnen zu helfen. Aber wir wollen diese rein geschäftliche Sache nicht in Gegenwart der Damen abmachen, wir wollen uns eine Weile in mein Arbeitszimmer zurückziehen.«

Richard fiel ein Stein vom Herzen. Er verneigte sich vor den beiden Damen und folgte Georg Heims in sein Arbeitszimmer.

Lore blieb bei Grete, und diese sah, wie Lores Augen leuchteten. Sie faßte die Hand der Freundin.

»Lore, du bist wirklich ein guter Mensch. Der junge Sundheim kann dir dankbar sein. Kein Mensch hätte ihm jetzt, da sein Onkel ihn verstoßen und enterbt hat, etwas geliehen.«

»Das fürchtete ich eben auch, Grete, und deshalb mußte ich ihm helfen. Von Güte brauchst du aber nicht zu sprechen. Ich sagte dir doch, ich will gutmachen, daß ich mitschuldig geworden bin durch mein Schweigen.«

»Sprich doch nicht von einer Schuld in diesem Fall, Lore. Du warst doch nicht verpflichtet, ihn vor deiner Schwester zu warnen. Im übrigen wird deine Schwester auch ihre Strafe bekommen, denn Frankenstein ist ein gräßlicher Mensch, laut und aufdringlich, durch und durch ein Protz. Ich bin wirklich gespannt, wie sich deine immer so vornehm tuende Schwester mit ihm abfinden wird.«

Lore sah bekümmert vor sich hin.

»Sie hat nicht gewußt, was sie auf sich genommen hat, ich weiß, daß er ihr widerwärtig ist. Großer Gott, und mit einem, der einen so abstößt, eine Ehe schließen, das muß doch furchtbar sein. Ich fürchte, Hilde wird es noch bereuen.«

84

»Mache dir nur darum keine Sorge, Lore, deine Schwester ist ein ganz aufs Äußerliche gestellter Mensch, daß sie, wenn sie nur in Glanz und Luxus leben kann, über alles hinweg kommt. Und wenn es ihr etwas schwerfällt, dann gönne ich es ihr, sie hat es zehnfach um dich verdient, denn sie hat sich immer sehr häßlich gegen dich benommen und dich in unerhörter Weise ausgenutzt.«

So plauderten die beiden Freundinnen noch eine Weile zusammen, bis Georg Heims mit Richard wieder eintrat. Richard Sundheim besaß nun einen Scheck über dreißigtausend Mark und hatte Georg Heims einen Schuldschein ausgestellt. Es war alles ganz korrekt geregelt worden. Richard war sehr dankbar und überrascht, daß er nur vier Prozent Zinsen zu bezahlen brauchte, worauf ihm Georg Heims lachend erwidert hatte, daß er doch kein Wucherer sei. Sie hatten besprochen, daß Richard die Zinsen vierteljährlich auf Georg Heims Konto anweisen lassen solle und ebenfalls jeden Betrag, den er im Laufe der Jahre zurückzahlen würde.

Richard hatte versichert, daß er alle Kräfte daransetzen würde, um seine Schuld so bald wie möglich abzuzahlen, aber Georg Heims hatte erwidert, er möge sich Zeit lassen, die Hauptsache sei der pünktliche Eingang der Zinsen. Das hatte Richard fest versprochen. Dankbar hatte Richard Georg Heims' Hand gedrückt, und dieser fühlte sich dadurch etwas beschämt, da ihm der Dank gar nicht zukam. Aber er dachte humoristisch: Um der Lore willen muß ich schon mal ein paar Minuten Schmach erdulden.

Richard dankte Lore warm und herzlich für ihre Verwendung für ihn, aber sie sagte lächelnd:

»Sie haben ja von Herrn Heims gehört, daß Sie das Geld von ihm auch ohne meine Fürsprache erhalten hätten.«

»Ich hätte aber niemals daran gedacht, an Herrn Heims ein solches Ansinnen zu stellen, und bin tief gerührt, daß man es mir so leicht gemacht hat, ein Darlehen von immerhin beträchtlicher Höhe zu erhalten. Ich habe jetzt nur den einen heißen Wunsch, es bald abzahlen zu können.«

Man plauderte noch eine Weile, dann verabschiedete sich Lore, und Richard brach ebenfalls auf, um sie zu begleiten. Es drängte ihn, ihr noch einige Worte ohne Zeugen zu sagen.

Als sie gegangen waren, sahen Georg und Grete Heims hinter ihnen her.

»Gretel, dieser Herr Sundheim wäre klüger gewesen, wenn er sich in die Lore verliebt hätte, statt in ihre kaltschnäuzige Schwester.«

Grete nickte versonnen.

»Schade, daß er so weit fortgeht, und daß er nicht mehr der Erbe seines Onkels ist. Vielleicht hätte er Lore lieben gelernt, nachdem er erfahren hat, daß Hilde nur eine Blenderin ist. Ich hätte es Lore von Herzen gegönnt, denn mir scheint, sie ist nicht gleichgültig ihm gegenüber.«

Ihr Gatte zog sie in seine Arme.

»Das scheint mir auch so, Gretel. Schade! Lore ist ein prachtvolles Geschöpf. Sie hätte ein großes Glück verdient. Aber wir wollen hoffen, daß es doch noch zu ihr kommt, das große Glück. Wenn es sein soll, finden sich die beiden auch, wenn sie durch Länder und Meere getrennt sind.«

Als Lore mit Richard auf die Straße trat, sagte sie, ihm die Hand reichend:

»Nun will ich Ihnen Lebewohl sagen. Meine Mission ist gottlob erfüllt, vorläufig sind Sie über das Schlimmste hinweg. Wir stehen uns heute wahrscheinlich das letztemal gegenüber, und ich will Ihnen sagen, daß meine herzlichsten Wünsche Sie begleiten. Reisen Sie mit Gott; und Glück auf allen Ihren Wegen.«

Er hielt sie fest.

»Sie ahnen wohl nicht, was für eine Wohltat Sie mir

erwiesen haben, Fräulein Darland. Ich durfte Ihnen all meine Sorgen und Nöte offenbaren, und Sie wußten wie ein guter, treuer Freund für alles Rat. Deshalb mag ich nicht daran denken, daß Sie nun ganz aus meinem Leben gehen. Ich möchte Gelegenheit haben, Ihnen meine Dankbarkeit zu beweisen für Ihre große Güte. Ich muß nun hinaus in eine Welt, die mir fremd ist. Immer bin ich einsam gewesen, auch auf Gorin; ich kam meinem Onkel nie sehr nahe. Ein alter Diener stand meinem Herzen näher als dieser einzige Verwandte. Deshalb war es verständlich, daß ich mich in meiner Herzenseinsamkeit so fest an Ihre Stiefschwester anschloß. Nun hat sie mich wieder einsam gemacht. Niemand habe ich, an den ich denken kann, wenn ich draußen in der Fremde bin. Wollen Sie das Maß Ihrer Güte nicht voll machen und mir gestatten, daß ich Ihnen zuweilen ein Lebenszeichen von mir gebe, daß ich Ihnen berichte, wie es mir geht? Und werden Sie mir dann auch einige Zeilen zukommen lassen, wie es hier in der Heimat steht? Ich werde nur zuweilen kurze Nachricht von dem alten Diener meines Onkels bekommen, aber er ist ein einsamer Mensch, der mit der Feder nicht sehr gewandt ist. Ich weiß, daß ich durch meine Bitte Ihre Güte von neuem in Anspruch nehme, aber ich habe nun schon so viel von Ihnen angenommen, daß es auf ein wenig mehr nicht ankommt.«

Lores Gesicht hatte sich dunkel gefärbt, sie sah ihn mit traurigen Augen an. Nun sie ihn vorläufig vor Not und Sorge gesichert wußte, überfiel sie die Gewißheit, daß sie ihn wohl nie wiedersehen würde, wie eine namenlose Pein. Und die Gewißheit, daß er nun wußte, daß sie ihn liebte, machte sie unfrei.

»Wenn Sie mir schreiben wollen, werde ich mich immer freuen, von Ihnen zu hören, und hoffe, daß es nur Gutes sein soll. Ob ich aber imstande sein werde, Ihnen zu antworten, weiß ich heute noch nicht. Ich habe Ihnen zuviel von meinem Innern verraten. Nun es geschehen ist und ich Ihnen hoffentlich über das Schlimmste hinweggeholfen habe, überfällt mich die Scham — ich — ich habe jetzt nur den einen Wunsch: mich vor Ihnen zu verbergen — mit mir allein zu sein. Das müssen Sie verstehen. Dringen Sie nicht in mich. Wenn ich eines Tages mein Gleichgewicht wiedergefunden habe, finde ich wohl auch die Kraft, Ihre Briefe, falls Sie bis dahin nicht müde geworden sind, mir solche zu schreiben, zu beantworten.«

»Ich verstehe Sie, Fräulein Lore, verstehe Sie ganz genau, Aber, weiß Gott, es tut mir weh, daß Sie sich plagen, weil Sie etwas so Schönes, Liebes und Gutes getan haben. Glauben Sie mir das eine: ich bewundere Sie und achte Sie so hoch wie nie zuvor eine Frau. Das will ich Ihnen zum Abschied sagen. Ich darf doch meine Briefe in Ihr Elternhaus schicken, an Ihre Adresse — oder ist Ihnen das unangenehm?«

»Nein, nein, schreiben Sie ruhig nach Hause — ich — ich habe nichts zu verbergen. Und nun, Gott mit Ihnen auf allen Wegen.«

Seine Hand umfaßte noch einmal fest und warm die ihre. Noch einmal sah er in ihre traurigen Augen hinein. Sie zwang ein Lächeln auf ihr Gesicht, dieses wehe, schmerzliche Lächeln, das er nun schon kannte. Stumm nickte sie ihm noch einmal zu, dann riß sie sich los und eilte davon; er merkte, daß sie die Tränen nicht länger zurückhalten konnte. Tief erschüttert blieb er stehen und sah ihr nach. Und er fühlte, daß ein liebenswerter Mensch mit einem stolzen, reinen Empfinden von ihm ging, der ihm ein unerhörtes Opfer gebracht hatte, ohne daß er es so vergelten konnte, wie er es sich gewünscht hätte. Tief stand er in der Schuld dieses Mädchens und wußte nicht einmal, wie tief er ihr verschuldet war. Aber was sie für ihn getan, löschte alles aus, was eine andere ihm zugefügt hatte.

An Lores Wert maß er den Unwert der anderen.

Langsam wandte er sich um und ging zum Hotel zurück. Dort schrieb er sofort einige Zeilen an seinen Onkel.

»Lieber Onkel Heinrich! Es ist mir eine große Erleichterung, daß ich in der Lage bin, Dir den Scheck über tausend Mark zurückzusenden. Du hast ihn mir in so verletzender Weise geboten, daß ich mich sehr bedrückt dadurch fühlte. Von Deiner Güte mußte ich so viel annehmen, dies im Zorn Gebotene hätte mich zu sehr gedemütigt. Du glaubst, mir Deine Verachtung bieten zu können — ich weiß nicht, was Dich dazu berechtigt. Gott mag mir helfen, daß ich Dir eines Tages bei Heller und Pfennig zurückzahlen kann, was Du je für mich ausgegeben hast.

Ich gehe ins Ausland — nach Südwest, da ich in Deutschland als Landwirt wohl kaum eine gesicherte Existenz finden würde. Dort hoffe ich mich emporarbeiten zu können, und ich muß Dir sagen, daß ich etwas wie Befreiung empfinde, daß ich nun ganz für mich selbst einstehen kann. Dies ist mein letztes Wort an Dich, ich will und kann nicht um das Vertrauen betteln, das Du mir verweigerst. Ich sage Dir nun ein letztes Mal, daß ich mir keiner Schuld bewußt bin. Gott schenke Dir Gesundheit und langes Leben.

Dein dankbarer Neffe Richard.«

Als Heinrich Sundheim diesen Brief seines Neffen erhielt, war er doch eine Weile unsicher. Aber sein immer waches Mißtrauen siegte. Bluff! Er denkt mich zu rühren. Es soll ihm nicht gelingen. Mein Testament ist gemacht zu Karl Sundheims Gunsten. Punktum!

Nachdem Richard den Brief und den Scheck an den Onkel zurückgesandt hatte, wurde ihm das Herz etwas leichter. Er ging zunächst auf das Paßamt, um sich einen Paß nach Südwest zu besorgen. Dann erkundigte er sich nach einer Reisegelegenheit. Seinen Paß sollte er in vier Tagen erhalten. Er erfuhr, daß der Dampfer »Usambara« in sechs Tagen von

Hamburg aus abgehen würde. Sogleich belegte er einen Platz zweiter Klasse, denn erster Klasse war ihm zu teuer. Er mußte immerhin gegen achthundert Mark bezahlen, dritter Klasse kostete es nur fünfhundert Mark, aber man riet ihm dringend davon ab, dritter Klasse zu reisen.

Seine Koffer ließ er gleich auf dem Bahnhof lagern bis einen Tag vor seiner Abreise, da gab er sie nach Hamburg auf. Als alles soweit erledigt war, depeschierte er an seinen Freund Heinz Martens:

»Eintreffe 3. März mit ›Usambara‹ Walfischbai. Richard Sundheim.«

Ausführlicher wollte er der Kosten wegen nicht werden. Er hoffte, Heinz Martens würde es möglich machen, ihn in Walfischbai zu erwarten. Sonst mußte er ihn eben auf seiner Farm aufsuchen, denn er wollte den Freund um Rat bitten, wo er sich am besten niederlassen, und wie er sein Geld am zweckmäßigsten anlegen könnte. Erst eine Antwort abzuwarten, dauerte ihm zu lange. Hier kostete jeder Tag Geld, ohne daß er etwas verdienen konnte. Er hatte sich nicht lange Zeit genommen, darüber nachzusinnen, ob Südwest das richtige für ihn sei. Mit beiden Füßen war er in dies Unternehmen hineingesprungen. Wenn er erst lange überlegt hätte, wäre ihm vielleicht nur der Mut gelähmt worden.

Soviel hatte ihm Heinz Martens in seinen Briefen über Südwest gesagt, daß er hoffen durfte, dort unten sein Glück zu machen. Daß es Arbeit, schwere Arbeit und Kämpfe kosten würde, war ihm gerade recht. Bisher war ihm alles so leicht gemacht worden, daß er seine Kräfte gar nicht hatte regen können; er freute sich auf das neue Leben. Zugleich fühlte er sich zum erstenmal in seinem Leben unabhängig. Das war ein Hochgefühl für ihn, wie er es nie gekannt hatte. Er fühlte, daß sich jetzt Kräfte in ihm entfalten würden, die bisher brachgelegen hatten.

Schnell entschlossen traf er seine Vorbereitungen, und

90

schon am vierten Tage brach er abends nach Hamburg auf. Aber kurz vor seiner Abreise fühlte er das Bedürfnis, noch einen Abschiedsgruß an Lore Darland zu schicken. Seltsamerweise hatte er in diesen Tagen kaum noch an Hilde gedacht, aber unablässig an Lore. Immer wieder sah er sie im Geist vor sich stehen, mit dem wehen, schmerzlichen Lächeln, mit den traurigen und doch so tapferen Augen. Er glaubte dann ihre dunkle, weiche Stimme zu hören: Ich liebe Sie. Und das überrieselte ihn jedesmal wie eine warme Welle. Ihm war, als könnte er sich nie mehr ganz einsam und verlassen fühlen, nachdem ihm Lore Darland das gesagt und es ihm durch ihr Verhalten bewiesen hatte.

Was für ein Tor war er gewesen, sein Herz an Hilde zu hängen, an dieses kaltherzige, berechnende Geschöpf, und daß er achtlos vorübergegangen war an einem Edelstein, wie Lore Darland war. Und so schrieb er ihr, ehe er zum Bahnhof fuhr:

»Mein hochverehrtes, gnädiges Fräulein! Heute abend noch reise ich nach Hamburg ab, um mich sogleich an Bord des Dampfers ›Usambara‹ zu begeben, der am 3. März in Walfischbai eintreffen wird. Dort hoffe ich, meinen Freund Martens zu treffen, der mir mit Rat und Tat zur Seite stehen wird, damit ich das mir anvertraute Kapital so günstig wie möglich anlegen kann. Denn ich muß achtsam alle Vorteile nützen, um dies Geld nicht zu gefährden.

Es ist mir unmöglich abzureisen, ohne Ihnen noch einmal zu danken für alle Wohltaten, die Sie mir erwiesen haben. Wenn ich leidlich getröstet über diese schlimmen Tage hinweggekommen bin, danke ich es nur Ihnen. Gott mag geben, daß ich Ihnen eines Tages meine Dankbarkeit beweisen kann.

Nun ich das Schwerste überwunden habe, ist etwas wie Freude in mir, daß ich meine Kräfte frei regen kann — ich weiß nicht, ob Sie mir das nachfühlen können. So dankbar ich meinem Onkel war und noch bin, hat es mich doch immer etwas gedrückt, von seiner Gnade abhängig zu sein. Wenn ich auch in den letzten Jahren durch angestrengte Arbeit auf Gorin anfangen konnte, meine Dankesschuld abzutragen, so war ich doch immer ein unfreier Mensch und wäre es immer geblieben, hätte mein Onkel mich nicht plötzlich in Ungnade fallenlassen. Es schmerzt mich nicht mehr, daß ich enterbt wurde — schmerzte es mich doch hauptsächlich der Frau wegen, die mein Leben hatte teilen sollen.

Wenn ich in Walfischbai ankomme, werde ich mir erlauben, Ihnen Nachricht zu senden. Und — ich darf Ihnen schreiben, das macht mich sehr froh. Hoffentlich können Sie sich eines Tages überwinden, mir wiederzuschreiben. Darauf freue ich mich schon jetzt. Ich weiß, ich fühle, daß ich in Ihnen einen treuen Freund in der Heimat zurückgelassen habe. Bitte, sagen Sie Ihren Freunden nochmals meinen herzlichen Dank, daß sie mir so vertrauensvoll das Geld überließen. Ich will mich dieses Vertrauens würdig zeigen. Und Ihnen nochmals innigen Dank für alle Güte. Leben Sie wohl und bewahren Sie mir ein gutes Gedenken, ich werde es spüren und mich dann nicht so einsam in der Fremde fühlen.

Ihr dankbar ergebener Richard Sundheim.«

Diesen Brief steckte Richard auf dem Weg zum Bahnhof in den Postkasten.

Und dann reiste er ab.

Mit großen Augen sah er nach Gorin hinüber, als der Zug auf der Station einen kurzen Aufenthalt hatte. Er sah das Dach des Herrenhauses durch die Bäume schimmern. Da drüben lebte ein Mensch in bitterem Groll gegen ihn, der keine Ahnung hatte, womit er diesen Groll geweckt hatte.

Er hatte an den alten Friedrich postlagernd geschrieben, daß er nach Südwest reise; er möge sich nicht um ihn sorgen, er werde sich schon durchringen. Und für den Fall, daß er ihm etwas mitzuteilen habe, möge er an die beigefügte Adresse seines Freundes Martens schreiben.

Auch Georg Heims hatte er vorläufig nur diese Adresse gegeben mit dem Versprechen, sofort seine eigene anzugeben, wenn er erst wisse, wo er ein bleibendes Domizil finde.

Als der Zug sich wieder in Bewegung setzte, winkte Richard still zum Abschied nach Gorin hinüber, dessen Herr er einst hatte werden sollen. Es tat ihm kaum mehr weh.

Lore hatte in unbeschreiblicher Gemütsverfassung den Heimweg zurückgelegt. Zu Hause fand sie alles in Feststimmung. Frankenstein war anwesend, und seine laute Glückseligkeit füllte alle Räume der Darlandschen Wohnung.

Hilde empfing Lore mit Vorwürfen und Fragen, wo sie so lange gewesen sei. Lore sagte ruhig, sie sei bei ihrer Freundin Grete Heims gewesen, um ihr Hildes Verlobung mitzuteilen. Sie sollte nun Wein trinken und auf das Wohl des jungen Paares anstoßen. Lore faßte auch nach einem Glas und stieß mit dem Brautpaar an. Aber sie nippte nur von dem Wein, und sobald es anging, zog sie sich in ihr Zimmer zurück. Sie konnte kaum ihre Fassung aufrechterhalten. Zuviel war seit gestern abend auf sie eingestürmt. Und die Erinnerung daran, daß sie in ihrer Angst und Not Richard Sundheim ihr Herzensgeheimnis verraten hatte, quälte sie. Sie begriff jetzt nicht, wie sie den Mut dazu hatte aufbringen können.

Frankensteins laute Stimme, sein lärmendes Lachen drang bis in ihr stilles Zimmer und berührte sie wie ein körperlicher Schmerz. Etwas wie Haß gegen diesen Mann, in dem sie den Urheber von Richards Enterbung und Verstoßung sah, füllte ihr Herz. Es erschien ihr ganz sicher, daß es seine Schuld war. Denn es gibt Dinge, die man mit unumstößlicher Gewißheit fühlt, auch wenn man keine Beweise dafür hat. Sie hätte ihn nicht vor anderen anklagen können, eben weil ihr diese Beweise fehlten, aber sie konnte nicht an seiner Schuld zweifeln.

Einmal stieß der Gedanke in ihr auf, ob sie nicht zu Richard Sundheims Onkel gehen und ihm sagen sollte: »Wenn Ihnen Herr Frankenstein gesagt hat, daß Ihr Neffe auf Ihren Tod lauert, dann hat er gelogen, um Sie gegen Ihren Neffen einzunehmen. Er bezweckte damit, daß Sie Ihren Neffen enterben sollten, damit er ihn als Nebenbuhler um die Gunst Hilde Hartungs aus dem Weg räumen könnte. Sie irren, wenn Sie glauben, daß Ihr Neffe einer niedrigen Handlungsweise fähig ist.«

Oh, wie gern hätte sie das getan, um Richard vor seinem Onkel zu rehabilitieren. Aber — konnte sie das dem mißtrauischen Onkel beweisen? Nein, wie Lore geartet war, konnte sie niemanden verdächtigen, wenn sie keine Beweise besaß. Aber es quälte sie, daß sie dazu nicht imstande war. Und sie zürnte dem alten Sundheim, daß er sich so leicht hatte gegen seinen Neffen beeinflussen lassen. Er hätte ihn doch besser kennen müssen.

Lange hatte sie in ihrem Zimmer gesessen, in ihre Gedanken eingesponnen, als Hilde zu ihr hereintrat.

»Nun, Lore, das muß ich sagen, sehr nett beträgst du dich mir gegenüber nicht. Erst bist zu lange fort gewesen, und dann ziehst du dich wie eine beleidigte Königin auf dein Zimmer zurück. Frankenstein hat immer wieder nach dir gefragt. Ich habe dich mit Kopfweh entschuldigen müssen.«

»Ich habe auch wirklich Kopfweh, Hilde, und habe mich deshalb zurückgezogen, um nicht zu stören.«

»Sieh dir doch an, Lore, welche wundervolle Perlenschnur Frankenstein mir zur Verlobung geschenkt hat. Ist das nicht ein fürstliches Geschenk?«

Und sie hielt Lore ein geöffnetes Etui hin, in dem auf

mattgrauem Samt eine kostbare Perlenschnur gebettet lag. Mit einem trüben Blick sah Lore darauf hin.

»Sie sind sehr schön und kostbar, diese Perlen, und ich wünsche dir auch alles Gute, Hilde, aber daß du so fröhlich und sorglos sein kannst trotz des Bewußtseins, heute einen Menschen auf den Tod verwundet zu haben, begreife ich nicht.«

Hilde warf den Kopf zurück.

»Auf den Tod verwundet? Mach dich doch nicht lächerlich, Lore, so etwas gibt es doch bloß in Romanen. Heutzutage stirbt kein Mensch an gebrochenem Herzen, dazu ist unser Zeitalter zu robust. Du brauchst gar nicht zu denken, daß Sundheim so schrecklich niedergedrückt war, er war ja selbst gekommen, um mich freizugeben, weil er eingesehen hatte, daß er jetzt keine Frau brauchen kann. Es ist auch für ihn das beste, daß wir uns voneinander gelöst haben.«

Lore strich sich das Haar aus der Stirn.

»Ja, ja, du hast recht, er wäre mit dir ebenso unglücklich geworden wie ohne dich. Aber das wird er jetzt noch nicht einsehen. Und du darfst nicht vergessen, daß er nicht nur dich, sondern auch sein Erbe verloren hat. Er geht jetzt heimatlos in die Welt hinaus, sein Onkel hat ihn wirklich enterbt und verstoßen.«

Hilde fuhr zu ihr herum.

»Woher weißt du das?«

»Ich habe ihn getroffen, gleich nachdem er hier das Haus verlassen hatte. Er hat mir gesagt, daß er nach Südwest geht, zu einem Studienfreund, der dort eine Farm hat.«

»Ah, ihr habt also miteinander gesprochen?«

»Ja, ich habe ihm gesagt, daß ich es beklage, daß du ihm so weh getan hast.«

»So, so? Nun, da wirst du ja gemerkt haben, daß er sehr ruhig war.«

Lore sah sie ernst und vorwurfsvoll an.

»Auf Kirchhöfen ist es auch ruhig, Hilde.«

»Mein Gott, du nimmst einen merkwürdig regen Anteil an ihm.«

Bei diesen Worten glitzerte es seltsam in Hildes Augen.

Lore blieb ganz ruhig.

»Du leider gar nicht. Hast du Frankenstein erzählt, daß Richard Sundheim von seinem Onkel enterbt worden ist?«

»Ausgeschlossen, wie sollte ich denn? Ich konnte Frankenstein doch nicht erzählen, daß er heute morgen schon hier war. Ich werde mich auch hüten, es ihm zu sagen. Das geht mich nichts mehr an.«

»So werde ich es ihm sagen, wenn ich mit ihm zusammenkomme.«

»Meinetwegen, ich habe nichts dagegen.«

»Frankenstein ist schuld an Richard Sundheims Unglück. Er hat mir berichtet, daß nur während der Zeit, da sein Onkel oben auf dem Balkon saß, jemand ihn verdächtigt haben kann. Und ich weiß, daß in dieser Zeit nur Frankenstein bei dem alten Herrn gewesen ist.«

»Das hast du dir wie eine fixe Idee in den Kopf gesetzt. Hoffentlich bist du nicht so unklug gewesen, Sundheim das zu sagen?«

»Nein — ich wagte es nicht, weil ich fürchtete, daß es dann zu irgendeiner Katastrophe kommen könnte.«

»Es ist auch besser, daß du nicht darüber sprichst. Du selbst wirst es dir freilich nicht ausreden lassen?«

»Nein!« erwiderte Lore hart und laut.

»Hüte dich aber, Frankenstein etwas von deinem Verdacht merken zu lassen, das könnte für dich sehr unangenehm werden.«

»Für mich? Das fürchte ich nicht. Aber beruhige dich, ich werde nicht von diesem Verdacht sprechen, da ich ja doch nichts ändern kann. Wenn ich nur begreifen könnte, daß du dich diesem Menschen, der dir so unsympathisch ist, für das ganze Leben zu eigen geben willst. Mir wäre das unmöglich.«

Spöttisch sah Hilde zu Lore hinüber.

»Sag mal, Lore, kennst du die Fabel vom Fuchs und den sauren Trauben?«

Ruhig und ernst sah Lore zu ihr auf.

»Ja, Hilde, aber du schießt vorbei, es hat mich nicht getroffen.«

Hilde nahm die Perlenschnur aus dem Etui und ließ sie durch ihre Hände gleiten.

»Würde dir wirklich gar nichts daran liegen, so eine Perlenschnur als Verlobungsgeschenk zu bekommen?« fragte sie lauernd.

Lore schüttelte mit einem seltsamen Lächeln den Kopf.

»Wie wenig kennst du mich.«

»Na, also, dann tu mir aber auch den Gefallen und sitze nicht mit einem so sauren Gesicht herum. Schließlich weiß ich doch selbst, was ich zu tun und zu lassen habe, und du tust gut, wenn du dich endlich mit der vollendeten Tatsache abfindest.«

»Du hast recht, Hilde, es führt zu nichts. Ich werde das Thema nicht mehr berühren.«

Hildes Verlobung mit Frankenstein erregte begreiflicherweise großes Aufsehen. Es kamen fortgesetzt Besuche von Gratulanten. Frankenstein veranstaltete eine großartige Verlobungsfeier in dem vornehmsten Hotel, zu dem viele Personen eingeladen wurden. Lore konnte dieser Feier nicht fernbleiben, so gern sie es getan hätte. Aber sie war froh, als das Fest zu Ende war. Es war alles so falsch und verlogen gewesen, was auf diesem Fest getan und gesagt worden war. Nur Frankensteins lärmende Glückseligkeit war echt.

Lore hatte Frankenstein kurz vor Beginn des Festes gesagt, daß Richard Sundheim von seinem Onkel verstoßen und enterbt worden sei, und daß er heimatlos in die Welt hinausgehen müsse. Dabei hatte sie ihn mit ernsten, forschenden Augen angesehen. Er war ein wenig, nur ein ganz klein wenig verlegen gewesen, fand aber schnell seinen Gleichmut wieder.

»Na, der alte Herr wird sich schon eines besseren besinnen; alte Herren haben so ihre Schrullen. Das hält nie lange an. Ich wette, über Jahr und Tag sitzt Richard Sundheim wieder auf Gorin, und alles wird wieder in Butter sein. Er ist ja doch, soviel ich hörte, der einzige Verwandte seines Onkels.«

Lore wußte, daß es keinen Zweck hatte, näher auf diese Sache einzugehen, aber wenn Frankensteins Verlegenheit auch schnell überwunden war, so hatte sie Lore doch davon überzeugt, daß ihr Verdacht richtig war. Es konnte nur leider Richard Sundheim nichts nützen, daß sie davon überzeugt war. Frankenstein würde es nie zugeben.

Als Lore am Morgen nach Richards Abreise dessen Brief bekam, war Hilde mit ihrer Mutter zugegen. Sie sahen ein wenig neugierig auf diesen Brief, Lore bekam so selten Post. Sie nahm aber den Brief und legte ihn gelassen zur Seite, bis nach dem Frühstück, obwohl ihr das Herz bis zum Hals hinauf schlug, denn sie ahnte, von wem dies Schreiben war. Aber sie wollte, mußte allein sein beim Lesen.

Als sie sich dann zurückgezogen hatte, löste sich der qualvolle Bann, der auf ihrer Seele lag, sie konnte weinen, endlich weinen. Schmerzlich und brennend waren diese Tränen, aber sie brachten ihr doch Befreiung von der Scham, die sie bedrückte, als habe sie ein Unrecht getan. Richards Worte zeigten ihr, daß sie ihm mit ihrem freimütigen Geständnis doch etwas Gutes getan hatte, und dafür wollte sie gern die damit verbundene Demütigung auf sich nehmen.

VIII

Richards Reise an Bord des Dampfers »Usambara« verlief ziemlich ruhig. Das Wetter war vorläufig sehr günstig. Aber er war froh, daß er in der zweiten Klasse und nicht in der dritten reiste. Abenteuerliche Gestalten befanden sich unter den Passagieren, männlichen und weiblichen Geschlechts. Die Gesellschaft der zweiten Klasse war im ganzen gut. Verschiedene Farmer aus Südwest mit ihren Frauen, die von einer Europareise zurückkamen, Kaufleute, die in Südwest Geschäfte zu machen hofften, Beamte und bessere Handwerker, mit und ohne weiblichen Anhang. Richard hielt sich in den ersten Tagen soviel wie möglich zurück, wurde aber bei Tisch mit einem Farmerehepaar, das nach einem Besuch in Deutschland bei Verwandten auf seine Farm zurückkehrte, und mit einer Frau Lind näher bekannt, die eben von einem Besuch aus Deutschland heimkehrte. Sie hatte, gleich dem Ehepaar, während der Kriegszeit in Südwest Schweres durchgemacht. Die englische Regierung hatte die Farm ihres inzwischen verstorbenen Gatten mit Beschlag belegt. Frau Lind hatte ihre Kinder nebst ihrer Schwester nach Deutschland zu ihren Eltern zurückgesandt und selber mutig den Kampf ums Dasein aufgenommen, in der Hoffnung, die Farm zurückzubekommen oder wenigstens eine entsprechende Entschädigung zu erhalten. Da ihr das bisher noch nicht gelungen war, hatte sie auf der großen Farm eines Engländers einstweilen eine Stellung als Wirtschafterin angenommen. Jetzt, nach ihrer Rückkehr, hoffte sie endlich auf Zahlung der Entschädigungssumme. War diese in ihrer Hand, gedachte sie eine Farm zu pachten, um auf diese Weise ihren Kindern eine Heimat zu schaffen, sobald deren Erziehung vollendet sein würde. Inzwischen beabsichtigte sie, zu ihrem Brotherrn zurückzukehren, der sie bereits erwartete.

Diese tüchtige, mit den einschlägigen Verhältnissen wohlvertraute Frau konnte Richard ebenso viele nützliche Ratschläge geben wie das Farmerehepaar. Meistens waren diese vier von den anderen abgesondert beisammen, um von ihren Hoffnungen und Sorgen zu sprechen, und wurden so vertraut wie alte Freunde.

Nach allem, was er hörte, mußte Richard sich sagen, daß er keinem leichten Leben entgegengehen würde, aber doch, daß es eines gewissen Reizes nicht zu entbehren scheine. Frau Lind lächelte, als er sich in diesem Sinn äußerte.

»Gewiß ist es nicht ohne Reiz, wenn man sich erst einmal durchgebissen hat. Trotz allem Schweren, was ich erleben mußte, hat es mich mit Allgewalt wieder hierher zürückgezogen. Zu Hause kann man, wenn man Südwest gewohnt ist, höchstens in ganz großen Verhältnissen noch Behagen und Befriedigung finden. In kleinen Verhältnissen aber stößt man sich wund. Wir gewöhnen uns unten doch zu sehr daran, daß wir mehr Freiheit haben — und viel mehr Raum. Zu Hause eckt man überall an.«

Von Frau Lind erfuhr Richard auch, warum die Dampfer jetzt nicht mehr in Swakopmund, sondern in Walfischbai hielten. In Swakopmund war das Ausbooten der Passagiere wegen der Brandung immer sehr beschwerlich und zeitraubend gewesen, man hatte sie mit Kränen in Körben an Land befördern müssen. Jetzt legten die Dampfer bequem am Kai in Walfischbai an.

»Ja, ja, mein lieber Herr Sundheim, Südwest hat sich kolossal herausgemacht. Sie werden staunen, wie weit wir in der Kultur schon vorgeschritten sind. Dicht am Kai von Walfischbai stoßen Sie sogleich auf ein richtiges großes Warenhaus mit allen Finessen. Sie können dort alles haben, was Sie wollen. Sogar ein Friseur hat sich darin etabliert. Vom Scheitel bis zur Sohle können Sie sich ausstatten und schön machen lassen, wenn Sie halbverwildert von Ihrer Farm nach Walfischbai kommen. Und in Swakopmund haben wir ein Delikateßgeschäft im großen Stil. Sogar Kaviar können Sie dort bekommen, wenn es Ihr Geldbeutel erlaubt. Die Farmer schreiben, wenn sie Gelüste auf Delikatessen haben, an dies Geschäft und lassen sich zusenden, was ihr Herz begehrt und der Geldbeutel erlaubt. Von Walfischbai befördern Sie die bequemsten Eisenbahnen in das Innere des Landes. Ist Keetmanshoop ihr Ziel, haben Sie eine hübsche Eisenbahnfahrt vor sich, aber sie ist genauso bequem wie daheim, nur etwas heißer und staubiger. Da Ihr Freund Martens, den ich persönlich kenne, in der Nähe von Keetmanshoop angesiedelt ist, wünschen auch wohl Sie, sich dort anzukaufen oder etwas zu pachten. Sie dürfen dort auch Passendes finden. Ich selber möchte späterhin da ebenfalls vor Anker gehen, denn das Klima ist dort wegen der höheren Lage und dank der Nähe des Gebirges gesünder als anderswo. Ich wollte meiner Kinder wegen, es wäre erst soweit, daß ich meine Pläne verwirklichen kann.«

»Ich wünsche Ihnen von Herzen, daß Ihre Angelegenheit recht bald von der Regierung erledigt wird«, sagte Richard warm.

Die tapfere Frau hatte ihm Hochachtung und Teilnahme eingeflößt. Sie seufzte auf.

»Es warten noch so viele mit mir, man hält uns immer wieder hin; aber einmal muß es doch werden. Ich will froh sein, wenn in zwei bis drei Jahren alles geregelt ist.«

Frau Lind erzählte auch von den eingeborenen Dienern, die immer nur in ihren eigenen Hütten wohnen, selbst wenn sie bei einem Farmer in Lohn und Brot stehen.

»Sie kochen auch für sich selbst, haben ihre eigene Küche. Sie müssen, wenn Sie erst Leute haben, immer dafür sorgen, daß sonnabends genügend Fett, Reis und Mehl zur Stelle ist, damit sie für die ganze Woche versorgt sind.«

Und sie gab ihm ganz genau an, wieviel pro Kopf ausgehändigt werden müsse. Richard notierte sich dergleichen immer sofort und versprach, keinen ihrer guten Ratschläge außer acht zu lassen.

Nachdem er ihr seine Vermögensverhältnisse klargelegt hatte, riet sie ihm uneigennützig, was er am besten mit seinem kleinen Kapital anfange. Er sollte eine größere Farm pachten, die er später durch anstoßendes Gelände noch vergrößern könnte. Vor allen Dingen müsse er sich Geld reservieren, um möglichst viel Vieh zu kaufen. Gut werde er fahren mit einer möglichst groß angelegten Lammzucht. Die Felle der jungen afrikanischen Lämmer seien jetzt so gefragt wie die der persischen. Sie würden zu Persianerpelzen verwendet. Für ein solches Lammfell bekomme er glatt fünfundzwanzig bis dreißig Mark. Er müsse daher für genügend Muttertiere und einige gute Widder sorgen. Ein guter Widder werde gegen dreihundert Mark kosten.

Und sie vertiefte sich mit Richard in eine fachmännische Unterhaltung über landwirtschaftliche Fragen und die Lammzucht im besonderen.

»Die Hauptsache ist, daß Sie bei der Lage Ihrer künftigen Farm auf die Wasserversorgung achten. Eine ergiebige Tränke für das Vieh muß vorhanden sein. Zur Regenzeit hat das ja keine Not, aber dann müssen Sie aufpassen lassen, daß sich Ihre Tiere in den Steppen und im Busch nicht verlaufen. Da entfernen sie sich gern zu weit, weil sie ja überall Wasserpfützen finden, um ihren Durst zu stillen. In der Trockenzeit können Sie die Tierhüter sparen, da kommen die Tiere ganz allein zur Tränke zurück. Eine Farm in der Nähe eines Flusses ist am ratsamsten, aber sehen Sie sich beizeiten vor, daß die Ufer geschützt sind.

In der Trockenzeit liegen die Flußbetten leer und trocken, aber wir haben Regenzeiten, wo die Flüsse zu reißenden Strömen anschwellen. Wir hatten auf unserer Farm auch so einen Fluß, von dem wir verschiedene Tränken abgeleitet haben, in denen sich das Wasser staute und so aufbewahrt wurde. Aber eine Stelle am Ufer dieses Flusses machte uns Sorge. Die mußten wir immer wieder mit Steinen und

Sandsäcken stützen. Tag und Nacht haben wir da manchmal gearbeitet; alles, was Hände hatte zu helfen, mußte heran; Männer, Frauen und Kinder, alles schleppte Sandsäcke und Steine und Gestrüpp herbei, um einen Schutzwall aufzutürmen, der immer wieder von den Wassermengen eingerissen wurde. Wenn so ein Wall ganz niedergerissen wird, kann einem viel Vieh ersaufen oder sonst Schaden angerichtet werden. Mein Mann plante, eine richtige Kaimauer an dieser Stelle anlegen zu lassen, aber es war eine ziemlich lange Strecke nötig, und es hätte viel Geld gekostet. Ehe er zur Ausführung dieses Planes kam, holten ihn die Engländer fort. Also, wenn Sie einen Fluß auf Ihrer zukünftigen Farm haben, sehen Sie sich die Ufer genau an, und lassen Sie sich nicht in Sicherheit wiegen, wenn er leer und trocken vor Ihnen liegt.«

Mit brennendem Interesse lauschte Richard diesen Ausführungen der interessanten Frau. Sie war keine Schönheit, war es wohl nie gewesen. Wind und Wetter hatten ihre Haut pergamentartig gegerbt, und die Züge ihres Gesichtes waren fest und hart. Nur die grauen, schönen Augen brachten etwas echt Weibliches in die Härte ihres Gesichtes.

Sie trug, wenn es kalt auf Deck war, einen eleganten grauen Pelzmantel. Als Richard ihn bewunderte, lachte sie, daß ihre weißen, festen Zähne hell aus dem braunen Gesicht leuchteten.

»Jedes Tier, das zu diesem Pelz sein Fell liefern mußte, habe ich selbst erlegt. Die Felle habe ich nach Deutschland geschickt und sie mir zu diesem Pelzmantel verarbeiten lassen. Ich bin sehr stolz darauf.«

»Das können Sie auch.«

»Später, wenn ich erst wieder eigenes Vieh habe und mir eine Lammzucht gründe, werde ich mir auch einen Persianermantel leisten — aber bis dahin fließt noch viel Wasser den Berg hinunter.«

»Ich will Ihnen wünschen, daß es nicht mehr lange dauert, bis Sie den Mantel tragen können.«

Sie zuckte die Schultern.

»Man hat mich warten gelehrt. Ich werde ja auch geduldig sein — bis meine Kinder kommen können, dann aber wird es aus sein mit der Geduld.«

Richard bewunderte diese Frau und sagte sich, wenn sie da unten den Kampf mit dem Dasein aufgenommen hatte, dürfte es ihm auch nicht zu schwer fallen. Er reckte sich, seine Augen glänzten, und er fieberte vor Arbeitslust und Tatendrang. Er konnte die Zeit kaum erwarten, bis er seine Kräfte regen konnte.

Nachts, wenn er in seiner Kabine lag, die er mit einem deutschen Kaufmann teilte, der ebenfalls in Südwest sein Glück versuchen wollte, fand er nicht so schnell wie sonst Schlaf. Dann stürmten die Gedanken durch seinen Kopf. Und dann dachte er immer wieder an Lore Darland, sah im Geist ihre feuchten, bangen Augen vor sich, die ihn so voll Liebe angesehen hatte. Er dachte dann zuweilen, daß diese Lore Darland wohl auch so eine mutige, unverzagte Farmerfrau werden könnte wie Frau Lind. Und dann überkam ihn erst leise und dann immer stärker eine unbestimmte Sehnsucht — nicht nach Hildes blonder Schönheit, die seine Sinne wie ein glühender Rausch benebelt hatte, sondern nach Lores feinen, stillen Reizen, nach ihrer opferfreudigen Weiblichkeit, nach ihren stolzen und doch so demütig bangen Augen, den Spiegeln einer starken Seele.

Die Reise verlief für Richard überraschend schnell.

Einige Tage vor der Ankunft in Walfischbai gab es noch einen schlimmen Sturm. Alles an Bord wurde seekrank, und es war fürchterlich, die blassen, wankenden Gestalten der Passagiere anzusehen, die ohne Unterlaß dem Meer ihre Opfer brachten.

Richard, Frau Lind und einige seefeste Männer waren die einzigen Passagiere, die nicht seekrank wurden und sich im Freien aufhielten. Als der Sturm nachgelassen hatte, nach zwei Tagen und zwei Nächten, kamen die Passagiere einer nach dem anderen wieder zum Vorschein. Auch das Farmerehepaar, das miteinander um die Wette gespuckt hatte, tauchte wieder auf, und alle waren wieder bei gutem Appetit und holten nach, was sie versäumt hatten. So konnten sich fast alle wieder erholen, ehe man in Walfischbai anlegte.

IX

Heinz Martens, Richards Freund, hatte dessen Telegramm erhalten und kopfschüttelnd lange Zeit darauf niedergeblickt. Was fiel denn Richard Sundheim plötzlich ein? Weshalb kam er nach Südwest? Zu einer Vergnügungsreise pflegte man sich doch andere Gegenden auf dem Globus auszusuchen.

Jedenfalls freute er sich aber sehr, den Freund wiederzusehen.

Er beschloß daher, den Freund in Walfischbai zu erwarten. Wenn er auch eine ganz hübsche Reise bis dahin zurücklegen und bis Keetmanshoop von seiner Farm aus erst noch einige Stunden mit dem Auto fahren mußte, so unterzog er sich dieser Strapaze dennoch sehr gern.

Er konnte die Gelegenheit auch benutzen, um allerlei kleine Geschäfte in Swakopmund und Walfischbai zu erledigen.

So war Heinz Martens pünktlich zur Stelle, als die »Usambara« eintraf. Bald darauf hielten sich die beiden Freunde bei den Händen.

Sie sahen sich erst einmal in stummer Wiedersehensfreude eine Weile in die Augen. Dann erblickte Heinz Martens Frau Lind und streckte auch ihr die Hand entgegen.

105

»Hallo, Frau Lind! Auch wieder im Lande? Alles gut daheim angetroffen?« sagte er frisch.

»Danke, lieber Martens, ich freue mich, Ihnen jemand mitbringen zu können. Wir sind schon sehr gut Freund miteinander geworden auf der Überfahrt. Und heute abend müssen wir eine Stunde zusammen schwatzen. Wollen wir uns im Klub treffen? Sie fahren doch nicht gleich heute weiter?«

»Zwei Tage dachte ich zu bleiben, Frau Lind; es soll mich freuen, wenn wir heute abend einen Schwatz zusammen halten können. Nett, daß Sie sich mit Herrn Sundheim angefreundet haben, ist ein forscher Kerl — nur schade, daß er so einen bannig reichen Erbonkel hat.«

Frau Lind reichte nun auch Richard die Hand.

»Also heute abend um acht Uhr. Jetzt muß ich da hinüber, da wartet ein Dutzend Menschen auf mich, man merkt doch, daß man nach Hause kommt.«

Sie nickte den beiden Freunden zu und ging davon. Heinz Martens schob nun die Hand unter Richards Arm.

»Eine famose Frau, diese Frau Lind!«

»Ich habe gelernt, sie zu bewundern, Heinz. Aber nun laß dich erst mal ansehen — prachtvoll siehst du aus, nur ein bißchen schmaler, aber braun gebrannt — und — ein bißchen verwildert.«

Heinz Martens lachte laut auf.

»Was hättest du erst gesagt, wenn ich heute nicht eine Stunde beim Barbier und Friseur verbracht hätte. Mit dem Verwildern, das kommt hier von selbst, wenn man wochenlang von aller Kultur abgeschnitten ist. Momentan sehe ich sehr zivilisiert aus, habe mich extra für dich schön machen lassen. Aber nun, alter Junge, sage mir erst, welcher Wind dich nach Südwest getrieben hat.«

Sie gingen im Strom der Ankommenden und Abholenden nebeneinander.

»Das ist schnell gesagt, Heinz, mit dem bannig reichen

Erbonkel, den du mir vorhin vorwurfsvoll an den Hals geworfen hast, ist es aus. Ich bin enterbt, von Gorin verbannt. Warum, weiß ich selbst nicht. Ich erzähle dir später alles ausführlich. Plötzlich stand ich jedenfalls vor dem Nichts. Und da Deutschland für den Landwirt ohne Land immer noch ein sehr schwieriges Pflaster ist, schiffte ich mich kurzerhand nach Südwest ein.«

Ernst sah ihm der Freund in die Augen.

»Lieber Kerl, für einen Landwirt ohne Geld ist es auch hier ein schwieriges Pflaster. Aber erst mal will ich dich willkommen heißen — und in meinem Haus ist Platz genug — auch für dich, wenn du bescheidene Ansprüche hast.«

»Dank dir, Heinz! Es ist rührend von dir, mir so großzügig, ohne zu forschen und zu fragen, Gastfreundschaft anzubieten. Aber ich will das nicht ausnützen, denn ich bin hierhergekommen, um mir eine Existenz zu gründen, wie du dir eine gegründet hast.«

Ehrlich besorgt sah ihn Heinz an.

»Das geht aber leider nicht ganz ohne Geld, Richard.«

»Ich komme auch nicht mit leeren Händen, Heinz, fast dreißigtausend Mark bringe ich mit, wenn ich sie auch nur geliehen habe. Man wird mich nicht mit der Rückzahlung drängen. Und ich sage mir, daß damit einer, der arbeiten will und kann, sich schon eine Existenz gründen kann.«

»Oh, das ist etwas anderes. Mit dreißigtausend Mark kannst du schon was anfangen hier unten. Donnerwetter! Du willst also Farmer werden in Südwest wie ich?«

»Ja, das will ich, und ich will dich bitten, mir dabei ein wenig behilflich zu sein. Du weißt, was da alles zu erledigen ist und wie und wo ich etwas Passendes finden kann.«

Heinz Martens blieb stehen und sah den Freund mit strahlenden Augen an.

»Donnerwetter! Donnerwetter! Richard, du, der einstmals

reiche Erbe, willst so frisch, fromm, frei in das afrikanische Farmerleben hineinspringen? Das ist eine Sache! Aber recht so, ein Kerl wie du ist eigentlich zu schade, still zu warten, bis ihm die gebratenen Tauben in den Mund fliegen. Denn du hast Schneid und allerlei Qualitäten, die dir hier zustatten kommen werden. Und da weiß ich auch gleich Rat für dich. In der Nähe von Keetmanshoop gibt es noch allerlei zu pachten und zu kaufen. Es ist in meiner Nähe sogar etwas zu haben. Allerdings, wenn ich sage Nähe, so mußt du mit anderen Begriffen rechnen als zu Hause. Wir sind hier an Entfernungen gewöhnt; eine kleine Tagereise macht uns nichts, die zählt nicht. Aber das können wir alles ganz gemütlich besprechen, wenn wir im Hotel bei einem Schoppen sitzen. Erst wollen wir uns nach deinem Gepäck umsehen; komm, wir gehen gleich hier durch.«

Er nahm den Freund am Arm und führte ihn. Sie hatten eine ganze Weile zu tun, bis Richard im Besitz seines Gepäcks war und alle Formalitäten erledigt waren. Sie sahen dann, als sie endlich fertig waren, Frau Lind mit einigen Herren und Damen im Auto an sich vorüberfahren. Sie winkte ihnen lachend zu, während ihre Begleitung neugierig zu Richard hinübersah.

Die Freunde suchten sodann das Hotel auf, in dem Heinz Martens bereits Wohnung genommen hatte. Nachdem sich Richard ein wenig erfrischt hatte, saßen sie beisammen und berichteten einander, was zu berichten war. Richard erzählte, wie er bei seinem Onkel in Ungnade gefallen war, sprach auch von Hilde und ihrem Verrat. Nur von Lore sagte er nichts. Ihm war, als müsse er ihr Geheimnis hüten wie etwas sehr Kostbares, woran mit keinem Wort gerührt werden dürfe. Nur davon sprach er, daß ihm ein Gönner das Darlehen zu mäßigen Zinsen verschafft habe, und daß Heinz Martens' Briefe ihm gewissermaßen den Weg nach Südwest gezeigt hätten.

»Du warst sehr gescheit, Richard, daß du dich kurzerhand

auf den Weg hierher gemacht hast: hier kann man schneller vorankommen als daheim. Ich bin auch schon ein gut Stück vorwärtsgekommen und bin sehr zufrieden. Und ich will dir aus meiner eigenen Erfahrung heraus raten, wie du dein Geld am besten und vorteilhaftesten anlegen kannst. So habe ich es selber gemacht, als ich vor Jahren hier anfing. Also für ein Drittel deines Kapitals kaufst du dir eine kleine Siedlung, das zweite Drittel legst du als Pachtgeld für eine größere Farm an, und das dritte Drittel brauchst du, um Vieh zu kaufen und einige andere notwendige Anschaffungen zu machen. Die Farm muß direkt mit der Siedlung zusammenliegen und muß ausdehnungsfähig sein, damit du noch zukaufen kannst.«

»Das hat mir Frau Lind auch geraten.«

»Nun, siehst du, und das ist eine tüchtige Frau, die hier alle Verhältnisse gründlich kennt. Die Siedlung gibt dir, auch wenn sie nur klein ist, erst mal Bodenrecht hier — ein Stück Heimat, aus der dich niemand vertreiben kann. Auf die Farm, die du pachtest, meldest du dann das Vorkaufsrecht an, da wird dir später, beim Kauf, etwas vom Pachtgeld gutgerechnet. Hast du dann erst festen Boden unter den Füßen, streckst du deine Fühler mehr und mehr nach allen Seiten aus. Leute kannst du genug bekommen für billigen Lohn. Lebensmittel mußt du selbstverständlich gleich im Vorrat anschaffen, damit du die erste Zeit für dich und die Leute alles im Haus hast. Vieh ist auch billig zu haben — und die Viehzucht, das ist hier der springende Punkt.«

Richard sprach nun davon, daß Frau Lind ihm geraten habe, Lammzucht zu betreiben. Heinz Martens nickte.

»Ganz recht, die betreibe ich auch, und mit sehr schönen Erfolgen. Aber auch Kühe und einen guten Stier mußt du haben, auch Hühner und Kleinvieh. Das kommt alles von selbst, du bist ja Landwirt. Das ist sehr viel wert. Viele von den Farmern kommen hierher und haben keine Ahnung von Viehzucht und Landwirtschaft. Wenn du auch nicht alles hier verwenden kannst, was du gelernt hast, da wir hier fast nur Steppen haben, wo Futter für das Vieh wächst, so kommt dir doch alles, was du über Viehzucht weißt, sehr zustatten.

Ich betreibe neben meiner Viehzucht noch eine Käserei, wozu ich dir auch raten würde. Ich mache das schon ganz im großen und verdiene viel Geld damit. Käse, Butter, Eier und dergleichen liefere ich über die Grenze auf die Diamantfelder. Bei den Diggers finden wir reißenden Absatz für alle diese Dinge; kommen doch immer neue Menschenmassen nach den Diamantfeldern, und die wollen alle essen. Es wird sehr gut bezahlt.

Ich weiß auch schon, wo du dich ansiedeln wirst. Ja — Donnerwetter, das paßt ganz famos. Ene schöne Farm, an einem Fluß, etwa sechs Stunden von Keetmanshoop entfernt. Meine Farm liegt auch ungefähr so weit entfernt von Keetmanshoop, aber nach Osten, während die, von der ich spreche, im Süden liegt, mehr nach den Bergen zu. Wenn die damals zu haben gewesen wäre, als ich hierherkam, hätte ich sie gern genommen. Ich habe auch schon damit geliebäugelt, sie noch zu meiner Farm hinzuzunehmen, aber sie liegt doch zu weit ab. Die Farm heißt Ovamba, und sie hat einem Deutschen gehört. Der arme Kerl ist vor drei Jahren nach Deutschland gereist, um eine Operation an sich vornehmen zu lassen. Es war zu spät, er ist darüber gestorben, und seine Erben haben die Farm der Regierung übergeben, weil sie sich nicht darum kümmern konnten.

Ein ganz hübsches Wohnhaus ist vorhanden, gerade so recht für dich. Ist alles ein bißchen verwahrlost, wird aber bald in Ordnung gebracht sein. Auch die nötigen Möbel sind noch da, so hast du vorläufig keine Neuanschaffungen nötig, das ist wesentlich. Alles, was du sparen kannst, mußt du in Vieh anlegen; je mehr Vieh, desto schneller kommst du voran. Also, wie gesagt, Ovamba wäre das Gegebene für dich — und wir sind nicht gar so weit auseinander. Ovamba ist nicht zu groß, aber es grenzt so viel Land daran, daß du dich später ausdehnen kannst. Und ein Stück von diesem Land erwirbst du käuflich als Siedlung. Landarbeiter kannst du bekommen, soviel du willst; die haben da herum überall ihre Hütten, waren schon bei dem früheren Besitzer und werden sich gern von dir dingen lassen. Na, das findet sich alles! Wir besprechen das noch ausführlich und leiten das gleich von hier aus in die Wege.«

»Ich bin dir sehr dankbar, Heinz.«

»Na, sei so gut, das ist doch selbstverständlich. Wir helfen hier einander, so gut wir können, es kommt ja an jeden mal die Reihe, wo er Hilfe brauchen kann. Und — das will ich dir gleich noch sagen — ich heirate nächsten Monat, ich habe das einschichtige Leben satt. Da ist die Tochter eines deutschen Farmers, mit der ich oft in Keetmanshoop im Klub zusammengekommen bin. Sie ist hübsch, gesund und tüchtig — und ein lieber Kerl. Ich bin ihr herzlich gut und sie mir, und wir wollen zusammen weiter schaffen, bis wir mal so viel haben, daß wir uns in Deutschland ein hübsches Gut kaufen können. Das hat natürlich noch gute Weile. Es freut mich aber, daß du auf meiner Hochzeit tanzen kannst, Richard, weiß Gott, das freut mich bannig.«

Richard sah mit großen Augen vor sich hin, während er stumm und fest des Freundes Hand drückte. Etwas riß an seinem Herzen. Er würde allein sein, ganz allein. Und dabei saß drüben, in der deutschen Heimat, ein liebes, mutiges Geschöpf, das ihm gesagt hatte, daß es ihn liebe. Und es hatte ihm bewiesen, wie opferfreudig seine Liebe war.

Er schrak auf und wehrte diesen Gedanken, der ihn plötzlich wie eine unklare Sehnsucht überfiel, von sich ab. Nur jetzt keine Weichheit und keine Träume. Jetzt galt es zu kämpfen, sich durchzusetzen — allen Gewalten zum Trotz

111

sich erhalten. Da durfte er nicht an so etwas Weiches, Liebes und Schönes denken.

Schnell reichte er dem Freund noch mal die Hand.

»Meinen herzlichen Glückwunsch, Heinz. Mögest du einen ehrlichen, guten Kameraden finden an der Frau, die du an deine Seite stellen willst.«

Heinz Martens lächelte, ein schönes, vertrauendes Lächeln.

»Da hat's keine Not; die Lena, die ist erprobt. Sie wird mit mir durch dick und dünn gehen. Und eine kluge Frau werde ich an ihr haben. Na, du wirst sie bald kennenlernen.«

So plauderten die Freunde, sprachen sich alles vom Herzen und berieten hin und her, wie Richard Sundheim am besten bodenständig werden könnte in Südwest.

Heinz Martens führte den Freund gleich noch zu verschiedenen maßgebenden Stellen. Er war gut angeschrieben, und seine Fürsprache für Richard fiel ins Gewicht. Man hatte es gern, wenn tüchtige Landwirte sich hier niederließen, und machte keine Schwierigkeiten, wenn sie sich ansiedeln wollten. Richard legte, dem Rat des Freundes folgend, gleich die Hand auf die Farm Ovamba und legte seine Wünsche klar. Langes Zaudern hatte keinen Zweck, auch hier kostete jeder Tag Geld, der nutzlos und tatenlos verbracht wurde.

Heinz machte auch für sich allerlei Einkäufe und Bestellungen und redete auch dem Freund zu, das zu tun, da er hier billiger kaufe als in Keetmanshoop.

»Aber das können wir morgen weiter besorgen, Richard, jetzt wollen wir zum Hotel zurückgehen und uns dann zum Rendezvous mit Frau Lind begeben.«

Punkt acht Uhr trafen sie mit Frau Lind zusammen, die sich eine Stunde freigemacht hatte. Da wurden Richards Ansiedlungspläne noch einmal von allen Seiten beleuchtet, und Frau Lind stimmte allen Vorschlägen Heinz Martens' zu. Auch sie kannte Ovamba und riet Richard, schnell zuzugreifen.

»Martens hat recht, ein festes Stück Siedlungsland käuflich erwerben und Ovamba pachten — alles andere kommt von selbst. Seien Sie nur nicht bange, Herr Sundheim, es wird alle gutgehen. Man hilft sich hier gegenseitig, so gut man kann. Ein paar schwere, sehr schwere Jahre werden für Sie kommen, wie für jeden Farmer hier, aber dann geht es auch schnell voran. Wenn ich schon meine Entschädigung bekommen hätte, Ovamba hätte ich auch ohne Zaudern genommen. Aber vergessen Sie nicht, was ich Ihnen über den Fluß sagte. Sie haben ja Zeit, jetzt ist die Regenzeit vorbei. Schauen Sie sich die Ufer an. Das ist nötig.«

X

Monate waren vergangen. Richard hatte wirklich die Farm Ovamba gepachtet und daneben ein Stück Siedlungsland gekauft. Ovamba lag südlich von Keetmanshoop, nach dem Karasgebirge zu. Richard war mit Feuereifer bei seiner Arbeit und hatte gar keine Zeit, sich mit schweren Gedanken an Vergangenes herumzuschlagen. Die erste und zweite Pachtrate hatte er gleich im voraus bezahlt und für die Siedlung etwa zehntausend Mark zu entrichten gehabt. Heinz Martens hatte ihm geholfen, gutes Vieh möglichst preiswert einzukaufen und Leute zu dingen. Die hatten sich nun schon in ihren Strohhütten auf der Farm häuslich niedergelassen.

Dringend riet Heinz dem Freund, sich ein Motorrad zu kaufen.

»Zu einem Auto langt es jetzt nicht, und solange du keine Frau hast, kommst du auch mit einem Motorrad aus. Das mußt du aber haben, sonst bist zu ganz abgeschnitten von allem Verkehr. Mit dem Motorrad kannst du schnell mal nach Keetmanshoop flitzen oder auch deinem Freund Martens einen Besuch machen. Ein bißchen Gesellschaft muß man haben. Ich führe dich in Keetmanshoop in den Klub ein, und wir können einen festen Tag verabreden, dann bin ich auch da. Ich besuche dich selbstverständlich auch zuweilen, und wenn ich erst verheiratet bin, wirst du einen festen Platz an unserem häuslichen Herd haben. Kaufe vorläufig ein gebrauchtes Rad, das bekommst du billig, damit du dein Konto nicht zu stark belastest. Später kaufst du dir dann ein neues und gibst das alte mit in Zahlung. In zwei Jahren wirst du dann ein Auto haben.«

Richard hatte gelacht.

»Nur langsam voran, mein lieber Heinz, vergiß nicht, daß ich mit geliehenem Geld arbeite.«

»Das vergesse ich nicht, aber du sagst doch, daß man dich nicht drängen wird. Und ein Rad ist kein Luxus, das ist hier der nötigste Gebrauchsgegenstand. Du wirst immer einmal etwas in Keetmanshoop zu besorgen haben, und mit dem Ochsenkarren geht es verdammt langsam, den benutzen wir nur noch zur Frachtbeförderung nach den Bahnhöfen.«

So hatte sich Richard denn ein Motorrad gekauft.

Heinz hatte ihn gleich zu Anfang im Klub in Keetmanshoop eingeführt, und dort hatte er auch Heinz Martens' Braut und dessen Schwiegereltern kennengelernt. Lena Hollmann war ein frisches, sympathisches Mädchen, von schlichter, anmutiger Natürlichkeit.

Das kleine Wohnhaus in Ovamba war ziemlich vernachlässigt gewesen; Richard mußte mit seinen Leuten sogleich ein großes Scheuerfest veranstalten, wobei er unverzagt selbst mit anfaßte. Und es fiel ihm schon dabei auf, mit welcher kindlichen Heiterkeit die Leute an ihre Arbeit gingen. Sie taten zwar nicht zuviel, ließen sich zu allem Zeit, aber nie waren sie verdrießlich. Alles machte ihnen Spaß, und mit einem Scherzwort konnte man sie leicht anfeuern.

Zum Glück gab es an dem Wohnhaus keine ernsten Schäden, und als nach einigen Tagen alles getan war, roch es frisch nach Seife und Wasser. Dann waren plötzlich ohne vorherige Anmeldung Lena Hollmann und ihre Mutter im Auto angekommen und hatten ohne viel Federlesens angefangen, einiges Behagen in Richards Haushalt zu bringen. In einigen Stunden hatte alles ein wohnlicheres, behaglicheres Aussehen bekommen. Und befriedigt waren die beiden Damen wieder davongefahren, Richards gerührtes Dankesgestammel lachend abwehrend.

»Nur nicht danken; solange Sie nicht selbst eine Frau haben, sehen wir von Zeit zuz Zeit bei Ihnen nach, damit Sie nicht ganz im Junggesellenelend umkommen«, neckte die muntere Lena.

Sie erinnerte Richard in manchen Dingen an die mutige Frau Lind, und er konnte den Freund nur beglückwünschen zu so einem Lebenskameraden.

Noch von Walfischbai aus hatte Richard an Lore Darland geschrieben, hatte ihr von seiner Reise und von seinen weiteren Plänen berichtet. Es war ein langer Brief geworden, und es war seltsam, wie sehr es ihn befriedigte, daß er ihr alles anvertrauen konnte. Noch einige Male hatte er ihr im Lauf der nächsten Monate ausführlich Berichte gegeben — so auch einen von Martens' Hochzeit — und sie dadurch an allem teilnehmen lassen, was ihn betraf.

»Sie müssen mir verzeihen«, hieß es in einem dieser Briefe, »wenn ich mit allen meinen kleinen Leiden und Freuden zu Ihnen komme. Wenn ich aber an Sie denke — und das geschieht sehr oft —, dann ist mir immer, als seien Sie mein bester, treuester Freund, mit dem ich alles besprechen, dem ich alles, was mich bewegt, anvertrauen kann. Wenn ich nur endlich auch von Ihnen ein Lebenszeichen bekommen würde! Manchmal fürchte ich, daß ich Ihnen mit meinen Schreiben lästig falle. Hoffentlich bereite ich Ihnen keine Unannehmlichkeiten in Ihrer Familie, wenn ich Ihnen immer wieder schreibe — das müßten Sie mir sofort mitteilen, ich würde dann freilich auch nicht aufhören können, Ihnen zu schreiben, denn die Abende sind hier so lang und einsam für mich. Aber ich könnte Ihnen meine Briefe dann in einer unverfänglichen Art zustellen lassen.

Vor zwei Wochen hatte ich Post aus der Heimat — wie sehr freut man sich hier darüber. Es war ein Brief von dem alten Friedrich, dem Diener meines Onkels, von dem ich Ihnen auch sprach. Er hat mir berichtet, daß mein Onkel wirklich ein Testament zugunsten Karl Sundheims, unseres einzigen noch lebenden Verwandten, gemacht hat. Aber er hat noch nicht ergründen können, weshalb mein Onkel plötzlich so ausfallend gegen mich wurde und mich enterbte und verstieß. Ich stehe heute auf dem Standpunkt, daß ich es nicht mehr als ein Unglück betrachten kann, daß der alte Herr so mit mir verfahren ist. Vielleicht hat er mich dadurch vor einem großen Unglück bewahrt. Aber es tut mir leid, daß er sich einbilden muß, ich sei undankbar gegen ihn. Er ist mehr zu bedauern als ich, denn er lebt nun auf seine alten Tage einsam und verbittert, von Mißtrauen gequält, auf Gorin, und im Alter mag eine solche Einsamkeit besonders schwer zu ertragen sein. Gottlob, daß ich mit gutem Gewissen behaupten kann, daß ich daran schuldlos bin. Könnte ich ihm nur klarmachen, daß mir an seinem Erbe gar nicht so viel lag, und daß ich jetzt weit zufriedener bin, da ich selber für mich sorgen kann. Ich fühle mich leichter und freier in meiner bescheidenen Selbständigkeit als in der luxuriösen Abhängigkeit in früheren Tagen. Können Sie das verstehen, hochverehrtes Fräulein Darland? Ja — Sie können es, ich weiß es, und Sie wissen nun, welche Wohltat Sie mir erwiesen haben, daß Sie mich durch Ihre Fürsprache in die Lage versetzten, mich frei und selbständig zu machen.

Herrn Heims habe ich genaue Rechenschaft über die Anlage des mir geliehenen Kapitals abgelegt, und die Zinsen werde ich pünktlich einzahlen. Ich habe ihm angeboten, ihm meine kleine Siedlung und mein Vieh als Sicherheit verschreiben zu lassen, aber er hat es abgelehnt und behauptet, er sei nicht in Sorge wegen des mir geliehenen Geldes. Er ist mir gegenüber wirklich sehr vertrauensselig, und ich bin ihm dafür sehr dankbar. Wie ich die Dinge jetzt hier übersehe, hoffe ich bestimmt, am Schluß jeden Jahres fünftausend Mark abzahlen zu können, denn alles, was ich aus meiner Farm herauswirtschafte, kann ich zur Tilgung meiner Schuld fast ausschließlich benutzen. Der Lebensunterhalt kostet mich hier fast nichts. Und man hat kaum Gelegenheit, Geld auszugeben. Ich hoffe, bald voranzukommen. Und nun will ich Sie nicht länger aufhalten mit meinem Schreiben. Lassen sie sich meine ergebenen Grüße gefallen, und vergessen Sie nicht ganz Ihren dankbar ergebenen Richard Sundheim.«

Ein Tag nach dem andern verging für Richard in schwerer, ermüdender, aber befriedigender Tätigkeit. Immer besser arbeitete er sich ein, immer schneller kam er voran.

Jeden zweiten Sonnabend fuhr er auf seinem Motorrad nach Keetmanshoop und traf im Klub mit Heinz Martens zusammen, der zuweilen seine junge Frau bei sich hatte. Dann begleitete er den Freund auch zuweilen über Sonntag auf dessen Farm. Da sah es freilich viel wohnlicher aus als in Ovamba. Man merkte, daß eine Frau im Haus war. Richard ließ sich mit Behagen ein wenig verwöhnen und sagte Heinz, daß er zu beneiden sei.

»Warte nur, mein Junge, in zwei, drei Jahren sieht es bei dir auch schon ganz anders aus. Du wirst dir so nach und nach einige behaglichere Möbel anschaffen.«

Richard schüttelte dann energisch den Kopf.

»Das zuletzt, Heinz, erst muß ich meine Schulden lossein und noch mehr Vieh haben. Im Haus behelfe ich mich schon«, antwortete er.

Richard hatte bereits eine Regenzeit hinter sich und staunte, wie der Fluß so plötzlich, fast über Nacht, zu einem Strom angeschwollen war. Er hatte Frau Linds Ratschläge beherzigt und die Ufer eingehend geprüft. Im ganzen hatte er sie als sicher befunden, nur eine Stelle bereitete ihm Kopfschmerzen. Dort machte der Fluß eine Krümmung und das Ufer nach der seiner Farm zugewandten Seite einen etwas verdächtigen Eindruck. Er sah auch, daß sein Vorgänger anscheinend an dieser Stelle schon Befestigungsversuche angebracht hatte, denn es lagen eine Menge Steine und Sandsäcke herum. Aber die Säcke waren morsch und zerfielen ihm unter den Händen, als er sie aufschichten lassen wollte. Heinz Martens riet ihm, vor Beginn der Regenzeit diese Stelle nach Möglichkeit zu stützen. Zuerst ließ er die gefährliche Stelle mit Steinen und Gestrüpp stützen, dann wurden über hundert neue Sandsäcke aufgestapelt, und kurz vor Beginn der Regenzeit war dieser Schutzwall fertig.

Er glaubte nun, das Seine getan zu haben, und wirklich hielt der Wall stand gegen das strömende Wasser. Heinz sagte ihm jedoch, daß diese Regenperiode eine sehr mäßige gewesen sei, es hätte Jahre gegeben, wo das Wasser viel höher gestiegen sei. Da es aber diesmal den Wall noch nicht ganz erreicht hatte, glaubte Richard, daß sein Schutzwall bei entsprechender Instandsetzung auch noch einem stärkeren Anprall standhalten würde. Immerhin ließ er, wenn seine Leute einmal freie Zeit hatten, immer weiter an dem Wall arbeiten und ihn noch mehr befestigen.

Unterhalb der gefährdeten Stelle waren vom Fluß her Gräben angelegt, die das Wasser zu einem Teich leiteten, und von da noch nach verschiedenen Tränken, wo das Vieh seinen Durst stillen konnte, wenn die Regenzeit vorbei war. Diese Gräben ließen sich mit einer primitiven Schleuse abdichten, so daß das Wasser nicht wieder in das Flußbett zurückfließen konnte, wenn der Regen und Zufluß aufhörten.

118

Der Teich lag unweit des Wohnhauses, und Richard konnte darin nach des Tages Last und Arbeit ein erfrischendes Schwimmbad nehmen. Das war ihm eine große Wohltat und außerdem ein Luxus für Südwest. Seine Lammzucht florierte, und die Milch, die sein Vieh lieferte, wurde zu Butter und Käse verarbeitet. Diese Erzeugnisse lieferte er über die Grenze nach den Diamantfeldern, wo sich die Händler darum rissen und gute Preise zahlten.

Richard machte auch Versuche mit Fleischkonserven, für die er ebenfalls guten Absatz fand. Er war sehr zufrieden mit dem Ertrag seiner Arbeit und nahm viel mehr Geld ein, als er geglaubt hatte. Er konnte schon jetzt berechnen, daß er gut sieben- bis achttausend Mark nach Ablauf des ersten Jahres von seiner Schuld abzahlen konnte, obwohl er seinen Viehbestand noch etwas vergrößert hatte. Vermochte er später noch mehr Vieh anzuschaffen, würde es noch schneller vorwärtsgehen. Aber erst wollte er seine Schulden loswerden. Wenn er das erreicht hatte, dann konnte er anfangen zu sparen, um Ovamba eines Tages käuflich zu erwerben.

Daß er hier viel schneller vorwärtskam, als das in Deutschland möglich gewesen wäre, sah er schon im ersten Jahr seines Farmerlebens ein. Freilich rechnete er nicht mit Fehlschlägen. Auf der kleinen, ihm gehörenden Siedlung schaffte er mit besonderer Vorliebe. Er suchte den Boden zu veredeln und unternahm sogar das Wagnis, Gemüse zu ziehen. Es war ein schweres Stück Arbeit, aber auch das gelang schließlich. Er hatte den Ehrgeiz, eine Mustersiedlung aus seinem Anwesen zu machen.

Und es war, als sollte ihm alles glücken. Das gezogene Gemüse reichte freilich vorläufig nur für seinen eigenen Gebrauch und ab und zu zu einem Präsentkorb für Frau Lena Martens, die sich stets sehr über die Bereicherung ihres Küchenzettels freute und ihren Mann anfeuerte, auch solche Versuche zu machen.

Je sorgloser Richard aber mit der Zeit ins Leben zu blicken vermochte, desto schwerer empfand er seine Einsamkeit. Wenn er abends allein auf der Veranda seines Wohnhauses saß, schweiften seine Gedanken sehnsuchtsvoll in die Ferne. Und diese Sehnsucht umkreiste immer wieder Lore Darland. Er malte sich in immer leuchtenderen Farben aus, wie es sein müsse, wenn sie als seine Frau hier bei ihm sei, ihn nach getaner Arbeit empfangen und ihn mit ihren schönen braunen Augen anblicken würde. Er meinte dann ihre weiche, dunkle Stimme sagen zu hören: ich liebe dich! Aber es lagen keine verhaltenen Tränen darin, sondern ein glückfrohes Jauchzen.

»Ich liebe dich, Lore Darland, ich sehne mich nach dir.« Er fühlte deutlich, daß es Liebe war, was er für Lore empfand. Ganz allmählich war sie an die Stelle getreten, die früher Hilde eingenommen hatte.

Und dann kam der Tag, an dem er sich fragte: Warum rufst du sie nicht an deine Seite? Sie liebt dich doch — warum willst du sie nicht zu deiner Frau machen?

Es wurde ihm heiß bei diesem Gedanken, aber seufzend wehrte er ihn von sich. Nein, nein, daran war doch nicht zu denken. Wie konnte er jetzt eine Frau an seine Seite ketten, sie herausreißen aus den freundlichen Gewohnheiten ihres Lebens, sie hineinzerren in sein noch so unsicheres Schicksal, hierher verpflanzen in diese Wildnis, wo sie allen Komfort entbehren mußte. Nein, er durfte diesem Gedanken nicht nachhängen — es durfte nicht sein — es wäre ein schlechter Dank für alle ihre Liebe und Güte gewesen, wenn er sie in solch ein rauhes, schweres Leben hineinreißen wollte.

Dennoch schrieb Richard ihr immer wieder, wenn er auch nicht verriet, wie sehr sich seine Gefühle gewandelt hatten. Aber dringender und sehnsüchtiger klang die Bitte um eine Antwort von ihr in seinen Briefen.

120

Er ahnte nicht, wie schwer es Lore fiel, ihn ohne Antwort zu lassen. Aber sie hatte sich selber versprochen, ihm ein volles Jahr Gelegenheit zu geben, sie zu vergessen. Solange wollte sie ihm nicht antworten. Das glaubte sie sich schuldig zu sein, nachdem sie ihm damals das Geständnis ihrer Liebe gemacht hatte. Sie sagte sich: Wenn er nach einem Jahr nicht aufhört, an mich zu schreiben, dann — dann werde ich ihm antworten. Und sie hielt dieses Wort, so schwer es ihr auch fiel, seinem sehnsüchtigen Drängen gegenüber.

Nun war dies Jahr vergangen — und eines Tages hielt Richard Sundheim einen Brief in der Hand, auf dessen Rückseite als Absenderin Lore Darland angegeben war.

Es war schon ein großes Ereignis für Richard, wenn überhaupt einmal Post kam — aber ein Brief von Lore, das erregte ihn namenlos. Hastig scheuchte er seine Leute fort, denen er gerade angegeben hatte, was für Arbeit sie verrichten sollten. Dann war er allein. Er fiel in einen der Korbsessel, die auf der Veranda standen, und starrte eine ganze Weile auf den Brief hinab, ehe er ihn öffnete. Das mußte er auskosten, dies Gefühl einer endlich erfüllten Sehnsucht. Ein Brief von Lore Darland — das war etwas ganz Großes, Schönes, Wunderbares für ihn.

Ein tiefer Atemzug hob seine Brust, und dann öffnete er endlich das Kuvert. Zwei große, engbeschriebene Bogen zog er heraus. Wie trunken vor Freude lachte er vor sich hin.

»Lore!«

Ganz laut rief er ihren Namen. Und dann laß er:

»Lieber Herr Sundheim!

Sie haben mir so viele liebe Briefe geschrieben, und Sie werden gedacht haben, daß es recht unhöflich von mir ist, daß ich Innen nicht antwortete. Aber nein — es war etwas ganz anderes, das mich hinderte, Ihnen wieder zu schreiben. Ich war bange, Sie würden mir nur schreiben wollen, weil Sie es mir schuldig zu sein glaubten, und ich sagte mir, wenn ich antworte, dann wächst sich das für Sie zu einem Zwang aus, immer weiter mit mir zu korrespondieren. Und da gab ich mir selbst das Wort, Ihnen nicht eher auf Ihre Briefe zu antworten, als bis ein Jahr vergangen sein würde.

Hier hat sich inzwischen mancherlei geändert. Meine Schwester ist seit dreiviertel Jahren verheiratet, und mein Vater macht mir viel Sorge; er ist sehr leidend. Ich suche ihm noch mehr Arbeit als sonst abzunehmen und bin froh, daß er es jetzt nicht mehr so schwer hat, da Hilde viel für ihre Mutter tut und Vater doch auch nicht mehr für Hilde zu sorgen hat. Aber — ich spreche immer von Hilde und weiß nicht, ob ich Ihnen damit nicht weh tue. Ich will sie so wenig wie möglich erwähnen.

Durch Zufall habe ich in Erfahrung gebracht, daß Ihr Herr Onkel sehr krank war und nun zur Erholung an den Gardasee gereist ist. Doch das wird Ihnen wohl der alte Diener Friedrich mitgeteilt haben, der seinen Herrn auf Reisen begleitet.

Von Herrn Heims habe ich mit Staunen gehört, daß Sie jetzt schon, nach Jahresfrist, siebentausend Mark von dem geliehenen Geld zurückzahlen werden. Er läßt Ihnen sagen, Sie brauchen sich nicht zu beeilen. Wenn Sie nur pünktlich weiter die Zinsen zahlen, können Sie das Geld so lange behalten, wie Sie wollen.

Sehr freue ich mich, daß Sie schon festen Fuß in Südwest gefaßt haben und daß Sie auf Ihrer Siedlung sogar Gemüse ziehen. Mit großem Interesse lese ich all Ihre Schilderungen und weiß nun schon sehr gut Bescheid auf Ovamba. Daß Ihre Freunde, Herr und Frau Martens, Ihnen so nahestehen, freut mich für Sie, es wäre sonst doch auch gar zu einsam für Sie.

Von ganzem Herzen wünsche ich Ihnen weiterhin alles Gute und — ich werde nun all Ihre Briefe beantworten, wenn Sie mir nur versprechen, daß Sie ohne Rücksicht auf mich den Briefwechsel sofort abbrechen, wenn er Ihnen lästig wird. Möge Ihnen Ovamba eine friedliche und glückliche Heimat werden. Ich will mich aus der Ferne daran freuen. Wenn wir uns auch nie wiedersehen werden, will ich Ihrer doch immer in Freundschaft und herzlicher Teilnahme gedenken. Mit herzlichen Grüßen

Ihre Lore Darland.«

Richard Sundheim atmete tief auf, als er diesen Brief gelesen hatte. Wieder und wieder vertiefte er sich in seinen Inhalt und suchte auch zwischen den Zeilen zu lesen. Unruhig fragte er sich, ob diese gehaltene Freundlichkeit nur ein Wall war, hinter dem sich ihr tieferes Fühlen versteckte, oder ob sie anderes für ihn empfand. Konnte es sein, daß ihre Liebe zu ihm starb? Sie war so fern von ihm, und gewiß würden andere Männer sie umwerben, wenn sie nicht mehr durch das Irrlicht Hilde in den Schatten gestellt wurde.

Das Herz klopfte ihm sehr unruhig bei diesem Gedanken. Es wurde ihm heiß und kalt, wenn er daran dachte, daß Lore eines Tages einem anderen Mann angehören könnte. Jedes Wort in ihrem Briefe sah er daraufhin an, ob sich noch das alte, tiefe Empfinden für ihn dahinter versteckte. Das eine erschien ihm verheißungsvoll, das andere entmutigte ihn. Und dann sprang er auf, um gleich wieder an sie zu schreiben. Er sprach in diesem Brief seine heiße Freude darüber aus, daß sie ihm endlich — endlich wiedergeschrieben habe und ihm nun jeden Brief beantworten würde. Sie dürfte nicht daran denken, daß ihm dieser Briefwechsel jemals lästig werden könnte.

XI

Von dieser Zeit an bekam Richard Sundheim auf jeden seiner Briefe umgehend Antwort von Lore. Da sie die Scheu überwunden hatte, ging es besser, als sie geglaubt hatte. Dieser Briefwechsel wurde ihr mehr und mehr zur Freudenquelle. Und eine solche hatte sie sehr nötig, denn ihr Vater machte ihr mehr und mehr Sorge. Seine Pflege lag ganz in ihrer Hand, denn ihre Stiefmutter war sehr wenig zu Hause. Fast jeden Tag ließ Hilde sie in ihrem Auto abholen, und Frau Professor Darland fühlte sich selbstverständlich in der vornehmen Villa ihrer Tochter viel wohler als in der engen Mietwohnung. So lebte sie sich immer mehr mit ihrem Gatten und ihrer Stieftochter auseinander, und am liebsten wäre sie ganz zu ihrer Tochter übergesiedelt. Nur eine gewisse Anstandspflicht und die Rücksicht auf das, »was die Leute sagen würden«, hielt sie davon ab.

Hilde hatte ihr wiederholt gesagt, daß sie bei ihr Aufnahme finden könnte, sobald sie nur wollte. Hilde konnte alles nach ihren Wünschen bestimmen. Ihr Mann liebte sie über alle Maßen und las ihr jeden Wunsch von den Augen ab. Bei jeder passenden und unpassenden Gelegenheit beschenkte er sie mit Schmuck, sie hatte ein eigenes kleines Auto, eine sehr hübsche und elegante Limousine, mit der sie in der Stadt umherfuhr, Einkäufe machte und Visiten bei ihren neiderfüllten Freundinnen abstattete. Ihre Mutter begleitete sie oft auf solchen Fahrten und saß dann stolz neben ihrer Tochter.

Daß Hilde, nachdem der erste Rausch über Glanz und Luxus vorbei und ihr das alles alltäglich geworden war, sich sehr glücklich gefühlt hätte, konnte man nicht sagen. Ihr Mann war und blieb ihr widerwärtig, und daß sie ihm das verheimlichen mußte, war ihr eine Qual. So suchte sie sich das Leben auf andere Art angenehm zu machen. Sie kokettierte und flirtete mehr denn je und nahm es auch mit der

Treue nicht allzu genau. Frankenstein merkte in seiner blinden Verliebtheit nichts von alledem, zumal sich Hilde den Anschein gab, als gehe sie nie allein aus. Wenn ihr Gatte sie nicht begleitete, was nur wegen wichtiger Geschäfte vorkam, war eben ihre Mutter in ihrer Gesellschaft. Diese war jedoch ebensowenig »engherzig« wie ihre Tochter und gönnte dieser ihre kleinen Abenteuer, wenn nur der Schein gewahrt blieb.

Nachdem das erste Ehejahr vorüber war, fand Hilde, daß ihr Leben sehr langweilig sei. Da sie im Grunde nichts und niemand liebte als sich selbst, fand sie an nichts Genüge. Was sie an Gefühlen je besessen, hatte Richard Sundheim gehört — sie redete sich das wenigstens ein. Und eine brennende Eifersucht erfaßte sie, wenn sie merkte, daß Lore wieder und wieder Briefe von ihm bekam. Sie hätte viel darum gegeben, wenn sie diese hätte lesen können. Allein Lore hütete diese Briefe wie einen kostbaren Schatz.

So war ein Jahr vergangen, seit Hilde Frau Frankenstein geworden war. Sie war noch immer eine blendende Erscheinung, aber ihre Augen blickten kalt und übersättigt in die Welt.

Zu dieser Zeit machte sie die Entdeckung, daß sie sich Mutter fühlte. Diese Entdeckung entsetzte sie geradezu, sie wollte kein Kind haben. Frankenstein aber war außer sich vor Freude und behandelte Hilde wie ein rohes Ei. Hatte er ihr bisher schon jeden Wunsch erfüllt, so wurde er jetzt geradezu erfinderisch, um ihr eine Freude zu machen. Wenn sie verstimmt und mißmutig weinte und jammerte wie ein ungezogenes Kind, so ertrug er das mit Lammsgeduld. Immer wieder suchte er sie aufzuheitern, und es war rührend, wie rücksichtsvoll dieser sonst so wenig zartbesaitete Mann war.

Als Lore erfuhr, daß Hilde Mutter werden würde, wünschte sie ihr von Herzen Glück.

»Das Leben wird einen richtigen Inhalt für dich bekommen, Hilde, du wirst nun erst ganz glücklich sein, wenn du ein Kind haben wirst«, sagte sie.

Hilde lachte höhnisch auf.

»Ich mag kein Kind! Der Gedanke, daß ich ein Kind haben werde, ist mir entsetzlich.«

Lore schüttelte in stillem Entsetzen den Kopf. Ihre Stiefmutter hatte die Parole ausgegeben, daß Hilde durch keinerlei Widerspruch gereizt werden dürfe, und so verzichtete Lore auf eine Antwort. Aber etwas wie ein tiefes Erbarmen mit Hilde wachte in ihrer Seele auf. Wenn nicht einmal das Mysterium der Mutterschaft ein wärmeres Gefühl in Hilde wecken konnte, dann mußte sie ganz gefühllos sein. War sie da nicht von ganzem Herzen zu bedauern? Konnte diesem Charakter nicht einmal die Hoffnung auf ein Kind Tiefe und Werte geben, dann würde sie immer nur ein seelenloses Geschöpf bleiben.

Eines Tages kam Hilde zu einem kurzen Besuch zu ihrem Stiefvater, dem es von Tag zu Tag schlechter ging. Nicht wahre Teilnahme hatte sie zu diesem Besuch getrieben, sondern nur der Gedanke, daß sich die Leute darüber aufhalten könnten, wenn sie nicht zuweilen nach ihm sah.

Gerade zu dieser Zeit kam wieder ein Brief von Richard Sundheim für Lore. Mit starren Augen sah Hilde auf diesen Brief in Lores Hand.

»Du scheinst ja eine außerordentlich rege Korrespondenz mit Richard Sundheim zu führen«, sagte sie mit kaum zu verhehlendem Neid.

»Ungefähr jeden Monat erhalte ich einen Brief von ihm«, sagte Lore ruhig.

»Und ebensooft schreibst du ihm natürlich auch?«

»Ja!«

»Was hat diese Schreiberei für einen Zweck? Willst du ihn auf diese Weise vielleicht für dich gewinnen?« fragte Hilde mit bebender Stimme und brennenden Augen.

Lore wurde ein wenig blaß, sagte aber ruhig und bestimmt: »Ich will ihm nur ein wenig über die schwere Zeit hinweghelfen, will ihn trösten über den Verlust, den er erlitten hat.«

Es glomm ein seltsames Licht in Hildes Augen auf.

»Ah, er braucht also noch einen Trost? Schreibt er oft von mir?«

»Fast nie. Das will aber nicht sagen, daß er den Verlust verwunden hat. Er wird nie ein Wort der Klage darüber verlieren.«

»Nun, du mußt sehr viel für ihn übrig haben, daß du ihm immer wieder schreibst, ihn immer wieder tröstest. Hänge dich nur nicht zu sehr an ihn, du verdirbst dir dadurch vielleicht manche gute Partie.«

»Mir ist gar nicht danach zumute, eine gute Partie zu machen.«

Hilde lachte grell auf.

»Weil du dich auf Richard Sundheim kaprizierst. Aber er denkt nicht daran, dich zu heiraten.«

Lores Gesicht überzog sich mit dunkler Glut. Sie richtete sich stolz auf.

»Wir führen eine rein freundschaftliche Korrespondenz, das ist alles.«

»Dann würdest du diese Korrespondenz nicht so geheimnisvoll behandeln. Nie zeigst du einen seiner Briefe.«

»Ich lese Vater zuweilen Stellen daraus vor, die ihn interessieren. Mama interessiert sich schwerlich dafür, und — dir würde ich niemals ein Schreiben von ihm ausliefern, das wäre Verrat an unserer Freundschaft. Für dich sind diese Briefe nicht geschrieben.«

»Weißt du das ganz genau?« höhnte Hilde.

»Ja, ganz genau.«

»Daß du dich nur nicht irrst. Ich bin davon überzeugt, daß er mit dir überhaupt nur korrespondiert, um zuweilen etwas über mich zu hören und mich wissen zu lassen, wie es ihm geht.«

Lore wurde bei diesen Worten Hildes das Herz schwer. Schrieb Richard Sundheim vielleicht wirklich nur Hildes wegen so oft? Vermochte er sie nicht aus seinem Herzen zu reißen? Tapfer lächelnd verbarg sie die Qual, die diese Worte ihr bereiteten.

»Es ist nicht unmöglich, daß er nur aus diesem Grund schreibt, aber jedenfalls habe ich keine Berechtigung, dir seine Briefe zu zeigen, das wäre indiskret.«

»Schreibt ihr euch solche Vertraulichkeiten?«

»Ich weiß nicht, was du unter Vertraulichkeit verstehst. Er schreibt mir von den schweren Kämpfen, die er führen muß, um vorwärtszukommen, von seinen Plänen und Sorgen.«

»So. Und was schreibst du ihm?«

Lore sah sie groß an.

»Du hast kein Recht, ein solches Verhör mit mir anzustellen. Aber ich will dir sagen, daß ich ihm alles schreibe, wovon ich glaube, daß es Interesse für ihn hat und daß ich ihm Mut zuspreche, damit er sich in seiner Einsamkeit nicht ganz verlassen vorkommt.«

»O Gott, welch ein Edelmut! Und alles ohne Hintergedanken?«

Lore erhob sich.

»Darauf antworte ich dir nicht, Hilde; ich muß jetzt wieder zu Vater hinübergehen.«

Damit verließ Lore das Zimmer. Hilde sah ihr wütend nach und stampfte mit dem Fuß auf.

Zwischen den Stieftöchtern herrschte nach dieser Unterhaltung ein sehr gespanntes Verhältnis.

So ging die Zeit hin, bis Hilde ihrem Gatten einen Sohn schenkte. Das Kind war gesund und kräftig, und Hilde erholte sich schnell. Sie war nun schöner denn je, nur wurde sie zu ihrem Leidwesen etwas stärker.

Frankenstein war überglücklich und konstatierte immer

128

wieder in seiner lauten Freude, daß der Junge ihm wie aus dem Gesicht geschnitten sei. Das konstatierten auch andere Menschen, und niemand ahnte, daß Hilde darüber entsetzt war. Es war wirklich nicht abzuleugnen, daß das Kind die gleichen Augen, das gleiche Haar und die Gesichtsbildung des Vaters hatte.

Das genügte, daß Hilde sich von dem Kind abwendete. Sie überließ es ganz der Amme und dem Vater, der stundenlang an der Wiege seines kleinen Sohnes sitzen konnte.

Lore fand zum ersten Male etwas Sympathisches an Ernst Frankenstein. In der Liebe zu seinem Kind war er rührend. Um so schrecklicher erschien Lore die Gleichgültigkeit Hildes für ihr Kind. Sie konnte sich nur selten entschließen, die Villa Frankenstein zu betreten, denn die Atmosphäre dieses Hauses, die ihr schon immer beklemmend gewesen war, bedrückte sie jetzt noch mehr.

Auch wurde sie durch die Pflege ihres Vaters immer mehr an das Haus gefesselt. Vater und Tochter blieben sich fast immer allein überlassen, und das war ihnen auch das liebste.

Und eines Tages saß Lore am Sterbebett ihres Vaters. Ganz still war der alte Herr eingeschlafen, von langem Leiden ermattet. Seine nie sehr große Lebenskraft war durch die Jahre der Überanstrengung aufgezehrt worden.

Lore war tief erschüttert durch den Tod des einzigen Menschen, der zu ihr gehört hatte. Nachdem er beerdigt worden war, fühlte sie sich unsäglich einsam und verlassen. Ihre Stiefmutter siedelte sofort nach Villa Frankenstein über, wo sie sich in der Hauptsache der Pflege ihres kleinen Enkels widmete, für den seine Mutter keine Zeit übrig hatte.

Lore gab die Wohnung auf, behielt nur wenige Möbel, um sich zwei Zimmer damit einrichten zu können, und verkaufte alles andere. Der Erlös aus dieser nicht sehr kostbaren Einrichtung wurde geteilt zwischen Lore und ihrer Stiefmutter. Vermögen hatte der Professor nicht hinterlassen, und sein Einkommen erlosch mit seinem Tod.

Für Lore blieben jedenfalls nichts als eine Summe von etwa dreitausend Mark aus dem Erlös der Einrichtung und die Zinsen ihres kleinen Vermögens, wovon den größten Teil Richard Sundheim zu zahlen hatte, was aber außer Heims niemand wußte. Das war ein sehr bescheidenes Einkommen, und Lore sagte sich, daß sie etwas dazuverdienen müsse. Das machte ihr keine Sorgen, sie war jung und gesund und liebte die Arbeit. Sie wußte nur noch nicht, was sie beginnen sollte, und überlegte, ob sie nicht einfach ihr großes Talent, Kleider und Kostüme anzufertigen, ausnutzen sollte.

Zum Glück war sie immerhin in der Lage, ohne Hast ihre Entscheidung zu treffen. Als sie mit Hilde und ihrer Stiefmutter darüber sprach, ein Modeatelier zu eröffnen, waren sie beide außer sich.

»Das ist unmöglich, Lore, wie denkst du dir das? Was sollen die Leute dazu sagen. Als Schneiderin kannst du doch nicht arbeiten, hier, wo dich jeder kennt«, sagte Hilde.

Lore lächelte ein wenig.

»Gerade daß mich hier so viele Leute kennen, wird es mir leichtmachen, Kunden zu finden. Du kannst mich dann vielleicht auch in Nahrung setzen, Hilde.«

Diese zuckte impertinent die Achseln.

»Ich beziehe meine Garderobe aus den ersten Modeateliers von Wien oder Paris.«

»Nun, du hast doch früher auch von mir gearbeitete Kleider getragen und hast erst kürzlich zu mir gesagt, daß die teuren Toiletten, die du jetzt trägst, auch nicht schöner gearbeitet seien als die von mir.«

»Ja doch, aber es darf doch kein Mensch wissen, daß du Kleider machen kannst.«

»Ist das eine Schande?«

»Herrgott, selbstverständlich nicht, aber du weißt doch, daß das nicht geht. Dein Vater wollte es doch auch nie leiden, daß du Kleider für Geld anfertigen solltest.«

Lore strich sich über die Stirn.

»Vater mußte Rücksicht auf seine Stellung nehmen.«

»Nun, und jetzt mußt du Rücksicht nehmen auf meines Mannes Stellung.«

»Ich muß aber Geld verdienen, da ich mit den Zinsen meines kleinen Vermögens nicht auskomme.«

»Aber doch um Gottes willen nicht als Schneiderin. Du beherrschst doch verschiedene Sprachen, kannst du das nicht verwerten, um Geld zu verdienen?«

»Ach, Hilde, wie schlecht wird das bezahlt, überhaupt geistige Arbeit, das hat mein armer Vater an sich erfahren müssen.«

»Nun, auf keinen Fall dulde ich, daß du dich als Modistin hier niederläßt. Ich werde dir lieber einen monatlichen Zuschuß von meinem Mann erbitten.«

Lore richtete sich stolz auf.

»Das würde ich auf gar keinen Fall annehmen!«

»Aber ich gebe es einfach nicht zu, daß du Schneiderin wirst.«

Ein bitteres Lächeln huschte um Lores Mund.

»Dann würde mir also nichts weiter übrigbleiben, als meinen Wohnsitz zu wechseln; ich könnte ja nach Berlin übersiedeln, was vielleicht gar nicht so unklug wäre. Also beruhigt euch, ihr werdet keinesfalls durch mich kompromittiert werden. Ich muß mir alles erst in Ruhe überlegen. Vorläufig habe ich in der Saumstraße zwei kleine Zimmer gefunden. Ich will erst einmal zur Ruhe kommen.«

So war Lore nun in den beiden kleinen Zimmern allein. Sie hatte sich so behaglich wie möglich eingerichtet, und diese beiden Zimmer umschlossen jetzt ihr einsames Leben.

Als alles geordnet war und sie wieder zur Ruhe kam, setzte sie sich an ihren Schreibtisch und schrieb an Richard Sundheim.

XII

Richard Sundheim saß auf der Veranda seines Hauses und sah dem Rauch seiner Zigarre nach. Es war ein Sonntagvormittag. Plötzlich wurde die Stille um ihn her durch das Rattern eines Autos gestört. Er sprang auf und spähte den Weg entlang. Da sah er ein Auto kommen; er erkannte den Wagen seines Freundes Heinz Martens, der wenige Minuten später vor seinem Hause vorfuhr.

Heinz Martens und Frau Lena saßen darin und winkten ihm lachend zu. Mit zwei Sätzen sprang Richard die Verandastufen hinab und öffnete den Wagenschlag.

»Das ist eine unerwartete Freude. Herzlich willkommen! Ich hatte mich schon auf einen ganz einsamen Sonntag gefaßt gemacht. Famos, daß ich euch bei mir habe.«

Damit hob er Frau Lena aus den Wagen. Sie schüttelte den Staub von ihrem grauen Fahrmantel.

»Sind wir nicht nett, Freund Sundheim?«

»Das ist viel mehr als nett, Frau Lena! Ich freue mich riesig. Gerade überlegte ich mir, daß Sonntage, die ich nicht bei euch verbringen darf, eine Strafe für mich sind, weil ich dann Zeit habe, mich auf meine Verlassenheit zu besinnen. Aber ich kann euch doch schließlich nicht jeden Sonntag in die Suppenschüssel fallen.«

»Du mußt dich bei Lena bedanken, Richard«, sagte Heinz, dem Freund die Hand schüttelnd. »Als ich ganz ahnungslos und friedlich bei meinem behaglichen Sonntagsfrühstück saß, sagte sie plötzlich: Mach ein bißchen schnell, Heinz, wir wollen gleich nach dem Frühstück nach Ovamba fahren und Sundheim ein wenig aufmuntern. Sie behauptet nämlich, daß du in letzter Zeit recht schlechter Laune seist.«

Frau Lena sah Richard forschend an.

»Ja, ja, Sie gefallen mir nicht, lieber Freund; das einschichtige Leben, das Sie hier führen, ist auf die Dauer nichts für Sie. Ich habe deshalb fest beschlossen, daß Sie heiraten müssen.«

Richard lachte ein wenig.

»Kommen Sie nur erst ins Haus, und erfrischen Sie sich nach der staubigen Fahrt, Frau Lena; nachher setzen wir uns im Schatten auf die Veranda — ich werde euch ein großartiges Mittagessen bereiten lassen von meinem schwarzen Koch, der jeden französischen Chef de la cuisine in den Schatten stellt. Junge Hähnchen gibt es und den ersten selbstgezogenen Blattsalat, worauf ich sehr stolz bin.«

»Können Sie auch! Ich staune immer wieder, wie Sie es fertigbringen, so ausgezeichnetes Gemüse auf Ihrer Siedlung zu ziehen. Heinz ist sehr neidisch, seine Versuche gelingen nicht so recht.«

Sie waren ins Haus gegangen, während sich draußen die schwarzen Diener Richards neugierig um das Auto scharten und es von allen Seiten respektvoll und sachverständig betrachteten und ihre Scherze dabei machten.

Frau Lena sah gleich ein wenig nach dem Rechten, nachdem sie sich erfrischt und Hut und Mantel abgelegt hatte.

Eine halbe Stunde später saßen die drei Freunde behaglich draußen auf der Veranda zusammen, bei einer Erfrischung, die Richard hatte servieren lassen.

Und da kam Frau Lena wieder auf das Thema, das ihr am Herzen lag.

»Ich habe mich gleich ein wenig in Ihrem Haus umgesehen; es ist nun schon viel gemütlicher bei Ihnen. Ich sah, daß Sie sich einen neuen großen Lehnstuhl angeschafft haben und ein Bücherbrett, auf dem Sie alle Ihre schönen Bücher aufgestellt finden. Das sieht gleich viel behaglicher aus. Aber wie gesagt, es muß eine Frau ins Haus.«

Richard lachte.

»Sie sind ja heute förmlich auf dieses Thema versessen, Frau Lena! Was soll ich denn hier mit einer Frau? In einen

133

so primitiven Haushalt kann ich doch keine Frau einführen.«

»Warum denn nicht? Eine Frau — selbstverständlich eine mit geschickten Händen — wird hier im Handumdrehen genügend Behaglichkeit schaffen, so daß sie sich wohl fühlen kann.«

Richard seufzte.

»Ich würde es nicht wagen, eine Frau an mein einsames Farmerleben zu ketten.«

»Einsam? Nun, wenn Sie eine Frau haben, ist es doch nicht mehr einsam. Es hilft Ihnen nichts, Sie müssen heiraten, und ich werde Ihnen so lange zusetzen, bis Sie sich dazu entschlossen haben. Ich mag es nicht länger mit ansehen, wie Sie sich hier ohne Frau herumplagen. Soll ich Ihnen eine Frau verschaffen?«

Lächelnd sah Richard in Frau Lenas unternehmungslustig blitzende Augen.

»Sie sind sehr liebenswürdig und hilfsbereit, aber eine Frau muß man sich selbst aussuchen. Und ich wüßte schon eine, die ich — oh, wie gerne — hierher rufen würde.«

»Aha, dachte ich es doch, Sie haben etwas Liebes zu Hause gelassen?« forschte Frau Lena, während ihr Mann Richard fragend ansah.

Richard nickte versonnen.

»Ja, etwas sehr Liebes, Frau Lena.«

»Lieber Junge, du meinst doch nicht um Himmels willen die, die dich verraten hat?«

»Nein, nein, sondern eine, die ich übersah, als mir die andere noch in Kopf und Herzen spukte. Eine, die mich sehr liebhatte, ich weiß freilich nicht, ob das auch jetzt noch der Fall ist.«

»Wenn diese Frau Sie wirklich geliebt hat, dann hat sie das nicht verlernt. Also zu ihr fliegt Ihre Sehnsucht, wenn Sie so tiefsinnig aussehen. Dacht' ich doch so etwas Ähnliches. Aber warum rufen Sie diese Frau nicht hierher?«

»Weil ich es nicht wage, sie aus ihrer friedlichen, gesicherten Häuslichkeit in diese Wildnis zu verpflanzen, in mein unsicheres, sorgenvolles Leben hinein.«

Frau Lena schüttelte den Kopf.

»Gar so unsicher und sorgenvoll ist es doch nicht mehr. Was wollen Sie noch? Sie haben in diesen zwei Jahren, seit Sie hier sind, bereits fünfzehntausend Mark von Ihren Schulden abgezahlt, denn Heinz sagte mir neulich, daß Sie wieder achttausend Mark an Ihren Gläubiger überwiesen haben. Die andere Hälfte Ihrer Schuld wird sicherlich in den nächsten zwei Jahren getilgt. Es geht tüchtig voran mit Ihnen. Sie haben bei alledem Ihren Viehstand noch vermehrt und haben auf Jahre hinaus günstige Abschlüsse mit den Händlern für all Ihre Erzeugnisse gemacht. Ist denn die, von der Sie sprechen, so sehr anspruchsvoll und verwöhnt?«

»Das glaube ich nicht; ihr Vater ist Professor, ohne Vermögen. Ich weiß, daß man sich in der Familie sehr einschränken mußte. Aber immerhin lebt sie doch ganz anders, als ich es ihr hier zu bieten hätte.«

»So? Und der Mann, den Sie dreinzugeben haben, dieser tüchtige, strebsame Mann mit seiner anständigen, vornehmen Gesinnung, der ihr ein Herz zu bieten hat und eine Heimat an seinem Herzen — zählt der gar nicht?«

Richard sah versonnen vor sich hin. Im Geist sah er Lore vor sich stehen, hörte sie sagen, daß sie ihn liebte, und sah ihre bangen, traurigen Augen. Das Herz schlug ihm wie ein Hammer in der Brust.

»Ich glaube, meine Arbeitskraft ist der Dame in Deutschland wohl etwas wert. Aber ich fürchte mich vor der Verantwortung, sie in einen fremden Boden zu verpflanzen.«

»Nun, mein lieber Richard«, mischte sich jetzt Heinz Martens in das Gespräch, »vielleicht wäre es das einfachste, wenn du sie einmal fragtest, ob sie sich nicht ganz gern verpflanzen lassen würde. Eine richtige Frau, mit einer

135

richtigen, ehrlichen Liebe im Herzen, fragt den Teufel danach, in was für einen Boden sie verpflanzt werden soll, wenn sie nur neben dem Mann stehen kann, den sie liebt. Meine Frau hat recht, Richard, du mußt heiraten. Ich sehe es doch an mir selber, man ist ein ganz anderer Mensch, wenn man zuweilen auch eine gründliche Gardinenpredigt bekommt.«

Die letzten Worte begleitete Heinz mit einem humoristischen Seitenblick auf seine Gattin. Sie fuhr ihm mit der Hand durch seinen blonden Schopf.

»Willst du mir hier alle Chancen verderben für einen schönen, warmen Kuppelpelz, indem du unsern Freund vor Gardinenpredigten graulen machen willst?«

Er schüttelte sich lachend.

»Siehst du wohl, Richard, das war gleich so eine kleine Probe. Aber das närrischste ist, daß man sich pudelwohl dabei fühlt. Und meine Lena ist heute mit dem festen Vorsatz hierher gekommen, dich zu einer Heirat zu bekehren. Streck nur lieber gleich die Waffen, ehe sie richtig loslegt, es hilft dir ja doch nichts!« sagte er vergnügt.

Richard sah Lena mit ernsten Augen an und streckte ihr die Hand entgegen.

»Ich danke Ihnen, Frau Lena, Sie haben mir Mut gemacht. Ich werde mal anfragen — bei der, die ich liebe — werde wenigstens mal die Fühler ausstrecken.«

Sie drückte ihm fest die Hand.

»Bravo! Aber drücken Sie sich nicht gar zu diplomatisch aus, so daß sie auch richtig merkt, was Sie eigentlich wollen. Wir Frauen brauchen in solchen Dingen eine klipp und klare Rede, damit wir wissen, was man eigentlich von uns will. Machen Sie es nicht so wie Heinz, der mir mal einen ganzen Sonntag lang vorgeschwärmt hat, daß er in ein Mädel verliebt sei bis über beide Ohren, und daß er nicht wüßte, ob sie ihn wiederliebe, ob ich sie nicht mal fragen würde. Na, ich hab's ihm versprochen mit einem krampfhaften Lächeln und habe mir dann bald die Augen aus dem Kopf geweint, weil ich gemeint habe, er spricht von einer anderen. Daß dies auf mich gemünzt war, erfuhr ich erst viel später, als ich mich schon ein eine eiskalte Reserve hineingespielt hatte. Also wenn Sie Ihre Fühler ausstrecken, dann hübsch deutlich.«

Richard mußte über ihren Eifer lachen.

»Ich will es schon recht machen, Frau Lena.«

»Gut! Und wenn es soweit ist, dann komme ich mal einen ganzen Tag nach Ovamba herüber, um alles für die junge Frau ein bißchen festlich zu richten. Einige kleine Anschaffungen werden schon noch nötig sein, aber ich paß schon auf, daß es nicht zu teuer wird.«

»Sie sind ein Engel, Frau Lena!«

»Holla! Setz meiner Frau keine Raupen in den Kopf. Engel? Ich danke für einen Engel, die sind schnell dabei mit dem Fortfliegen«, scherzte Heinz und gab seiner Frau einen Kuß.

»Du Barbar!« schalt Frau Lena, »was soll Sundheim denken, wenn du mich in seiner Gegenwart abküßt?«

»Hm! Ich unterstütze nur deine Pläne, ihn unter die Haube zu bringen. Wenn er das sieht, bekommt er selbst Appetit.«

»Ach, ihr lieben Leute, habt ihr eine Ahnung, wie sehr ihr mir schon Appetit gemacht habt. Ganz offen, deshalb traue ich mich kaum noch zu euch. Wenn ich einige Stunden an eurem häuslichen Herd geweilt habe, kehre ich immer in einer schauderhaften Stimmung heim. Ich habe weiß Gott nie Anlage zu Neid gehabt, aber dann fühle ich so etwas Ähnliches.«

»Famos! Dann bist du auch reif zum Heiraten, mein lieber Richard. Also besinne dich nicht lange.«

So plauderten die Freunde noch lange. Dann wurde das Mittagmahl aufgetragen. Der schwarze Koch war eine Perle; er setzte zuerst eine kräftige Ochsenschwanzsuppe vor,

hatte die Hähnchen zart und saftig gebraten und den Kopf-
salat nach Richards Angabe mit saurer Sahne, etwas Zitro-
nensaft und ein wenig Zucker angerichtet. Geröstete Kar-
toffeln gab es auch, schön braun glaciert, und zum Nach-
tisch gequollenen Reis, mit geschlagener Sahne und Ananas-
stücken garniert. Es war ein ganz vorzügliches Mahl. Nachher wurde noch ein guter Mokka serviert.

»Nun, das Essen läßt bei Ihnen nichts zu wünschen übrig.
Das können Sie Ihrer Zukünftigen immerhin mit zu beden-
ken geben, um sie Ihrem Antrag geneigt zu machen«, sagte
Frau Lena lächelnd.

Mit gut gespielter Entrüstung sah ihr Gatte sie an.

»Was für eine materielle Seele du bist, Lena! Du entpuppst
dich ja schauerlich«, neckte er.

Sie sprang lachend auf.

»Du wirst noch allerhand Überraschungen an mir erleben,
mein lieber Heinz, darauf mach dich nur gefaßt. Jetzt lasse
ich euch bei eurer Zigarre und krame noch ein bißchen im
Haus herum. Ich will mal sehen, ob alles in Ordnung ist.«

Damit verschwand sie. Die Herren sahen ihr lächelnd
nach.

»Du bist beneidenswert, Heinz, deine Frau ist ein prachtvolles Geschöpf«, sagte Richard warm.

Heinz Martens nickte.

»Ja, Richard, ich habe in den Glückstopf gegriffen. Und
ich wünsche dir ein gleiches großes Los.«

Richard fuhr sich über die Stirn.

»Wenn sie kommt, Heinz, dann ist mir das große Los sicher, das weiß ich.«

Dann sprachen sie über allerlei geschäftliche und landwirtschaftliche Dinge; es gab ja immer etwas zu beraten.

Am Spätnachmittag fuhren Heinz und Lena davon, und
Richard war wieder allein. Frau Lenas Worte klangen in
ihm nach, und er überlegte, wie er seine Wünsche Lore gegenüber in Worte kleiden könnte. Gleich morgen wollte er

an sie schreiben. Sie sollte endlich erfahren, wie es in ihm aussah, was er für sie empfand — so lange schon — ohne daß sie es ahnte.

Am nächsten Tag aber, noch ehe er zum Schreiben Zeit gefunden hatte, erhielt er einen Brief von ihr. Sie meldete ihm die Geburt von Hildes Sohn und den Tod ihres Vaters. Dieser Brief machte einen starken Eindruck auf Richard. Sah er doch daraus, daß Lore jetzt ganz allein stand — und — daß sie gezwungen sein würde, sich ihren Lebensunterhalt zu verdienen — daß sie in zwei schlichten kleinen Zimmerchen vegetieren mußte.

Das machte ihm Mut. Er würde sie, wenn er sie veranlaßte, nach Südwest zu kommen, doch nicht aus gar zu angenehmen Verhältnissen reißen.

Er setzte sich an seinen Schreibtisch und schrieb:

»Mein liebes Fräulein Lore! Heute bekam ich Ihren lieben Brief, in dem Sie mir mitteilen, daß Sie Ihren Vater verloren haben. Ich weiß, wie lieb Sie ihn hatten, wie sehr Sie sich um ihn gesorgt haben, und kann darum verstehen, wie schwer Sie unter diesem Verlust zu leiden haben.

Aus Ihrem Brief ersehe ich nun, daß Sie jetzt ganz allein stehen, daß Sie keinen Menschen mehr haben, der zu Ihnen gehört, und daß Sie gezwungen sein werden, den Kampf ums Dasein aufzunehmen. Das macht mir endlich Mut, Ihnen zu offenbaren, was ich all die Zeit in meinem Herzen totschwieg. Sie brauchen mich nicht ängstlich zu fragen, Lore, ob es mir noch weh tut, wenn Sie von Hilde sprechen. Ich habe sie sehr, sehr bald aus meinem Herzen streichen können, nachdem ich erkannt hatte, daß meine Liebe nicht jener Hilde, sondern nur einem Phantom gegolten hatte. Lore, in mein Herz ist, nachdem ich meinen Irrtum erkannt hatte, eine andere eingezogen.

Aber bisher wagte ich es nicht, Ihnen von meinen so veränderten Gefühlen zu reden, denn ich war mir bewußt, eine wie große Verantwortung ich damit auf mich nehmen

139

mußte. Es erschien mir vermessen, die Frau, die ich lieben gelernt hatte, mit einer stärkeren, tieferen Liebe, als ich sie einst für Hilde fühlte, mit in mein unsicheres Dasein hineinzunehmen. Aber — ich sehne mich krank nach Ihnen: Ich liebe Sie, ja, ich liebe Sie zärtlich und innig, mit einer starken, tiefen Liebe, wie sie Lore Darland verdient. Und ich hoffe, jetzt, da Sie allein stehen und auch kein leichtes Leben in der Heimat vor sich haben, daß Sie sich doch entscheiden könnten, mein Leben mit mir zu teilen. Ganz so schlimm ist es nicht mehr, ein wenig Behagen könnte ich Ihnen in Ovamba schon schaffen. Die Hälfte meiner Schuld ist, wie Sie wissen, getilgt, die andere Hälfte hoffe ich in spätestens zwei Jahren abzuzahlen. Langsam wird es vorangehen. Und Sie würden mich sehr glücklich machen, Lore, wenn Sie den Mut aufbringen könnten, mein einsames Leben zu teilen. Und so frage ich Sie denn, Lore, ob ich hoffen darf, daß Sie eines Tages zu mir kommen werden. Ich hätte gern erst noch meine Schuld getilgt, wäre lieber als freier Mann vor Sie getreten, aber es kommt zuweilen die Angst über mich, daß ich etwas versäumen könnte, daß Sie sich einem anderen verbinden könnten. Deshalb will ich Sie heute fragen, ob Sie meine Frau werden wollen.

Ach Lore, liebe Lore, wenn Sie sich entschließen könnten, zu mir zu kommen, wie herrlich wäre das. Ich würde Ihnen bis Walfischbai entgegenkommen, wir könnten uns gleich in Swakopmund trauen lassen. Nach Deutschland kann ich jetzt leider nicht kommen, um Sie zu holen; ich darf mein junges Unternehmen jetzt nicht auf lange Zeit allein lassen. Lore — ich warte in fieberhafter Sehnsucht auf Ihre Antwort. Lassen Sie mich nicht zu lange warten. Jetzt wird mir jede Stunde doppelt lang werden, nun ich meiner Sehnsucht Worte gegeben habe. Bitte, depeschieren Sie mir nur ein Wort, ob ich hoffen darf, dann werde ich geduldiger auf Ihre briefliche Antwort warten können.

Ihr Sie innig liebender Richard Sundheim.«

XIII

Diesen Brief bekam Lore an einem klaren, schönen März-tag. Sie hatte einen Morgenspaziergang gemacht, wie sie es jetzt immer tat, und war in ihr stilles, kleines Heim zurück-gekehrt. Und da fand sie zu Hause Richard Sundheims Brief.

Sie legte Hut und Mantel ab, strich sich das Haar aus dem vom Wind geröteten Gesicht und setzte sich an ihren klei-nen Nähtisch an das Fenster. So recht behaglich lehnte sie sich zurück, um sich erfreut in die Lektüre dieses Briefes zu vertiefen.

Aber schon, als sie die ersten Zeilen las, richtete sie sich mit einem Ruck empor, und ihre Hände begannen zu zit-tern. Sie las und las, und ihre Augen wurden immer größer, die Wangen immer röter. Und immer mehr bebten ihre Hände. Zuweilen trübte sich ihr Blick, so daß sie nicht gleich weiterlesen konnte, und das Herz klopfte ihr bis zum Hals hinauf. Sie konnte das Glück nicht fassen, nicht begrei-fen, das in ihr stilles Zimmer geflogen kam. Es war, als öffne sich ihr der Himmel, um sie eine ungeahnte Seligkeit sehen zu lassen. Richard Sundheim liebte sie? Konnte das sein? Er sehnte sich nach ihr? Mein Gott, konnte es wirklich ein so großes Glück für sie geben? Wie im Fieber las sie den Brief zu Ende, und als sie bis zu den Worten »Ihr Sie innig lieben-der Richard Sundheim« gekommen war, warf sie die Arme auf den Nähtisch und barg ihr glühendes, zuckendes Ge-sicht darinnen.

So lag sie lange, ohne sich zu rühren, unfähig, die Größe ihres Glückes zu fassen.

Er rief sie, er bedurfte ihrer, er sehnte sich nach ihr, lange schon; und sie hatte es nicht gewußt, hatte geglaubt, sein Herz schlüge immer noch für Hilde. Und nun hörte sie, daß seine Liebe ihr gehörte.

Das beraubte sie vorläufig aller Kraft, sie konnte nichts

tun als stillhalten und den Glückssturm über sich dahinbrausen lassen. Wie lange sie so verharrte, kam ihr nicht
zum Bewußtsein. Endlich richtete sie sich wieder auf und
sah mit feuchten, verträumten Augen um sich. War das
noch ihr schlichtes Stübchen, in dem sie jetzt ihre Tage verbracht hatte? Es kam ihr so festlich, so sonnig vor. Ein tiefes
Glücksleuchten lag in ihren Augen.

Noch einmal las sie Richards Brief durch, ganz langsam,
aus jedem Wort ein neues, heißes Glück fangend. Immer
heller und jubilierender klang die beglückende Botschaft in
ihrem Herzen nach. Oh, wie konnte er zweifeln, daß sie
kommen würde, gern und freudig kommen! Wie hatte er
sich nur so lange quälen können mit diesen unnützen Be-
fürchtungen. Was galt es ihr, in welchen Verhältnissen, in
welcher Umgebung er lebte, wenn sie nur bei ihm sein
durfte.

Und nun sprang sie empor. Er bat, ihm ein Wort der
Hoffnung zu depeschieren. Sie wollte ihn keine Minute länger als nötig warten lassen. Sie sann nach, wie die Botschaft
lauten sollte, und ein süßes, verheißendes Lächeln spielte
um ihren Mund, als sie endlich niederschrieb:

»Ich komme. Brief folgt. Lore.«

Sie lachte leise und glücklich in sich hinein. Das war kurz
und bündig und nicht mißzuverstehen. Sie eilte nach dem
Postamt, um das Telegramm aufzugeben. Dann ging sie wieder nach Hause, um sofort an ihn zu schreiben.

Kaum hatte Richard Sundheim den Brief an Lore wegge-
schickt, als eine ganze Reihe kleiner und großer Unglücks-
fälle über ihn hereinbrach.

Erst blieb die Regenzeit in diesem Jahr länger aus als sonst,
das Wasser für das Vieh wurde knapp und schlecht, so daß
eine Seuche ausbrach, die in kurzer Zeit viel kostbares Vieh
vernichtete. Das war ein großer Schaden, den er aber mit
vielen anderen Farmern zu tragen hatte. Es drückte ihn um

so mehr nieder, als er gerade in dieser Zeit seinen Brief in Lores Händen wußte.

Gerade jetzt, da er endlich den Mut gefunden hatte, sich ihr zu offenbaren, traf ihn dieser Rückschlag hart. Aber beugen ließ er sich dadurch nicht. Sein alter Wahlspruch mußte helfen: Allen Gewalten zum Trotz sich erhalten, rufet die Hilfe der Götter herbei. Nur nicht verzagen, nur nicht weich werden.

Es ging ihm nicht allein so, auch die anderen Farmer hatten Verluste, auch Heinz Martens. Man mußte es ertragen und den Kampf ums Dasein von neuem aufnehmen.

Und dann erhielt er Lores Telegramm, und alles ging unter in dem Glück, daß sie kommen würde. Mit fieberhafter Sehnsucht wartete er nun auf ihren angekündigten Brief.

In dieses Warten hinein traf ihn dann ein neuer, schwerer Schlag. Die längst erwartete Regenzeit brach nun mit einer Heftigkeit und Plötzlichkeit herein, daß ungeahnte Wassermassen herniederströmten. Im Nu waren Flüsse und Teiche bis zum Überfließen voll.

Richard hatte die gefährliche Stelle am Flußufer, wie jedes Jahr, so gut es ging gestützt, aber der Ansturm dieser Wassermassen, die sich heranwälzten, war so heftig und anhaltend, daß der Damm nicht standhielt. Die Sandsäcke und Steine wurden ins Land hineingeschwemmt, und über Nacht brach dadurch das Wasser in ein Gebiet, wo viel Vieh untergebracht worden war, weil es für sicher gegolten hatte. Eine große Anzahl Vieh ertrank in den Fluten, ehe es gerettet werden konnte. Das Wasser trat sogar über die Ufer des Teiches, in dem Richard gern zu baden pflegte, und drang bis dicht an sein Haus heran.

Das war ein schwerer Schlag, den ihm das Schicksal zufügte. Wohl verlief sich das Wasser bald wieder, der Damm wurde mit allen verfügbaren Kräften wieder geschützt, aber Richard sah ein, daß er an dieser Stelle unbedingt eine feste Kaimauer ausführen lassen müßte, sollte sich solche Katastrophe nicht wiederholen. Das würde viel Geld kosten. Woher sollte er es nehmen? Weit war er durch diese Schicksalsschläge zurückgeworfen worden! Er stand jetzt nicht viel besser da als im Anfang, da er nach Südwest gekommen war. Wieder mußte er sorgenvoll in die Zukunft sehen, und es traf ihn um so härter, da es auch Lore mit treffen mußte.

Aber den Mut durfte er nicht sinken lassen. Allen Gewalten zum Trotz sich erhalten! Nur sagte er sich betrübt, daß er jetzt Lore noch weniger als zuvor zumuten konnte, zu ihm zu kommen. Er konnte jetzt kein Geld darauf verwenden, um das Haus etwas behaglicher zu gestalten. Und seine Einnahmen würden viel geringer sein, da sein Viehbestand um mehr als die Hälfte vermindert war.

Er arbeitete Tag und Nacht, um die Spuren der Überschwemmung zu tilgen und die Schäden auszubessern.

In diesen Tagen kam Lores Brief, und er bekam feuchte Augen, als er ihn gelesen hatte. Immer wieder drückte er ihn zärtlich an sich und sann nach, was er tun konnte, tun mußte. Und schweren Herzens setzte er sich nieder, um ihr zu antworten:

»Meine liebe, teure, tapfere Lore! Wie glücklich hast Du mich durch Deinen lieben Brief gemacht. Ich könnte gerade jetzt ein wenig Glück gebrauchen. Am liebsten würde ich Dir schreiben: Komm — komm so schnell wie möglich, denn ich könnte Dich so nötig brauchen, weil in vergangener Zeit viel über mich hereingebrochen ist. Seit ich meinen letzten Brief an Dich schrieb, kam ein Unglücksfall nach dem anderen. Fast die Hälfte meines Viehs habe ich verloren, teils durch eine Viehseuche, teils durch eine Überschwemmung in der Regenzeit. Ich habe Dir von der gefährlichen Stelle im Flußufer erzählt; sie hat diesmal nicht gehalten, und ein großes Gebiet war überschwemmt. An sich ist diese Überschwemmung kein Unglück, der Boden saugt das Wasser schnell auf, und das Futter wächst um so schneller. Ich könnte doppelt soviel Vieh füttern, als ich zuerst besaß, und habe doch nur noch die Hälfte davon. Das ist bitter für mich, es hat alle Früchte meines Fleißes zunichtegemacht, und ich werde lange daran zu tragen haben, daß ich jetzt so wenig Vieh besitze. Auch muß ich unbedingt die Kaimauer an der Flußbiegung bauen lassen, damit sich das nicht wiederholt. Das kostet viel Geld.

Ich weiß nicht, wie ich es schaffen soll, denn ich stehe fast schlechter da als zu Anfang. So habe ich jetzt für lange Zeit nicht einen Groschen übrig für die Einrichtung meines Hauses. Ich müßte unbedingt einige Möbel kaufen und allerlei kleine Anschaffungen machen, damit Du es behaglicher haben kannst. Das alles kann ich jetzt nicht.

Ach, Lore, diesmal wird es mir sehr schwer, den Kopf nicht hängen zu lassen, weil ich Dich nun nicht rufen kann. Bitter ist das für mich, um so bitterer, weil ich nun weiß, daß auch Du unter diesem neuen Schicksalsschlag leiden wirst. Aber bitte, Lore, liebe Lore, bleib mir treu und warte noch eine Weile in Geduld, bis ich Dich rufen kann. Und bitte, sage Herrn Heims, was geschehen ist, und ersuche ihn, daß er sich mit dem Abzahlen meiner Schuld nun etwas länger geduldet. Erst muß ich wieder mehr Vieh haben, denn je weniger Vieh ich habe, desto weniger kann ich verdienen. Ach, meine Lore, wie schön wäre es gewesen, hätte ich Dich schnell herbeirufen können; meine Sehnsucht ist riesengroß geworden, seit ich Deinen letzten lieben Brief in meinen Händen habe. Aber ich wage es nicht, Dich jetzt zu rufen, hierher, in mein unbehagliches Haus, mitten in meine große Sorgen hinein.

Dein betrübter Richard.«

Als Lore diesen Brief von Richard bekam, krampfte sich ihr Herz zusammen, nicht nur darum, weil die Erfüllung ihres Glückes so weit hinausgeschoben werden sollte, sondern vor allem darum, weil sie zwischen den Zeilen mehr als aus seinen Worten herauslas, wie sehr er sich durch all diese Fehlschläge niedergedrückt fühlte, und vor allem darum, daß er sie nun noch nicht rufen durfte.

Sie sann eine Weile nach, wie ihm wohl zu helfen sei, und plötzlich klarten sich ihre Mienen auf. Weshalb sollte sie verzagen? Was war denn verloren? Sie besaß ja gottlob das Geld, das Richard zurückgezahlt hatte, besaß außerdem noch zehntausend Mark und aus dem Erlös des Nachlasses ihres Vaters auch noch über zweitausend Mark. Sie hatte so sparsam gelebt, daß sie nur wenig mehr als ihre Zinsen verbraucht hatte. Ach, wie gut, wie gut, daß sie dies Geld besaß. Die zweitausend Mark von ihrem Vater mußte sie behalten für die Reise und kleinen Anschaffungen, aber die anderen fünfundzwanzigtausend Mark konnten doch alle Schäden gutmachen, die Richard erlitten hatte!

Sie lachte in sich hinein, Richard ahnte nichts von diesem Geld, nicht, daß er nur ihr Schuldner war, daß diese Schuld gestrichen sein würde, sobald sie seine Frau war. Eher durfte er es auch nicht erfahren, nur von seiner Frau durfte er es hören.

Eine Weile überlegte sie, wie sie ihm nochmals helfen könnte, ohne daß er ahnte, daß die Hilfe von ihr kam. Und dann sprang sie auf und ihre Augen leuchteten. Zuerst ging sie wieder auf das Postamt und gab eine Depesche an ihn auf:

»Ich komme trotzdem. Brief mit guter Botschaft unterwegs. Lore.«

Und dann eilte sie wieder nach Hause und schrieb an ihn:

»Mein lieber Richard! Wenn dieser Brief bei Dir eintrifft, hast Du mein Telegramm schon erhalten. Du wirst Dich wundern über meine Kühnheit, daß ich ungerufen zu Dir kommen will. Nun ich weiß, daß Du mich liebst, Dich nach mir sehnst, kann mich nichts hier zurückhalten. Verzage nicht, mein lieber Richard, wir werden zusammen tragen, was uns beschieden ist, dann wird es jedem von uns viel leichter werden. Noch ist alles gutzumachen. Georg Heims wird Dir das Geld, das Du zurückgezahlt hast, noch einmal auf beliebig lange Zeit und unter denselben Bedingung leihen. Es wird noch heute für Dich auf die Bank eingezahlt. Ich brenne darauf, Dir als tüchtige Farmersfrau zur Seite zu stehen. Und ob Du mich nun willst oder nicht, ich treffe meine Reisevorbereitungen. In spätestens vier Wochen reise ich ab. Du erhältst dann ein Telegramm, wann und mit welchem Dampfer ich in Walfischbai eintreffe. Einen Brief erhältst Du nun nicht mehr von mir — aber, wenn Du mir ein Telegramm schicken wolltest, das mir ein Wort sagt, ob Du einverstanden bist, wäre ich Dir dankbar.

Lore.«

Lore schickte den Brief ab, und das Herz klopfte ihr bis zum Halse hinauf, als er in den Briefkastenschlitz hineingeglitten war.

Tapfer und unverzagt ging sie nach Hause und begann zu überlegen, was für Reisevorbereitungen sie würde treffen müssen. Und dann fiel ihr ein, daß sie Hilde und ihrer Mutter berichten müsse, daß sie sich mit Richard Sundheim verlobt habe. Sie wußte, obwohl Hilde Richard von sich gewiesen hatte, würde sie ihr ein Glück nicht gönnen, das sie selber ausgeschlagen hatte.

Als sie in der Frankensteinschen Villa ankam, wurde sie von dem Diener in das elegante Wohnzimmer geführt, in dem sich Hilde und ihre Mutter befanden.

Als Lore Platz nahm, sagte Hilde ein wenig ironisch:

»Was verschafft uns die Ehre deines so seltenen Besuchs? Du machst dich ja furchtbar rar, Lore.«

Lore sah sie ruhig an. Sie bemerkte, daß nur noch die Stiefmutter Trauer um den Vater trug; Hilde hatte es abgelehnt, Trauerkleider zu tragen, außer bei dem Begräbnis, weil sie Schwarz nicht gut kleidete.

»Ich hatte das Gefühl, Hilde, daß meine Besuche dir und Mama nicht sehr angenehm waren. Das letztemal, als ich hier war, seid ihr nicht eben freundlich mit mir umgegangen.«

»Nun ja, das darf dich doch nicht wundern, wenn du derart unsinnige Pläne zutage förderst, muß man doch ärgerlich werden. Du hast dich hoffentlich eines besseren besonnen?«

Lore lächelte.

»Darüber kann ich dich beruhigen, Hilde, und auch dich, Mama; ich werde weder hier noch in Berlin ein Modeatelier aufmachen.«

»Gott sei Dank, Lore. Nun freue ich mich erst, daß du gekommen bist. Du bleibst selbstverständlich zum Frühstück. Mein Mann ist auf zwei Tage verreist, wir sind also ganz ungestört und können wieder einmal ein wenig plaudern.«

»Gern nehme ich deine Einladung an, Hilde, denn meine einsamen Mahlzeiten sind nicht gerade erheiternd.«

»Du kannst ja öfter kommen, Lore; bei uns kommt es doch wahrlich nicht darauf an, ob eine Person mehr bei Tisch ist, und du kannst doch dadurch ein wenig sparen.«

Lores Gesicht rötete sich. Diese gnädig gewährte Erlaubnis für einen gelegentlichen Freitisch war nicht gerade taktvoll von Hilde. Aber Lore blieb ruhig und sagte, ihrer Stimme Festigkeit gebend:

»Es ist sehr liebenswürdig von dir, mir dies Angebot zu machen, aber sei mir nicht böse, wenn ich es ablehne. Du weißt, wie ich über solche Gnadengeschenke denke.«

»Mein Gott, bist du empfindlich, Lore; das mußt du dir in deiner Lage abgewöhnen.«

»Es gibt Dinge, die man nie lernt, Hilde. Aber nun von etwas anderem. Ich bin bekommen, um euch etwas Besonderes mitzuteilen.«

Hilde und ihre Mutter sahen sich unsicher an, sie glaubten, daß Lore mit einem anderen »abenteuerlichen Plan«, wie sie Geld verdienen wollte, herauskommen würde.

»Wir sind sehr neugierig, Lore. Was hast du uns mitzuteilen?« fragte die Stiefmutter.

»Ich wollte euch sagen, daß ich mich verlobt habe.«

Mutter und Tochter sahen überrascht auf.

»Verlobt?«

»So plötzlich, Lore? Wir hatten keine Ahnung, daß du Beziehungen zu einem Mann angeknüpft hast!« Hilde war ebenso erstaunt wie ihre Mutter.

»Mit wem hast du dich denn verlobt?« fragte die alte Dame nun neugierig.

»Mit Richard Sundheim!«

Ruhig und klar kam das über Lores Lippen. Hilde fuhr mit einem Ruck empor und sah Lore mit einem unbeschreiblichen Ausdruck an.

»Mit wem?«

Lore lächelte ein wenig.

»Du hast schon recht gehört, Hilde, mit Richard Sundheim.«

Hilde sprang mit einem Satz empor und lief wie außer sich im Zimmer hin und her. Dann blieb sie plötzlich vor Lore stehen und sah sie mit bösen, funkelnden Augen an.

»Du! Das ist ein Affront gegen mich!« stieß sie erregt hervor.

Ihre Mutter sah besorgt zu Hilde hinüber, sie konnte jetzt zuweilen unglaublich heftig werden.

»Aber Hilde, wie kommst du darauf, besinne dich«, sagte sie beschwörend.

Hilde warf hastig den Kopf zurück.

»Laß mich, Mama, du weißt ja nicht, wie das alles liegt. Mir zum Tort hat sich Lore mit Richard Sundheim verlobt; mir zum Tort hat sie die ganze Zeit den Briefwechsel mit ihm unterhalten.«

Lore sah ruhig zu ihr empor.

»Du scheinst nicht zu wissen, was du sprichst, Hilde. Wie könnte das dir zum Tort geschehen sein? Richard Sundheim ist dir doch gleichgültig, so gleichgültig, daß du ihn kaltblütig aufgabst, als ihn sein Onkel enterbte.«

Hilde kam immer mehr in Wut. Sie redete sich plötzlich ein, daß sie betrogen und verraten worden sei, redete sich ein, daß sie Richard Sundheim nur mit tausend Schmerzen aufgegeben habe.

»Gleichgültig? Gleichgültig, sagst du? Ach, was weißt denn du, was ich damals innerlich habe leiden müssen, was ich durchgekämpft habe. Ihn allein habe ich geliebt, ihn liebe ich noch, verkauft habe ich mich an einen Mann, der mir widerwärtig ist, weil Richard Sundheim zu arm geworden war, um eine Frau ernähren zu können. Und jetzt kommst du daher mit deinem falschen, scheinheiligen Gesicht und sagst mir, daß du dich mit ihm verlobt hast, mit dem einzigen Mann, den ich je geliebt habe. Das leide ich nicht, hörst du, das leide ich nicht!«

Laut aufweinend warf sie sich in einen Sessel.

Die Mutter hatte Hilde fassungslos angesehen, und Lore zitterte unter diesem Ausbruch der Stiefschwester. Wenn sie auch wußte, daß Hilde jetzt nicht nur ihr, sondern auch sich selbst Komödie vorspielte, so war es ihr doch peinlich, daß sie sich in eine Art Eifersucht hineinsteigerte. Sie erhob sich und trat zu Hilde heran.

Sie sagte sich, daß sie ganz bestimmt und energisch auftreten mußte, um Hilde wieder zur Vernunft zu bringen.

»Was du da vorgebracht hast, Hilde, redest du dir nur ein. Richard Sundheim hat dir sehr wenig gegolten — vielleicht

150

gefiel dir sein Äußeres besser als das deines Mannes. Aber, was Liebe ist, weißt du überhaupt nicht. Dies Gefühl, das seine höchste Befriedigung darin findet, sich für den geliebten Menschen aufzuopfern, ist dir ganz fremd und unverständlich. Nie hast du einen anderen geliebt als dich selbst. Und immer hast du nur nach dem gestrebt, was dir gerade unerreichbar war. Jetzt hast du Glanz und Reichtum, wonach du immer getrachtet hast, und nun ist dir das schon zum Überdruß geworden. Nein — du weißt nicht, was Liebe ist, arme Hilde! Ich aber weiß es. Ich habe Richard Sundheim schon geliebt, als er mich noch gar nicht beachtete, als er nur Augen für dich hatte. Damals habe ich meine Liebe still eingesogen und wäre lieber gestorben, als sie einzugestehen. Aber ich habe schwer gelitten im Bewußtsein, daß du ihn nicht glücklich machen würdest. Und als du ihn herzlos von dir gestoßen hattest, da habe ich ihm Trost gesprochen, meiner wunschlosen Liebe folgend. Aber nun, da Richard Sundheims Herz aus seiner Vereinsamung heraus nach mir verlangt, wird mich nichts und niemand davon abhalten, die Seine zu werden, du am allerwenigsten.«

Hilde hatte sich mühsam wieder gefaßt und richtete sich empor. Ein kalter Haß loderte aus ihren Augen.

»Geh! Geh mir aus den Augen, ich mag dich nicht mehr sehen! Verlasse mein Haus und kehre nie wieder. Ich hasse dich — ja —, ich hasse dich, denn du hast mir Richard Sundheims Liebe gestohlen. Geh, ich ertrage deinen Anblick nicht länger.«

»Wie du willst, Hilde. Trotz all deiner häßlichen Worte bedaure ich dich von Herzen, denn du wirst nie ruhig und zufrieden werden, weil für dich gerade immer nur das Reiz hat, was du nicht besitzen kannst. Richard Sundheim war dir bisher gleichgültig, erst jetzt, da er eine andere an seine Seite stellen will, und zwar mich, jetzt ist er bei dir im Wert gestiegen. Leb wohl, Hilde, mögest du endlich lernen, dich mit dem zufrieden zu geben, was dir das Schicksal beschieden hat. Du hast deinen Mann und dein Kind — beglücke du, so wirst du glücklich sein.«

Mit einer ungezogenen Gebärde hielt sich Hilde die Ohren zu, stampfte mit dem Fuß auf und lief wütend aus dem Zimmer.

Lore wandte sich an ihre Stiefmutter.

»Laß mich dir Lebewohl sagen, Mama, wir werden uns wahrscheinlich nicht wiedersehen.«

Frau Darland legte die kalten Fingerspitzen in Lores Hand.

»Lebe wohl, Lore. Ich wünsche dir, daß du diesen Schritt nicht zu bereuen brauchst. Hilde ist, seit das Kind da ist, nervös und gereizt, du mußt es nicht so schwernehmen. Nie wäre sie mit Sundheim glücklich geworden, da er arm ist. Aber auch du wirst nicht auf Rosen gebettet sein. Ich halte es für eine ganz unsinnige Idee, dich mit diesem Habenichts zu verloben. Du willst ihm wohl gar nach Südwest folgen?«

»Ja, Mama, und ich tue es mit froher Zuversicht. Ich bin nicht bange, Seite an Seite mit ihm kämpfen zu müssen. Wir werden uns schon durchringen.«

»Nun, wie gesagt, ich wünsche dir Glück! Ein Recht, dich zurückzuhalten, habe ich ja nicht.«

»Gott sei Dank nicht, ich würde mich auch nicht halten lassen. Dir wünsche ich alles Gute. Hoffentlich gelingt es dir, Hilde zur Vernunft zu bringen, ehe ihr Mann zurückkommt. Lebe wohl!«

So schied Lore von ihrer Stiefmutter. Der Abschied tat nicht weh, weder der von Hilde noch der von ihrer Mutter. Nie hatte sie ihnen im Herzen sehr nahegestanden. Nun war auch das letzte Band zerrissen, was sie noch lose aneinandergeknüpft hatte.

Ein tiefer Atemzug hob ihre Brust, als sie ins Freie trat. Schließlich war es gut, daß ihr nichts und niemand den Abschied von der Heimat schwermachte.

XIV

Lore traf ihre Reisevorbereitungen. Sie erkundigte sich genau, welche Dampfer nach Südwest gingen und wann sie abfuhren. Und da hörte sie, daß die »Usambara« genau in einem Monat abgehen würde. Das war derselbe Dampfer, mit dem Richard gefahren war, und deshalb wählte sie ihn. Sogleich belegte sie für sich eine Kabine erster Klasse, denn als alleinreisende Dame wollte sie nicht zweiter Klasse fahren. Sie kündigte ihre Wohnung und beschloß, die wenigen Möbel, die sie noch besaß, ebenfalls zu verkaufen. Wie gern hätte sie sie mitgenommen, man würde sie so gut brauchen können, aber sie wußte, daß der Transport sehr teuer sein würde.

Sie war in dieser Zeit sehr viel bei Grete Heims und ihrem Gatten. Hier wurde ihr von ganzem Herzen Glück gewünscht, und Georg Heims konnte ihr mancherlei abnehmen, was ihr lästig oder schwer gewesen wäre. Lore besprach auch die Geldangelegenheit mit ihm, und er ordnete alles nach ihren Wünschen. Sie sagte beiden Freunden, daß sie Richard Sundheim erst dann eingestehen wollte, daß das Geld von ihr gewesen sei, wenn er mit ihr verheiratet sein würde.

Lore war in sehr wechselnden Stimmungen; einmal war sie zuversichtlich, dann aber überkam sie wieder ein Bangen, wie Richard ihren kühnen Entschluß aufnehmen würde. Sie wußte, daß sie erst wenige Tage vor ihrer Abreise das ersehnte Telegramm von ihm erhalten würde.

Die wenigen Wochen vergingen nur zu schnell, und endlich, einige Tage bevor sie abreisen wollte, traf das sehnlich erwartete Telegramm ein. Mit bebenden Händen öffnete sie es und las:

»Erwarte dich glückselig Walfischbai. Richard.«

Nun war ihr ein Stein vom Herzen gefallen, und ihre Augen leuchteten.

153

Zwei Tage vor ihrer Abreise mußte sie noch einmal in ihrer Paßangelegenheit zur Polizei. Zufällig begegnete ihr vor dem Portal des Polizeigebäudes Ernst Frankenstein. Er fuhr in seinem Wagen an ihr vorbei, ließ sofort halten, sprang heraus und trat auf sie zu. In seiner lauten, geräuschvollen Art begrüßte er sie, mit festem Druck ihre Hand fassend.

»Tag, Lore! Ich freue mich, dich noch einmal wiederzusehen. Habe von meiner Frau gehört, daß du nach Südwest willst und daß sich Mama und Hilde deshalb ein wenig mit dir verkracht haben. Na ja, kleine Schwägerin, sie sorgen sich um dich und haben das wohl ein bißchen heftig zum Ausdruck gebracht. Aber du wirst doch gescheit sein und noch einmal kommen, um Abschied zu nehmen?«

Lore schüttelte den Kopf.

»Nein, Ernst, ich werde euer Haus nicht wieder betreten; Hilde hat mich energisch hinausgewiesen und mir das Wiederkommen verboten.«

»Na, na, das ist doch Unsinn. Du weißt doch, seit das Kind da ist, wird sie leicht heftig und nervös, das ist nicht bös gemeint.«

»Laß gut sein, Ernst, es ist besser, ich komme nicht wieder. Wir haben schon Abschied genommen, damit soll es genug sein.«

»Und du willst wirklich nach Südwest?«

»Ja, übermorgen reise ich ab.«

»Kann ich nichts für dich tun, Lore? Du brauchst doch sicher Geld. Und — na ja — weißt du, ich habe da so ein bißchen was an Richard Sundheim gutzumachen — wenn ich dir also ein bißchen unter die Arme greifen könnte, auf ein paar Tausender soll es mir nicht ankommen.«

Lore sah ihn groß an. Ein Gedanke blitzte in ihr auf.

»Nein, Ernst, ich danke dir, ich brauche dein Geld nicht. Und da du selbst davon sprichst — mit Geld ist das, was du an Richard Sundheim verbrochen hast, nicht gutzumachen. Ich weiß nämlich, daß du schuld daran bist, daß er von seinem Onkel verstoßen und enterbt worden ist.«

Er verfärbte sich, faßte sich aber sogleich wieder und sagte hastig:

»Erlaube mal, Lore, wie soll ich denn daran schuld sein?«

»Das weißt du so genau, wie ich es auch weiß, wenn ich auch bisher nicht davon gesprochen habe. Du wolltest Richard Sundheim zum armen Mann machen, damit er dir Hilde nicht wegnehmen könnte — deshalb hast du ihn bei seinem Onkel verleumdet, damit ihn dieser enterben sollte.«

Er war sehr verlegen, fragte aber anscheinend erstaunt:

»Wie kommst du darauf, Lore?«

Sie sah ihn fest an, wußte, daß sie ihn überrumpeln mußte, wenn sie ihn zu einem Bekenntnis bringen sollte.

»Ich war Zeuge deiner Unterredung mit dem alten Herrn Sundheim, als ihr oben in der Loge auf dem Balkon zusammen saßet.«

Er erschrak nun heftig.

»Wie war denn das möglich, wir waren doch ganz allein.«

Damit hatte er sich schon verraten.

»Das hast du geglaubt. Ich aber stand ungesehen in der Nähe und war so zum Zeugen geworden«, behauptete sie kühn.

Er nahm den Hut ab und wischte sich über die Stirn.

»Donnerwetter! Und das hast du so lange für dich behalten? Also ja, da du es nun einmal weißt, es war so, wie du sagst. Aber sag um Himmels willen Hilde nichts davon.«

Lore wußte, wenn sie ihm jetzt sagte, daß sie nur auf den Busch geschlagen hatte, und daß Hilde von dieser Sache so viel wußte wie sie, ohne daß sie ihm darum gezürnt hatte, dann würde er schnell Oberwasser haben, und sie würde nicht erreichen, was sie durch diesen Zufall in letzter Stunde noch vor ihrer Abreise zu erreichen hoffte. So sagte sie nur:

155

»Bist du dir bewußt geworden, Ernst, daß du damit Richard Sundheims Leben zerstört hast?«

Er atmete schwer.

»Lieber Gott, Lore, so schlimm sollte es doch nicht kommen. Ich habe dem Alten nur einen Floh ins Ohr gesetzt, um ihn gegen seinen Neffen aufzustacheln. Habe ihm bloß gesagt, daß die beiden auf seinen Tod warteten, um sich heiraten zu können — na ja — und daß ich von Richard Sundheim selbst gehört hätte, daß der Alte ein Geizkragen und Tyrann sei, und daß man es ihm nicht verdenken könne, wenn er auf den Tod des Erbonkels warte, dazu seien Erbonkel doch nur da, um beerbt zu werden. Der Alte ahnte ja nicht, daß ich ihn kannte, ich gab mir den Anschein, als sei er mir fremd. Na, und er ging gleich auf den Leim, das merkte ich. Aber weiß Gott, Lore, ich nahm als sicher an, daß er sich nach einer Weile wieder mit seinem Neffen aussöhnen würde; nur so lange sollte er ihn enterben, bis ich Hilde sicher hatte, deshalb bewarb ich mich auch gleich an jenem Abend um sie. Es hat mir nachher wahrhaftig leid getan, als ich Hilde sicher hatte, daß der Alte so unversöhnlich war. Aber er wird ja mal wieder vernünftig werden. Er hat ja doch keinen anderen Erben als seinen Neffen.«

»Doch, Ernst, es ist noch ein entfernter Verwandter da, der nun zum Erben eingesetzt ist. Aber das schmerzt Richard nicht einmal so sehr, als daß ihn sein Onkel für einen sehr undankbaren Menschen hält und ihm noch immer grollt.«

»Herrgott, das tut mir wahrhaftig furchtbar leid.«

»Und damit meinst du, ist dein Unrecht gutgemacht?«

»Was soll ich denn tun?«

»Das will ich dir sagen. Und wenn du willst, daß ich Hilde nichts von alledem sagen soll, so mußt du tun, was ich jetzt von dir verlange.«

Unsicher sah er sie an.

»Was denn, Lore?«

»Du fährst heute noch nach Gorin, läßt dich Herrn Heinrich Sundheim melden und beichtest ihm die ganze Geschichte. Wenn du noch Anspruch darauf erhebst, ein Ehrenmann zu sein, ist es ohnedies selbstverständlich, daß du ein begangenes Unrecht an einem Menschen, der dir nie etwas zuleide tat, gutmachst. Sonst straft dich der liebe Gott am Ende an deinem Kind.«

Lore wußte, daß das ihr höchster und letzter Trumpf war. Frankenstein wurde auch ganz blaß.

»Um Gottes willen! Du machst einem aber heiß, Lore! Wahrhaftig, ich tat das alles doch nur, weil ich Hilde so unsinnig liebte. Ich konnte sie einfach keinem anderen lassen, um keinen Preis. Und im Krieg und in der Liebe sind alle Mittel erlaubt. Aber wenn du mir versprichst, daß Hilde nichts von diesem Gespräch erfährt, dann will ich es auf diese Weise gutmachen.«

Lore atmete tief auf. Das konnte sie ja versprechen.

»Ich gebe dir mein Wort, Ernst, wenn du heute noch nach Gorin fährst und diese Beichte ablegst, erfährt Hilde von mir kein Wort von dem, was wir hier gesprochen haben.«

»Na schön, ich werde heute nachmittag hinaus nach Gorin fahren.«

Sie reichte ihm die Hand.

»Das ist recht, Ernst, ich danke dir.«

»Na, na, da ist nichts zu danken, mir wird wahrhaftig selber viel wohler sein, wenn die Sache wieder in die Reihe kommt. Ich hab nur immer nicht gewußt, wie ich das machen sollte. Aber so ist es ganz einfach. Der Alte wird mich anschnauzen und mich runterputzen — ich werde stillhalten, und dann ist alles wieder gut. Aber nun muß ich weiter, ich habe eine geschäftliche Konferenz. Laß dir von Herzen glückliche Reise wünschen, Lore; bist doch ein verdammt anständiger Kerl, das habe ich immer gefühlt.«

Lore lächelte ein wenig. Gerade jetzt hatte sie zum erstenmal in ihrem Leben mit Absicht ein wenig geflunkert. Aber das durfte Ernst Frankenstein nicht erfahren, sonst wurde ihm sein Versprechen vielleicht wieder leid.

»Ich will dich nun nicht weiter aufhalten, Ernst. Leb wohl!«

»Lebe wohl, Lore! Laß es dir gut gehen. Glück auf die Reise!«

Zum ersten Mal drückte Lore seine Hand mit Herzlichkeit.

Frankenstein lief zu seinem Auto zurück, stieg ein und fuhr, den Hut noch einmal ziehend, davon. Lore wandte sich um, weil sie nun das Polizeigebäude betreten wollte. Aber plötzlich blieb sie stehen, als wurzele sie in dem Boden, und starrte hinüber zu dem Portal. Unter ihm stand ein alter Herr, auf einen Stock gestützt, der mit starren Augen auf Ernst Frankenstein starrte und eine Bewegung machte, als wollte er ihm folgen. Als dieser aber im Wagen schnell davonfuhr, wandte er seine Augen Lore zu.

Dieser alte Herr war Heinrich Sundheim, Richards Onkel. Er hatte zuerst nach Richards Abreise etwas wie Erleichterung gespürt, daß nun niemand mehr da sei, der auf seinen Tod lauere. Befriedigt hatte er sein Testament zugunsten Karl Sundheims gemacht, der in Australien lebte. Er vergrub sich mehr und mehr in seinen Zorn gegen Richard. Aber dann erging es ihm seltsam. Als Monat um Monat vergangen war, ohne daß er wieder etwas von ihm hörte, empfand er es nicht mehr als Erleichterung, daß er nicht mehr im Hause war. Er vermißte ihn und erboste sich um so mehr gegen ihn, weil er ihn durch sein Verhalten gezwungen hatte, ihn zu verstoßen.

Er wußte, daß Richard nach Südwest gegangen war, und hatte immer wieder darauf gewartet, daß er sich hilfeflehend an ihn wenden sollte. Er wäre viel zu grimmig gewesen, als daß er ihm dann geholfen hätte, aber es wurmte ihn, daß er die tausend Mark zurückgeschickt hatte und nichts mehr von sich hören ließ.

Einige Tage, nachdem er Richard aus seinem Haus gewiesen hatte, las er in der Zeitung, daß Hilde Hartung sich mit einem Fabrikbesitzer Frankenstein verlobt habe. Ein grimmiger Triumph blitzte in seinen Augen auf. Er ahnte nicht, daß dieser Fabrikbesitzer Frankenstein derselbe Herr war, der mit ihm in der Loge gesessen und ihn gegen Richard eingenommen hatte, sonst hätte er vielleicht seine Schlüsse daraus gezogen. Er freute sich nur, daß er diese Hilde Hartung richtig taxiert hatte und daß sie wohl eingesehen haben mußte, daß es zwecklos war, auf seinen Tod zu lauern. Eine kaltherzige Kokette war das, die ihre Anbeter wechselte wie ihre Handschuhe. Sie hatte sich wahrscheinlich schnell einen anderen reichen Freier gesichert, als Richard ihr nichts mehr zu bieten hatte.

Oft hatte er sich gefragt, wer wohl jener Herr in der Loge gewesen sei, der ihm die Augen geöffnet hatte, ohne zu ahnen, daß er selbst der »Erbonkel« war. Gern hätte er ihn oftmals genauer in dieser Angelegenheit ausgeforscht, allein er war ihm nie wieder begegnet, zumal er ja wenig unter Menschen kam.

Der alte Herr schimpfte sich den ganzen Groll gegen seinen alten Diener Friedrich vom Herzen und wollte es nicht hören, wenn dieser seinen Neffen verteidigte.

Dann war er schwer krank geworden, hatte monatelang gelegen und war noch vier Monate an den Gardasee gegangen.

Aber ganz gesund war er nicht wieder geworden, seine Herztätigkeit machte ihm zu schaffen, und er war grilliger und griesgrämiger denn je. Es ging ihm täglich schlechter.

Wegen einer ärgerlichen Steuersache war er heute, obwohl er sich gar nicht gut fühlte, in die Stadt gefahren, und als er nach Erledigung seiner Angelegenheiten im Vestibül die Treppe herunterkam, sah er draußen vor dem Portal jenen Herrn stehen, mit dem er in der »Eintracht« in der Loge gesessen hatte. Er lief so schnell wie möglich die Treppe hinab, um ihn anzuhalten und mit ihm zu sprechen, aber ehe er unten ankam, ging Frankenstein zu seinem Wagen und fuhr davon. Die junge Dame aber, mit der er gesprochen hatte, blieb stehen und sah ihn mit großen Augen an. Etwas im Ausdruck dieser Augen zwang den alten Herrn, zu ihr heranzutreten.

»Verzeihen Sie, mein gnädiges Fräulein, ich sah Sie eben mit einem Herrn sprechen, den ich etwas Wichtiges zu fragen hätte. Ich habe mich wohl einmal mit ihm unterhalten, weiß aber seinen Namen nicht. Würden Sie mir diesen Namen nennen?«

Lore nahm ihr Herz fest in ihre Hände. Sie sagte sich, daß diese Begegnung kein Zufall sei, sondern eine Schicksalsfügung, und sie wollte sie nicht unbenutzt vorübergehen lassen. Möglich, daß Frankenstein sein Versprechen leid wurde — dann wollte sie wenigstens die Gelegenheit ergreifen, um einige Worte zu Richards Gunsten zu sagen. Sie hatte ja jetzt Frankensteins Geständnis, wußte bestimmt, daß er es gewesen war, der Richard verleumdet hatte, und nun sollte sie nichts mehr abhalten, für Richard einzutreten.

Fest sagte sie:

»Das will ich gern tun, Herr Sundheim.«

Der alte Herr stutzte.

»Sie kennen mich?«

»Nur vom Ansehen; ich sah Sie während des letzten Eintrachtsballes in einer Loge auf dem Balkon sitzen, und zwar in Gesellschaft eben dieses Herrn, der mich jetzt verlassen hat.«

Eifrig nickte der alte Herr.

»Ja, ja, eben an diesem Abend sprach ich das erste und letzte Mal mit diesem Herrn in einer Angelegenheit, die mir sehr wichtig war und worüber ich ihm gern noch einige

Fragen vorgelegt hätte. Er weiß so wenig wer ich bin, wie ich seinen Namen kenne.«

»Sie irren, Herr Sundheim, dieser Herr, mein Schwager, kannte Sie ganz genau, er gab sich nur den Anschein, als halte er Sie für einen Fremden.«

Eine tiefe Betroffenheit malte sich im Gesicht des alten Herrn.

»Wie? Er kannte mich?«

»Ganz genau. Und er hat die Absicht, Sie heute nachmittag in Gorin aufzusuchen. Er heißt Frankenstein.«

Ganz konsterniert sah der alte Herr in Lores Gesicht.

»Frankenstein? Wo habe ich doch den Namen schon gehört? Was will er denn bei mir?«

»Ihnen eine Beichte ablegen, daß er Sie an jenem Ballabend belogen hat. Er liebte dieselbe Dame, die auch Ihr Neffe liebte, meine Stiefschwester Hilde Hartung. Ich heiße Lore Darland. Um es Richard Sundheim unmöglich zu machen, meine Stiefschwester zu heiraten, verleumdete er ihn bei Ihnen, so daß Sie sehr zornig auf ihn werden mußten und ihn enterbten sollten. Er hatte geglaubt, daß Sie sich nach einiger Zeit schon wieder mit Ihrem Neffen versöhnen würden, er wollte Richard Sundheim nur so lange als Bewerber um Hilde Hartung unschädlich machen, bis er selbst ihr Jawort erhalten hatte. Es glückte ihm auch alles nach Wunsch, und er verlobte sich noch an demselben Abend, nachdem Richard das Fest voll Verzweiflung verlassen hatte, mit Hilde Hartung.

Ich ahnte, daß Frankenstein schuld war an Ihrem Zorn, denn ich sah ihn bei Ihnen in der Loge sitzen. Aber Gewißheit hatte ich nicht und konnte darum nichts tun. Erst heute, in dieser Stunde, hat mir mein Schwager eine Beichte abgelegt, und ich wußte nun, daß meine Vermutung richtig war. Und da habe ich meinem Schwager so dringend ins Gewissen geredet, heute nachmittag zu Ihnen nach Gorin zu fahren und Ihnen zu beichten, daß er Sie betrogen hat.«

Der alte Herr wankte, die Aufregung über diese Eröffnung beraubte ihn seiner schwachen Kräfte. Lore stützte ihn rasch, und nun kam auch schnell ein Diener herbei, der am Schlag eines eleganten Autos gestanden hatte, um seinem Herrn einsteigen zu helfen.

»Verzeihen sie, Herr Sundheim, ich habe Sie ein wenig überrascht, aber auf alle Fälle wollte ich Ihnen das alles sagen; es könnte doch möglich sein, daß Herr Frankenstein nicht den Mut finden wird, sein Unrecht gutzumachen. Und Richard Sundheim ist von seiten meiner Stiefschwester und meines Schwagers so viel Unrecht zugefügt worden, daß ich das meine dazu tun will, um es gutzumachen.«

Der alte Herr wischte sich den kalten Schweiß vom Gesicht.

»Mein Gott — dann habe ich meinem Neffen bitter unrecht getan.«

»Ja, Herr Sundheim, aber Sie können so wenig dafür wie Richard Sundheim selbst. Leider habe auch ich erst heute die Gewißheit erhalten, daß man Sie betrogen hat, sonst hätte ich Sie schon früher aufgeklärt.«

Dem alten Herrn wurde ganz schwach.

»Führen Sie mich zum Wagen«, sagte er heiser zu dem Diener.

Lore stützte ihn auf der anderen Seite und half ihn mit in den Wagen heben. Als er saß, sagte Lore noch einmal dringlich:

»Herr Sundheim, Ihr Neffe ist ganz unschuldig, er hat Sie herzlich lieb und hat sehr darunter gelitten, daß Sie ihm Ihr Vertrauen entzogen haben.«

»Woher wissen Sie, daß er gelitten hat?«

Lore wollte ihm nicht verraten, daß sie mit Richard verlobt sei. Der alte Herr schien so stark zum Mißtrauen zu neigen, daß er dann vielleicht ihren Worten keinen Glauben geschenkt hätte. So sagte sie nur:

162

»Ich traf ihn, ehe er nach Südwest abreiste, und da hat er mir gesagt, wie traurig er sei, daß Sie an ihm zweifeln könnten. Nicht um das Erbe war es ihm zu tun, denn er ist selber Manns genug, sich eine Existenz zu gründen, aber daß Sie ihm grollten, daß tat ihm weh.«

Leichenblaß war der alte Herr.

»Es tat ihm weh — und — ich habe ihm unrecht getan. Ich danke Ihnen — sehr — ich — ich möchte mehr von Ihnen hören , falls dieser — Frankenstein nicht kommen sollte — bitte, lassen Sie von sich hören — ich — kann nicht mehr — bin krank, schwach — verzeihen Sie mir —«

Er fiel vollkommen entkräftet in die Kissen seines Wagens zurück. Lore verneigte sich und trat zur Seite; sie sah, wie sehr der alte Herr erregt war. Der Diener setzte sich zu ihm und gab dem Chauffeur Weisung, fortzufahren.

Lore sah dem Wagen nach; sie wußte, daß sie nicht mehr mit dem alten Herrn zusammenkommen würde, aber er wußte nun wenigstens, daß Richard unschuldig war. Eine heiße, tiefe Freude war in ihr, sie konnte Richard nun wenigstens die Kunde mitbringen, daß sein Onkel wisse, daß er ihm unrecht getan hatte.

XV

Heinrich Sundheim hatte sich auf der Fahrt nach Gorin in seinem Wagen leidlich erholt. Unaufhörlich wälzte er in seinen Gedanken herum, was die junge Dame ihm berichtet hatte. Immer wieder schüttelte er ganz benommen den Kopf und murmelte vor sich hin: Dann habe ich Richard unrecht getan, habe ihn vertrieben und enterbt, ohne daß er es verdient hatte.

Damit wurde er nicht fertig. Es dauerte lange, bis er ganz im klaren war über das alles.

Als er in Gorin ankam, eilte der alte Friedrich herbei, um seinen Herrn in Empfang zu nehmen. Besorgt sah er in das fahle, verfallene Gesicht.

»Sie sehen so aufgeregt aus, gnädiger Herr, sicherlich haben Sie auf dem Steueramt Ärger gehabt«, sagte er.

Heinrich Sundheim sah seinen alten Diener, der längst in eine Vertrauensstellung hinaufgerückt war, mit großen erregten Augen an.

»Friedrich, du hast recht gehabt, und ich war ein alter Esel. Mein Neffe Richard ist doch unschuldig gewesen.«

Und aufgeregt erzählte er dem alten Friedrich von dem, was er erfahren hatte, während dieser ihn in sein Zimmer brachte.

»Mir war vor lauter Aufregung ganz übel«, sagte er zum Schluß, »ich konnte mich kaum aufrecht halten, und so habe ich dieses Fräulein Lore Darland gehen lassen müssen. Hätte ich sie doch festhalten können, sie hätte mir gewiß noch mehr erzählt. Ist es nicht seltsam, Friedrich, daß ich die beiden zusammen vor dem Rathaus stehen sah? Aber du weißt ja gar nicht, was mir dieser Herr Frankenstein an jenem Abend alles über Richard vorgelogen hat. Ich muß mich erst niederlegen, mir ist miserabel, aber wenn ich liege, will ich dir endlich auch das erzählen, was mich so in Zorn gebracht hat damals.«

Friedrich war nicht weniger aufgeregt als sein Herr, und seine alten Hände zitterten ein wenig, als er seinen Herrn zur Ruhe brachte. Als dieser lag, begann er von dem zu berichten, was Frankenstein ihm an jenem Abend gesagt hatte.

»Siehst du, Friedrich, als ich das hörte, war ich außer mir. Du wärest es an meiner Stelle auch geworden. Wie konnte ich denn ahnen, daß dieser Frankenstein mich ganz genau kannte und daß er nur eifersüchtig auf Richard war! So ein Schwindler! Und ich habe dem armen Jungen so übel mitgespielt — am Ende hat er mich wirklich liebgehabt?«

»Ganz bestimmt, gnädiger Herr! Sie hätten Herrn Richard an jenem Abend und am nächsten Morgen nur sehen sollen, wie betrübt er war und wie er sich gar nicht erklären konnte, weshalb Sie so zornig auf ihn waren. Immer wieder hat er mir gesagt, daß er ganz unschuldig sei. Und — ich will es Ihnen jetzt eingestehen, gnädiger Herr, ich habe immer mal an Herrn Richard geschrieben. Er bat mich so dringend darum, ihm Nachricht von Ihrem Ergehen zu geben. Und obwohl ich ihm mitteilte, Sie hätten ihn enterbt, schrieb er immer wieder, wie leid es ihm tue, daß Sie ihn der Undankbarkeit ziehen. Als ich ihm von Ihrer Erkankung Mitteilung machte, legte er es mir dringend ans Herz, Sie ja recht sorglich zu pflegen. Um das ihm entgangene Erbe kümmere er sich nicht, stand wieder und wieder in seinen Briefen; und habe er auch hart zu arbeiten, er käme schon durch. Nur das eine quäle ihn, daß Sie so schlecht von ihm dächten und ihm Ihr Vertrauen entzogen hätten.«

Forschend hatte der alte Herr seinen Diener angesehen.

»Also, er hat auch an dich geschrieben?«

»Ja, gnädiger Herr.«

»Hast du die Briefe noch?«

»Aber ja. Herr Richard ist mir doch lieb gewesen wie ein eigenes Kind, und diese Briefe verwahre ich wie ein Heiligtum. Sechs Stück habe ich im Verlauf dieser zwei Jahre erhalten, er hat soviel zu tun und wenig Zeit zum Schreiben.«

»Und — schreibt er dir auch über sein Ergehen, was er tut und wie er sich durchbringt?«

»Ja, gnädiger Herr, ganz genau gibt er mir von allem Nachricht; er weiß doch, wie ich mich um ihn sorge.«

»Wirst du mir diese Briefe geben, Friedrich, wenn ich dich darum bitte?«

»Gewiß, gnädiger Herr, es kann weder mir noch Herrn Richard zur Unehre gereichen, wenn Sie alles lesen. Sie werden daraus ersehen, wie sehr Sie Herr Richard liebt und verehrt und wie er nur mit Dankbarkeit Ihrer gedenkt, obwohl Sie ihn verstoßen haben.«

»Hol mir die Briefe, Friedrich, jetzt gleich.«

Friedrich brachte die Briefe herbei, und der alte Herr machte sich sogleich an deren Lektüre. Und was er las, rüttelte und riß an seinem alten, störrischen Herzen. Er sah daraus, wie tapfer und unverzagt Richard den Kampf ums Dasein aufgenommen hatte und wie kein Wort der Anklage oder des Grolls gegen ihn laut wurde, sondern immer nur die Klage, daß er ihn für schuldig hielte, und daß er nicht einmal wisse, wessen er beschuldigt sei.

Als er mit dieser Lektüre zu Ende war, sagte er matt:

»Laß mir die Briefe noch eine Weile hier, Friedrich, ich möchte sie nachher noch einmal lesen. Jetzt bring mir etwas zu essen, eine kräftige Suppe und ein Stück Hühnerfleisch. Nachher will ich ein wenig zu schlafen versuchen, ich bin todmüde.«

Er aß nur wenig, wie jetzt immer. Dann sagte er:

»Du läßt mich ruhig schlafen, Friedrich, bis dieser Herr Frankenstein kommt.«

Und als der Diener ihn verlassen hatte, suchten seine Gedanken Richard unten in Südwest. Er tastete noch einmal nach den Briefen, die ihm Friedrich gebracht hatte, als müsse er sich überzeugen, daß sie noch da seien. Wenn er ausgeschlafen hatte, wollte er sie noch einmal lesen. Endlich schlief er ein und erwachte erst, als Friedrich vor ihm stand und ihm meldete, Herr Frankenstein sei da und wünsche ihn zu sprechen. Heinrich Sundheim fühlte sich etwas besser. Auf seinen Stock gestützt, ging er dann in das Besuchszimmer hinüber. Da stand Ernst Frankenstein, ein wenig verlegen, aber seine Verlegenheit unter lauter Jovialität versteckend.

»Sie müssen mir verzeihen, Herr Sundheim, daß ich Sie so quasi überfalle. Kennen Sie mich noch — so von Ansehen?«

»Ja, ich kenne Sie — und weiß nun auch, wie Sie heißen. Bitte, nehmen Sie Platz, ich kann langes Stehen nicht vertragen und möchte mich nicht vor Ihnen setzen.«

166

»Aber bitte, bitte!«

Damit ließ sich Frankenstein nieder und fuhr dann fort:

»Es liegt mir nämlich schon lange etwas auf der Seele, Herr Sundheim — ich habe mir nämlich vor etwa zwei Jahren, als ich mit Ihnen in der ›Eintracht‹ zusammentraf, einen recht dummen Scherz mit Ihnen erlaubt.«

Mit einem seltsamen Ausdruck sah ihn der alte Herr an.

»So, so, nur einen dummen Scherz?«

»Nun ja — oder vielleicht auch etwas anderes. Ich kannte Sie damals schon ganz genau und wußte, daß Sie der Herr von Gorin sind. Ich muß Ihnen nun eine Beichte ablegen. Sehen Sie, ich liebte eine junge Dame, liebte sie ganz wahnsinnig, und ich hätte Gott weiß was getan, um sie mir zu erringen. Dabei war mir, wie ich ganz genau wußte, nur einer ernstlich im Wege: Ihr Herr Neffe, Richard Sundheim. Ich wußte aber auch, daß er sofort unschädlich für mich gemacht werden könne, wenn er nicht zufällig Ihr Erbe würde. Und da dachte ich mir: Helf, was helfen mag! Jetzt machst du den alten Herrn da oben auf dem Balkon so wild und zornig auf seinen Neffen, daß er ihn enterbt, dann bist du deinen Nebenbuhler mit einem Schlag los. Na — und da habe ich mich zu Ihnen gesetzt und Ihnen das Blaue vom Himmel heruntergekohlt. Und ich merkte sehr befriedigt, wie Sie mir gleich auf den Leim gingen und daß die Bombe noch an demselben Abend platzen würde. Na — und sie ist ja denn auch geplatzt, und es ging für mich alles nach Wunsch. Ich konnte mich noch an demselben Abend mit der jungen Dame verloben, sie wurde bald darauf meine Frau, und ich bin ganz unerhört glücklich geworden. Jetzt hat mir meine Frau nun auch noch einen Sohn geschenkt, einen Prachtjungen, mir wie aus dem Gesicht geschnitten, und ich bin der glücklichste Vater von der Welt. Richard Sundheim hatte ich, weiß Gott, über meinem Glück ganz vergessen; ich hatte ja gedacht, daß Ihr Zorn sich bald wieder legen und Sie sich mit ihm versöhnen würden. Aber da bin ich heute meiner jungen Schwägerin, Fräulein Lore Darland, begegnet. Sie steht manchmal ein bißchen quer mit meiner Frau, die seit dem Jungen immer ein bißchen nervös ist, und deshalb kommt sie nicht mehr zu uns. Ich freute mich aber, daß ich sie traf, denn unter uns, sie ist ein Prachtmädel und hat das Herz auf dem rechten Fleck. Aber heute überfällt sie mich nun mit einem Mal damit, daß sie mir auf den Kopf zusagt, daß ich schuld bin, daß Richard Sundheim von Ihnen verstoßen worden ist. Na — ich mußte das auch zugeben, und da hat sie mir bannig heißgemacht. Sie hat mir tüchtig zugesetzt und mir das Versprechen abgenommen, daß ich heute noch nach Gorin fahren und Ihnen eine offene Beichte ablegen soll.«

Der alte Herr blickte ihn, als er endlich schwieg, scharf an. »Und sonst wären Sie nicht zu mir gekommen, hätte Ihre Schwägerin Ihnen nicht so hart zugesetzt?« fragte er endlich.

»Offen gestanden, nein. Ich wußte eben nicht, wie ich mein Unrecht gutmachen sollte. Sie hat mir erst den Weg gewiesen, wie das geschehen könnte. Und nun bin ich hier und schwöre Ihnen, daß kein wahres Wort an allem war, was ich Ihnen damals gesagt habe. Ich habe nie ein Wort über Sie mit Ihrem Neffen gesprochen, habe überhaupt kaum zehn Worte mit ihm getauscht. Aber, wie ich meiner Schwägerin heute schon sagte: ›Im Krieg und in der Liebe sind alle Mittel erlaubt‹. Sie hat mir aber gesagt, wenn ich mein Unrecht an Richard Sundheim nicht gutmachte, dann strafe mich der liebe Gott vielleicht an meinem Kind. Gott behüte, wenn mir was an den Jungen käme! Also, nun habe ich gebeichtet, Herr Sundheim, und bitte Sie sehr um Ihre Verzeihung. Ich wußte mir damals nicht anders zu helfen, die Hilde mußte ich haben um jeden Preis.«

Aufatmend schwieg Ernst Frankenstein und trocknete sich mit dem Taschentuch den Schweiß von der Stirn. Er sah den alten Herrn an wie ein Schuljunge, der irgendeine Rüpelei hat eingestehen müssen.

Heinrich Sundheim war in seinem Sessel zusammengesunken. Seine hagere Hand umklammerte den Stock, als wollte er ihn gegen Frankenstein erheben. Mit düsteren Augen sah er zu ihm hinüber.

»Und nun meinen Sie, damit sei alles wieder gutgemacht?«

»Nun ja, wenn Sie Ihren Neffen wieder nach Gorin rufen und in all seine Rechte wieder einsetzen. Dann ist doch alles gut.«

»So? Meinen Sie? Und die verlorenen zwei Jahre, die er in der Fremde lebte, und die ich einsam und allein hier in Gorin saß, des Trostes meines Alters beraubt?«

Heinrich Sundheim hatte ganz vergessen, daß er es damals als Erleichterung empfunden hatte, einen lästigen Erben von sich stoßen zu können. Daß ihm Richard viel gewesen, hatte er erst empfunden, als dieser von ihm gegangen war.

»Das alles tut mir ja sehr leid, Herr Sundheim, ich bitte nochmals um Verzeihung. Noch kann ja alles wieder gutgemacht werden.«

Der alte Herr stieß einen tiefen Seufzer aus und strich über seine gefurchte Stirn.

»Es hat keinen Zweck mehr, lange darüber zu debattieren. Geschehen ist geschehen — und — schließlich bin ich auch nicht ohne Schuld, ich hätte meinem Neffen mehr glauben und vertrauen müssen als irgendeinem fremden Menschen, der mir nur Schlechtes über ihn berichtete. Also gut, ich verzeihe Ihnen — um Ihrer prächtigen jungen Schwägerin willen. Bitte, verlassen Sie mich nun, ich fühle mich sehr elend, ich habe noch immer an den Folgen einer schweren Lungenentzündung zu tragen.«

Frankenstein erhob sich, erleichtert aufatmend.

»Ich danke Ihnen sehr, Herr Sundheim.«

»Wie gesagt, um Ihrer Schwägerin willen. Das scheint eine sehr rechtschaffene junge Dame zu sein.«

Frankenstein wollte ihm sagen, daß Lore mit Richard Sundheim verlobt war, aber im letzten Moment hielt er damit zurück. Vielleicht beging er sonst eine Dummheit. Der alte Herr war unberechenbar, und er wollte Lore keinen Schaden zufügen und Richard Sundheim auch nicht mehr. So verschluckte er das und sagte schnell:

»Die Lore? Ja, das ist ein Prachtfrauenzimmerchen, vor der man einen heillosen Respekt haben muß.«

»Bitte, grüßen Sie die junge Dame von mir und sagen Sie ihr, daß ich ihr dankbar sei, daß sie dafür gesorgt hat, daß Sie Ihr Unrecht eingestehen. Ich würde mich freuen, wenn ich ihr eines Tages wieder begegnen würde.«

»Das will ich ihr bestellen, Herr Sundheim. Ich habe es der Lore zu danken, daß Sie so glimpflich mit mir umgegangen sind. Nun ist mir, weiß Gott, wieder wohler, ich hab nun doch wieder ein reines Gewissen.«

Als Frankenstein fort war, erhob sich der alte Herr und ging langsam in sein Wohnzimmer zurück. Dort erwartete ihn der alte Friedrich.

»Also die Sache stimmt, Friedrich; dieser Herr Frankenstein hat mich schauderhaft angeschwindelt, Richard ist ganz unschuldig. Und wenn diese Lore Darland nicht gewesen wäre, hätte er es mir auch nicht gebeichtet. Im Grunde ist an alledem nur diese Hilde Hartung, die jetzige Frau Frankenstein, schuld. Ich habe sie gleich nicht leiden können. Warum hat sich Richard nicht lieber in ihre Stiefschwester verliebt, an der hätte man seine Freude haben können. Aber immer fallen die Männer auf solche Koketten herein wie diese Frau Frankenstein. Nun, ihr Mann wird mit ihr genug gestraft sein. Und morgen früh lasse ich meinen Notar nach Gorin holen, Richard soll wieder als mein Erbe eingesetzt werden. Ich will das nicht lange verschieben, denn ich fühle mich sehr elend. Auch werde ich morgen an Richard schreiben und ihn heimrufen — hoffentlich erlebe ich seine Heimkehr noch.«

Dann ließ der alte Herr sich auf den Diwan betten. Er schwatzte dabei noch eine Weile nach Art alter Leute, und immer wieder nannte er Lore Darlands Namen, so daß sich Friedrich diesen fest einprägte.

»Ihr hat es Richard zu verdanken, daß er wieder in sein Erbe eingesetzt wird, Friedrich, du kannst es mir glauben, aus eigenem Antrieb wäre Frankenstein nie gekommen, um diese Beichte abzulegen. Ich werde es Richard sogleich mitschreiben, daß er es nur Lore Darland zu danken hat. Was die für ein Paar schöne, wahrhaftige Augen im Kopf hat. Ganz warm konnte einem ums Herz werden, wenn sie einen anschaute; schade, daß mir so übel war, ich hätte mich gern noch ein Weilchen mit ihr unterhalten.«

Dann entließ er den Diener. Friedrich hatte nun Zeit, sogleich einen ausführlichen Brief an Richard zu schreiben, in dem er ihm wortgetreu berichtete, was der alte Herr ihm heute gesagt hatte — auch alles, was er über Lore Darland gesagt hatte. Diesen Brief schickte Friedrich sogleich ab, denn Richard sollte so schnell wie möglich erfahren, daß der Onkel nun wieder gut war und ihn wieder zum Erben einsetzen wollte.

Ernst Frankenstein aber schrieb unterwegs in sein Notizbuch:

»Liebe Lore! Ich war in Gorin und habe meine Beichte abgelegt. Ich bin fest überzeugt, daß nun alles wieder gut wird. Und ich soll Dich von dem alten Sundheim grüßen, er muß Dich wohl kennen. Er scheint große Stücke auf Dich zu halten, womit er recht hat. Ich habe nichts davon verraten, daß Du mit Richard Sundheim verlobt bist; ich wollte keine Dummheiten machen, und wer weiß, wie er es aufgefaßt hätte. Er erfährt es ja schließlich zeitig genug, und ich glaube bestimmt, Du bist ihm eines Tages sehr willkommen. Nochmals wünsche ich Dir glückliche Reise und überhaupt alles Glück. Ich bitte Dich, sieh zu, daß Du mir auch Richard Sundheims Verzeihung erwirken kannst. Dir wird er es schon nicht abschlagen. Und halte Wort und berichte Hilde nie etwas von dem, was wir heute besprochen haben. Herzlichen Gruß und Glück auf!

Dein Schwager Ernst Frankenstein!«

Dieses Billett sandte er, kuvertiert, durch seinen Chauffeur an Lore, denn seine Gattin hatte von ihm verlangt, die Schwägerin nicht aufzusuchen.

Als Lore am übernächsten Tage ihre Reise antrat, war nur das Ehepaar Heims auf dem Bahnhof, um ihr zum letzten Mal die Hand zu drücken. Tief aufatmend lehnte Lore sich in die Polster zurück, als der Zug sich in Bewegung setzte. Sie hatte bis zum letzten Augenblicke gefürchtet, irgend etwas könnte sich noch ereignen und sie aufhalten.

Die erste Station, an der der Zug hielt, war Gorin. Lore sah interessiert zum Fenster hinaus, sie wußte nicht, auf welcher Seite das Rittergut Gorin lag. Es war auch nur ein kurzer Aufenthalt, und in Lores Abteil stiegen hier zwei Herren ein, anscheinend Landwirte. Sie schienen sehr gut miteinander bekannt zu sein, fragten sich aus nach Ziel und Zweck ihrer Reise und begannen gleich ein wenig Politik zu treiben. Lore lehnte sich in ihrer Ecke zurück und vertiefte sich in die Lektüre eines Buches. Aber plötzlich zuckte sie leise zusammen und lauschte mit angehaltenem Atem, als der eine der Herren sagte:

»Haben Sie schon gehört, Ludolf, der alte Goriner ist in der Nacht von vorgestern auf gestern gestorben.«

Der Angeredete nickte.

»Ja, ja, sein Kammerdiener hat ihn gestern früh tot in seinem Bett gefunden. Ganz still muß er hinübergeschlummert sein, wird wohl einen Herzschlag bekommen haben; seit er so schwer an Lungenentzündung erkrankt war, soll das Herz nicht mehr intakt gewesen sein.«

»Habe ich auch gehört! Der Aufenthalt am Gardesee hat

ihm nicht viel geholfen, die Lunge war wohl ausgeheilt, aber nun machte das Herz nicht mehr mit.«

»Na, ein Held war er in gesundheitlicher Beziehung nie, deshalb hat es sich wohl immer so zurückgehalten.«

»War ein bißchen Sonderling und Menschenfeind; sein Neffe, der Richard, hat nicht viel zu lachen gehabt. Na, nun wird er wohl heimkommen und das fette Erbe antreten; dafür lohnt es schon, ein bißchen Verdrießlichkeit in den Kauf genommen zu haben.«

»Da bin ich besser unterrichtet, ich traf den Goriner Notar. Er sagte mir, daß Richard Sundheim enterbt worden sei, ein entfernter, in Australien lebender Verwandter soll als Erbe eingesetzt sein. Es hat mal was gegeben zwischen dem Alten und seinem Neffen. Aber das sollte neuerdings wohl wieder ausgeglichen sein, jedenfalls war ein Brief an den Notar vorhanden, er sollte gestern früh durch diesen Brief nach Gorin gerufen werden. Sein alter Diener schwört aufgeregt, daß sein Herr ein neues Testament zugunsten Richard Sundheims habe machen wollen, weil er in Erfahrung gebracht hätte, daß er seinem Neffen unrecht getan habe. Aber ehe er dazu kam, sein altes Testament umzustoßen und ein neues zu machen, hat der Tod ihn abgerufen. Der alte Diener soll ganz außer sich gewesen sein. Jedenfalls wird nun der Australier Herr auf Gorin, und der arme Richard hat das Nachsehen.«

»Schade, der Richard Sundheim war ein Prachtkerl!«

»Hm! Soll seit dem Bruch mit dem Alten irgendwo unten in Afrika stecken. Hat Pech, der arme Kerl, wenn der Onkel noch ein paar Tage gelebt hätte, wäre er wieder als Erbe eingesetzt worden.«

»Schauderhaftes Pech! Na, ist ja ein tüchtiger Kerl, der wird sich schon durchbeißen.«

»Wollen's hoffen! Was sagen Sie denn zu der neuen Genfer Zusammenkunft?«

Damit kamen die Herren wieder auf die Politik. Lore

hatte die ganze Zeit, während sie von Gorin gesprochen hatten, steif aufgerichtet dagesessen und mit brennendem Interesse auf jedes Wort gelauscht. Nun sank sie wieder in ihre Ecke zurück. Sie wußte nun, daß Heinrich Sundheim in der Nacht nach dem Tag, an dem sie mit ihm gesprochen und er Frankenstein empfangen hatte, gestorben war, wußte, daß er ein neues Testament zu Richards Gunsten hatte machen wollen. Wie gut nur, daß er wenigstens ohne Groll gegen seinen Neffen verschieden war, das würde Richard das Wichtigste sein.

»Bin ich nicht ein Pechvogel?« hatte Richard in seinem letzten Brief an sie geschrieben, und Lore mußte ein wenig vor sich hinlachen. Wahrlich, das war wieder Pech. Aber es würde sich gutmachen lassen, wie alles andere auch. Nur nicht verzagen, das Glück würde eines Tages auch zu ihm kommen. Allen Gewalten zum Trotz sich erhalten! Nur Mut, mein geliebter Richard, wir beißen uns schon durch, du und ich, wir können jetzt zusammen kämpfen. Es wird uns schon noch glücken. So dachte sie zuversichtlich.

Ihre Gedanken beschäftigten sich noch eine Weile mit dem Gehörten. Ob wohl der alte Friedrich Richard mitteilen würde, daß sein Onkel gestorben sei? Freilich, wenn er nicht depeschierte, würde Richard wohl erst durch sie vom Tod seines Onkels erfahren. Wie gut, daß sie ihm wenigstens gleich berichten konnte, daß ihm der Onkel vor seinem Tod noch hatte Gerechtigkeit widerfahren lassen.

Lore kam in Hamburg gerade rechtzeitig an, um sich gleich an Bord der »Usambara« begeben zu können. Das war ihr lieb, so brauchte sie nicht erst noch ein Hotel aufzusuchen.

Die Seereise verlief sehr günstig, das Wetter blieb ruhig und gleichmäßig, vom Anfang bis zum Ende.

Weniger ruhig sah es in Lores Innerem aus. Je näher sie

dem Ziel ihrer Reise kam, desto unruhiger wurde sie. Es war doch immerhin ein Wagnis, das sie unternommen hatte. Wenn Richards Telegramm sie auch ein wenig über ihre Kühnheit beruhigt hatte, so war doch zwischen ihnen beiden noch mancherlei zu klären. All ihr Mut wollte ihr verlorengehen — sie war jetzt nichts als eine zagende, liebende Frau, die voll Bangen und Unruhe dem Mann ihrer Liebe entgegensah. Ein wenig bangte sie auch vor dem ihr ganz fremden Leben in Südwest. Würde sie Richard eine gute, brauchbare Lebenskameradin sein können? Sie hatte — ach — keine Ahnung von Landwirtschaft, brachte keinerlei Kenntnisse mit — nichts als ihren guten Willen, sich in alles zu schicken und zu fügen und alles zu lernen, was ihr fehlte.

Dann wieder kamen Stimmungen über sie, wo sie alle Bedenken über Bord warf, wo sie das heiße junge Glück über sich dahinbrausen ließ, daß Richard sie liebte, sich nach ihr sehnte, nach ihr verlangte. Das war doch die Hauptsache, und alles andere würde sich schon finden, mußte sich finden.

Sie hatte sich unter den Schutz des Kapitäns gestellt, und dieser machte sie mit verschiedenen Passagieren bekannt. Aber Lore schloß sich an niemand besonders an, sie war immer eine zurückhaltende Natur gewesen, und hier schien ihre Zurückhaltung noch mehr am Platz zu sein. Da sie auf der Reise auch Trauerkleidung trug, ließ man sie auch in Ruhe.

Erst am letzten Tag der Reise legte Lore die schwarzen Gewänder ab. Sie wußte, der Vater würde es selbst so gewollt haben. Nicht in Trauerkleidern wollte sie dem Geliebten beim ersten Wiedersehen entgegentreten. Sie ging ja in ein Land, in dem sie niemand kannte außer Richard, und in dem auch niemand ihren Vater gekannt hatte. In den letzten Stunden vor Erreichung ihres Reisezieles fühlte sie sich besonders unruhig. Sie hatte ihre Koffer längst gepackt, war vollständig gerüstet, den Dampfer zu verlassen. In der Ferne schimmerte die Küste von Südwest im Sonnenlicht, wie ein heller Wolkenstreifen. Da drüben also würde ihre Heimat sein. Würde sie dort das Glück finden?

Aber — brauchte sie es erst zu finden, trug sie es nicht mit sich in ihrer eigenen Brust als unantastbares Eigentum? Richard liebte sie, er sehnte sich nach ihr, das machte ihr Glück aus, mehr brauchte sie nicht, um glücklich zu sein.

Endlich hielt der Dampfer in scharfem Kurs auf die Küste zu. Näher und näher kam er dem Land. Schon konnte man mit bloßem Auge die Kaimauer von Walfischbai erkennen, Gebäude wurden sichtbar, und schließlich sah man, daß sich da drüben menschliche Wesen bewegten, Menschen bei der Arbeit, Menschen, welche die »Usambara« erwarteten.

Der Kapitän trat zu Lore.

»Nun ist die Reise bald überstanden, Fräulein Darland, und hoffentlich ist Ihr Verlobter pünktlich zur Stelle. Es ist am besten, Sie bleiben an Bord, bis sich der Schwarm etwas verlaufen hat. Herr Sundheim wird sicherlich an Bord kommen, um Sie in Empfang zu nehmen.«

Lore atmete tief auf. Wenn der Kapitän ahnte, wie bang und verzagt sie jetzt der Landung entgegensah, dann hätte er sie nicht, wie so oft während der Reise, tapfer und mutig genannt.

»Ich werde Ihren Rat befolgen, Herr Kapitän. Und bei dieser Gelegenheit möchte ich Ihnen gleich meinen herzlichsten Dank abstatten, daß Sie mir während der langen Reise Ihren Schutz angedeihen ließen.«

»Sie brauchen mir nicht zu danken, ich habe nur meine Pflicht getan. Und ich habe mich ihr sehr gern unterzogen. Sie haben sie mir leicht gemacht. Lassen Sie mich noch zum Schluß recht viel Glück wünschen, möge Ihnen Südwest eine glückliche Heimat werden.«

»Ich danke Ihnen für diesen guten Wunsch, Herr Kapitän.«

»Gleichzeitig will ich mich nun von Ihnen verabschieden, nachher, wenn wir anlaufen, werde ich keine Zeit mehr dazu haben, da muß ich auf meinem Posten sein. Leben Sie wohl, Fräulein Darland, und wenn Sie nach Jahren wieder mal nach Deutschland reisen sollten, dann hoffe ich, daß es auf der ›Usambara‹ geschieht und daß ich noch deren Kapitän bin.«

»Das mag Gott fügen. Leben Sie wohl, Herr Kapitän, nochmals herzlichen Dank und gute Fahrt allewege.«

Sie drückten sich die Hände, und dann stand Lore allein an der Reling und sah mit großen, brennenden Augen hinüber zum Kai, hinter dem viele Wellblechdächer sichtbar wurden. Sie konnte schon die wartende Menschenmenge sehen, und ihr Herz klopfte bis zum Halse hinauf. Würde Richard Sundheim unter diesen Menschen sein?

XVI

Richard Sundheim hatte aufgejauchzt, als er Lores Telegramm erhielt, in dem sie ihm mitteilte, daß sie trotzdem kommen würde und daß frohe Botschaft für ihn unterwegs sei. Das war Lore, seine tapfere, mutige Lore, die sich durch nichts schrecken ließ. Und er begann nun, so gut es ging, Vorbereitungen zu ihrem Empfang zu treffen.

Als dann aber ihr Brief eintraf, in dem sie ihm mitteilte, daß Georg Heims ihm die zurückgezahlten fünfzehntausend Mark nochmals zur Verfügung stellte unter den gleichen, günstigen Bedingungen und ihm dies Geld schon angewiesen habe, da wurden ihm doch die Augen feucht. Lore, liebe, sorgsame Lore! An alles hatte sie gedacht. Nun hatte er wieder Geld, konnte das so nötige Vieh kaufen — und konnte doch für Lore einiges Behagen schaffen. Die Kaimauer am Fluß sollte dann auch in Angriff genommen werden, damit sie vor der nächsten Regenzeit fertig wurde. Ah! Frisch voran! Verdoppeln wollte er seine Kräfte, um allen Schaden mit der Zeit wettzumachen. Eine weitere große Grube für eine neue Tränke hatte er in dieser Zeit von seinen Leuten, da sie nicht soviel Vieh zu versorgen hatten, auswerfen lassen, damit er in der Trockenheit nicht wieder wegen des Wassers für das Vieh in Bedrängnis kam. Durch Schaden wird man klug, und er hatte aus den letzten Katastrophen allerlei gelernt. Er hätte seine Kraft verzehnfachen mögen, um schnell wieder voranzukommen.

Nach Erledigung der nötigen Viehankäufe fuhr er auf seinem Rad am nächsten Sonntag zu Martens' hinüber. Er mußte doch den Freunden sein Glück anvertrauen. Er fand die herzlichste Anteilnahme. Frau Lena ließ sich alles genau berichten, holte dann ihr Notizbuch herbei und notierte eifrig, was Richard unbedingt bestellen, was angeschafft werden mußte, um das Haus in einen etwas behaglicheren Zustand zu versetzen.

Martens' hatten ebenfalls sorgenvolle Tage hinter sich, waren auch von allerlei Verlusten betroffen worden, aber das war wieder vergessen. Sie freuten sich ehrlich über Richards Glück, und Frau Lena war so eifrig bedacht auf alles, was nötig war, daß die beiden Herren über ihren wichtigen Eifer lachen mußten. Sie bestand auf hübschen Fenstergardinen, auf zwei weißemaillierten Reformbetten, Waschtisch, neuen Korbmöbeln, Kokosmatten, Korbmöbeln für die Veranda. Auch für das Speisezimmer verlangte sie einige neue Möbel und vielerlei anderes noch. Es wurde eine lange Liste, aber als Frau Lena einen Überschlag machte und nur einige hundert Mark herausrechnete, verlangte sie auch noch einige Meter Stoff zum Bezug und zu Vorhängen für den Toilettentisch der künftigen Herrin des Hauses.

»Aber ein Toilettentisch ist doch nicht vorhanden«, sagte Richard lächelnd.

Sie nahm ihn stumm bei der Hand und führte ihn in ihr Schlafzimmer. Dort zeigte sie ihm ein duftiges, sehr reizendes Gebilde, es war ihr Toilettentisch. Sie hob den zierlich gestalteten Behang empor, und erstaunt erblickte Richard eine große Kiste, die vorn offen war, und in der Schuhe und Stiefel zierlich aufgereiht dastanden.

»So eine Kiste werden Sie doch in Ovamba haben, lieber Sundheim?«

Er nickte.

»Ja, deren sind mehrere vorhanden.«

»Gut! Sie sehen, was man aus einer Holzkiste und einigen Metern Stoff, einige Bandschleifen nicht zu vergessen, machen kann. Genauso einen Toilettentisch werde ich für Frau Lore herstellen, wenn ich nach Ovamba hinüberkomme, um alles zum Empfang zu richten. Sie sollen staunen, wie fürstlich es bei Ihnen aussehen wird.«

Als Richard davon sprach, daß er sich mit Lore gleich in Swakopmund trauen lassen wollte, widersprach Frau Lena eifrig.

»Dagegen protestiere ich ganz entschieden. Wir wollen dabei sein, wenn Sie Hochzeit halten. Bringen Sie Ihre Braut ruhig erst bis Keetmanshoop, dort werden wir Sie erwarten. Ich will mich nicht um eine nette kleine Hochzeitsfeier bringen lassen.«

Richard wollte ihr das nicht abschlagen.

»Gut, Frau Lena, meine Braut wird ja einverstanden sein. Wir werden also erst in Keetmanshoop Hochzeit halten.«

»Famos! Wir leihen euch dann unser Auto für die Heimfahrt von Keetmanshoop nach Ovamba. Unser schwarzer Chauffeur wird euch fahren. Wir warten dann, bis er zurückkommt.«

»Ich muß doch, trotz Heinz' Protest, sagen, daß Sie ein Engel sind, Frau Lena.«

Mit einem langen Besorgungszettel und mit einer Menge guter Ratschläge machte sich Richard am Spätnachmittag auf den Weg. Er hielt sich genau an Lenas Vorschriften, ließ alles kommen, was sie notiert hatte, und blieb auch sonst nicht untätig. Mit einem großen Topf voll grüner Ölfarbe und ein paar Pinseln machte er sich mit einigen seiner Leute daran, die Veranda und die Fensterläden frisch anzustreichen. Es wurde anschließend ein großes Scheuerfest veranstaltet, daß den Leuten Hören und Sehen verging. Sie wußten alle schon, daß eine junge Herrin einziehen würde.

So verging die Zeit sehr schnell, wenn auch noch immer zu langsam für seine Ungeduld.

Es war inzwischen alles angekommen, was er in Frau Lenas Auftrag bestellt hatte. Wenige Tage vor Lores Ankunft erschien Frau Lena dann schon am frühen Morgen und begann das Haus erneut auf den Kopf zu stellen. Richard war einfach ausgesperrt worden, er durfte nur in sein Schlafzimmer, das er durch das Fenster betreten und verlassen mußte. Frau Lena wollte ihn überraschen, wenn alles fertig war. Essen mußte er auf der Veranda. Geduldig ließ er sich alles gefallen. Mitten in diesen Vorbereitungen hinein kam ein Telegramm von dem alten Friedrich, dem Diener seines Onkels. Es lautete:

»Gnädiger Herr diese Nacht gestorben. Ihre Unschuld erwiesen. Leider Testament nicht geändert. Brief folgt. Friedrich.«

Da stieg es Richard heiß im Hals empor. Onkel Heinrich tot! Das packte ihn. Blut ist doch dicker als Wasser — und trotz allem hatte er den alten Herrn liebgehabt und war ihm Dank schuldig gewesen. Was Friedrich damit meinte, daß seine Unschuld erwiesen sei, verstand er nicht. Wie sollte sie endlich an den Tag gekommen sein? Daß der Onkel sein Testament nicht geändert hatte, überraschte ihn nicht. Mit der Tatsache, enterbt zu sein, hatte er sich längst abgefunden.

Dennoch kam es ihm in den Sinn, wie glücklich ihn etwa zwanzig- bis dreißigtausend Mark machen könnten. Lores wegen. — Für den Onkel wäre es eine Bagatelle gewesen, und der australische Vetter wäre deswegen nicht ärmer geworden. Aber — Unabänderlichem soll man nicht nachtrauern, es würde und mußte auch so gehen. Nur den Kopf oben behalten. Aber er war immerhin sehr gespannt auf den von Friedrich angekündigten Brief. Doch das ging schließlich alles wieder unter, wenn er an Lores Kommen dachte.

Als Frau Lena endlich fertig war, führte sie Richard stolz durch alle Zimmer. Sein glückliches Staunen belohnte sie für alle Mühe. Es grenzte für ihn an ein Wunder, was sie alles hervorgezaubert hatte. Es sah wirklich und wahrhaftig jetzt ganz zivilisiert in seinem Haus aus. In seiner Freude umarmte er Frau Lena und drehte sich mit ihr im Kreise, worüber die herumstehenden Eingeborenen ihre helle Freude hatten und sich gegenseitig ebenfalls umfaßten und herumdrehten.

Richard scheuchte sie lachend fort.

»Frau Lena, Sie sind eine Zauberin! Wahrhaftig, jetzt sieht es ganz menschlich hier aus! Da wird sich Lore doch leidlich wohl fühlen können«, sagte er strahlend.

Das Schlafzimmer und das Eßzimmer waren am prächtigsten herausstaffiert. Im Schlafzimmer standen weiße hübsche Reformbetten mit buntgeblümten Steppdecken und schneeig weißem Linnen. Weiße Mullgardinen, mit bunten Bändern zusammengehalten, zierten die Fenster. Die Betten flankierten die beiden großen Kleider- und Wäscheschränke. Ein hübscher Waschtisch und — o Wunder! — ein duftig dekorierter Toilettentisch, dem man die darunter befindliche Kiste nicht ansah und über dem ein weißer Spiegel angebracht war, brachten eine reizvolle Wirkung hervor. Es sah wirklich sehr hübsch aus.

Und im Eßzimmer prangten auf der frisch gebohnerten Anrichte, die schon vorhanden gewesen war, als Richard einzog, verschiedene schöne Gläser, die auf einem Tablett standen, das Frau Lena mit einem selbstgearbeiteten Deckchen verziert hatte. Im Schrank der Anrichte waren das Speisegeschirr und das Kaffeegeschirr untergebracht worden. Um den runden, mit einer bunten Decke bedeckten Tisch standen vier Stühle, und die Fußböden waren mit roten Matten belegt. Die Fenster waren auch hier mit hübschen Vorhängen aus Etamin, mit Spitzen verziert, bekleidet. Sogar eine Hängelampe hing über dem Tisch, und am Fenster war eine nette Frühstücksecke eingerichtet, mit einem Tisch und zwei Bambussesselchen. Es sah alles so behaglich aus, daß Richard immer wieder in stummer Dankbarkeit Lenas Hand an die Lippen zog, worüber sie lachte, weil solcher »Schnack« nicht auf eine Südwest-Farm gehöre.

So war denn alles in schönster Ordnung und zum Empfang der Hausfrau bereit. Richard bekam strenge Order, bis zu Lores Ankunft nur sein bisheriges Schlafzimmer zu benutzen und nichts in Unordnung zu bringen. Lena exerzierte die Leute noch mit allerlei Befehlen ein und zog den Speisekammerschlüssel ab, ihn Richard aushändigend. Die Speisekammer war gut gefüllt, und es sollte nichts daraus verbraucht werden, bis die Hausfrau darüber entscheiden würde. Es waren hauptsächlich Konserven. Milch, Eier, Butter, Gemüse und Käse lieferte Richard ja selbst, daran fehlte es nicht.

Und nun konnte sich Lena befriedigt auf die Heimfahrt machen.

Richard war das Herz nun viel leichter, und am Tag vor der Ankunft der »Usambara« machte er sich auf die Reise nach Walfischbai. Dort übernachtete er im Hotel und bestellte für die nächste Nacht gleich ein Zimmer für Lore, denn da die »Usambara« voraussichtlich erst im Lauf des Tages ankam, konnte er erst am anderen Tag mit Lore nach Keetmannshoop weiterfahren.

Am frühen Morgen stand er auf und ließ sich erst einmal beim Friseur von den Spuren beginnender Verwilderung befreien. Rasieren konnte er sich wohl jeden Tag, aber das Haar war viel zu lang gewachsen, das mußte herunter. Er vertrieb sich dann die Zeit bis zur Ankunft der »Usambara« mit einigen Geschäftswegen, die er auch für Heinz Martens mit übernommen hatte.

Dann war es endlich Zeit, zum Kai zu gehen. In fieberhafter Erwartung stand er da und wartete — wartete —, die Minuten erschienen ihm jetzt wie Ewigkeiten. Seine Augen brannten, und die Muskeln seines Gesichts zuckten vor unterdrückter Erregung. Dabei stand er scheinbar ruhig da, eine kraftvolle, energische Erscheinung in kurzen Beinkleidern, beigefarbigem Hemd und leichter Jacke darüber. Den Hut hatte er aus der Stirn geschoben, weil ihm vor innerer Erregung zu heiß wurde.

Endlich legte die »Usambara" an. Das dauerte auch noch eine ganze Weile. Richards Augen durchdrangen mit Falkenblicken die sich an der Reling stauende Menschenmenge, die schon jetzt nach dem Ausgang drängte. Er konnte aber Lore nicht unter ihnen entdecken. Sein Blick schweifte weiter nach hinten — und plötzlich stockte sein Herzschlag. Da stand eine schlanke Frauengestalt abseits von den anderen. Es riß an seinem Herzen; ehe seine Augen sie noch erkannt hatten, sagte ihm sein Herz, daß dies Lore sei. Er lief an dem Koloß des Schiffes entlang, bis dahin, wo die einsame Frauengestalt stand, und da erkannte er sie. Ein jauchzender Ruf flog zu ihr empor.

»Lore!«

Sie schrak zusammen und riß ihre Augen von der wartenden Menschenmenge los. Sie sah hinunter auf den Mann, der sich nun auch von den anderen Menschen als Einzelwesen abhob, sah, wie er die Arme zu ihr emporstreckte. Sie hätte hinabfliegen mögen. Die Glückstränen schossen ihr in die Augen. Wie eine heiße Woge flutete es bei seinem Anblick über sie hinweg. Auch sie streckte impulsiv die Arme nach ihm aus.

So standen sie, die Arme zueinander ausstreckend, in tiefster Ergriffenheit da. Eins wußte vom anderen: Da steht dein Schicksal! Aber sie mußten noch warten, konnten noch nicht zueinander kommen. Und diese kurze Frist, die sie, Auge in Auge und doch noch voneinander getrennt, so verharren mußten, dünkte sie länger als die vergangenen zwei Jahre, während derer sie sich nicht gesehen hatten.

Aber endlich wurde der Weg für Richard frei. Mit elastischen Sätzen sprang er zum Fallreep, und wenige Minuten später stand er vor Lore. Sie sah ihn auf sich zukommen, er breitete die Arme aus.

»Lore!«

Ein Jauchzen war dieser Ruf. Da flog sie in seine Arme, er fing sie auf und preßte sie an sich, daß ihr der Atem verging. Und dann sahen sie sich tief in die Augen.

Ja, das waren Lore Darlands Augen, diese bangen und doch mutigen Augen, in denen eine unbeschreibliche Innigkeit, die Kraft einer starken, tiefen Liebe ruhten.

»Lore! Lore!«

Ihre Lippen fanden sich zum Kuß, der schmerzhaft war in seiner Innigkeit und doch beide beseligte. Es war die Erfüllung jahrelanger Sehnsucht, der Augenblick des höchsten Glücks, der höchsten Seligkeit.

»Lore! Lore!«

Ganz leise und verhalten, in tiefer Ergriffenheit nannte er sie noch einmal bei ihrem Namen und sah ihr tief in die schönen Augen.

»Richard — lieber Richard!«

Und wieder brannten die Lippen aufeinander. Dann hielt er sie aufatmend von sich ab.

»Daß ich dich nur habe, daß du bei mir bist. Ich habe die letzten Wochen kaum noch ertragen können vor Sehnsucht nach dir.«

»Und ich mußte erst bei dir sein, um selbst ganz daran glauben zu können, daß du mich liebst.«

»Nun glaubst du aber daran — ja —, nun glaubst du daran?«

Sie lehnte ihren Kopf an seine Brust, und ein Schluchzen kam aus ihrem Innern.

»Ja — o ja —, nun glaube ich es.«

»Ach, Lore, wie bist du schön! Wo hatte ich nur meine Augen damals? Viel zu hold und schön bist du für so einen armen, verwilderten Farmer.«

Strahlend sah sie an ihm empor.

»Du bist du!«

Er zog sie wieder an sich und küßte sie. Sie standen ungestört, niemand achtete auf sie. Sie konnten die erste Wiedersehensfreude, den ersten Glücksrausch erst verklingen lassen. Endlich besann sich Richard.

»Nun komm, Lore, an Bord willst du doch nicht bleiben?«

Sie lachte leise.

»Oh, ich wäre ganz froh, mal wieder festen Boden unter den Füßen zu haben.«

»War die Überfahrt unruhig?«

»Nein, nein, nur zu lange dauerte die Reise für meine Sehnsucht.«

Mit glücklichem Lachen sah er sie an.

»Lore, kleine Farmersfrau in spe, wenn es dir nur bei mir gefällt.«

»Wo du bist, da ist für mich das Paradies, das mußt du wissen und darfst dich nicht sorgen darum.«

»Nein, du hast recht, mich darum sorgen, hieße dich kränken. Du Tapferes!«

Und nun kamen wieder reale Dinge zu ihrem Recht. Die Ankunftsformalitäten mußten erledigt und das Gepäck ausgeliefert werden.

»Wir lassen die Koffer gleich zum Bahnhof bringen. Hast

du das Nötigste für die Nacht bei dir, Lore? Wenn wir das Gepäck gleich heute nach Keetmannshoop aufgeben, ist es bestimmt da, wenn wir hinkommen.«

Lore nickte und zeigte auf einen kleinen Handkoffer.

»Darin ist alles, was ich brauche, Richard.«

»Gut, Lore! Heute nacht müssen wir in Walfischbai bleiben. Morgen früh fahren wir aber gleich weiter. Das muß ich dir sagen, unsere Trauung müssen wir bis Keetmannshoop verschieben, Frau Lena Martens will uns unbedingt eine Hochzeitsfeier ausrichten und dabei sein. Ich wollte es ihr nicht abschlagen, sie hat soviel für uns getan, hat mir das ganze Haus gerichtet zu deinem Empfang, damit du es nicht gar so unbehaglich haben solltest. Ist es dir recht so, Lore?«

»Alles ist mir recht, was du bestimmst.«

Sie beorderten also gleich Lores Gepäck zum Bahnhof und gaben es auf. Dann fuhren sie ins Hotel. Als sie eben ausstiegen, ging eine Dame vorüber. Richard erblickte sie und rief sie an.

»Frau Lind!«

Diese blieb stehen und reichte ihm die Hand.

»Herr Sundheim! Wie geht es Ihnen?«

»Wundervoll, Frau Lind, ich habe eben meine Braut abgeholt, sie kam mit der ›Usambara‹. Übermorgen soll unsere Hochzeit in Keetmanshoop sein.«

Mit einem raschen, forschenden Blick sah Frau Lind zu Lore hinüber und reichte ihr impulsiv die Hand.

»Willkommen in Südwest und herzlichen Glückwunsch Ihnen und Ihrem Verlobten. Schade, daß ich Ihre Hochzeitsfeier nicht mitmachen kann. Aber ich kann jetzt nicht fort.«

»Wie steht Ihre Angelegenheit, Frau Lind?«

Diese seufzte auf.

»Ich habe wieder mal ein Versprechen, in einem halben Jahre spätestens solle meine Sache erledigt sein. Dabei lernt man Geduld. Ich bin ziemlich fertig damit. Aber wenn ich nur in acht Monaten alles erledigt habe, dann sollen meine Kinder kommen.«

»Von ganzem Herzen wünsche ich Ihnen, daß Sie endlich zur Ruhe kommen.«

»Gott mag es geben. Aber nun nichts mehr von mir. Sie müssen mir heute eine Stunde schenken, ich muß doch Ihre Braut ein wenig näher kennenlernen. Nicht einmal ihren Namen haben Sie mir genannt.«

»Ich heiße Lore Darland.«

»Lore? Das klingt lieb und einfach, es paßt für eine Farmersfrau. Ich freue mich, Sie getroffen zu haben, wir sind nämlich schon alte Freunde, Ihr Verlobter und ich.«

»Das weiß ich, Frau Lind. Ihr Name war mir gleich bekannt. Mein Verlobter hat mir viel von Ihnen geschrieben, er verdankt Ihnen viele gute Ratschläge.«

»Schön, also wissen wir gegenseitig Bescheid. Und nun sagen Sie mir, wann Sie heute eine Stunde Zeit für mich haben.«

Sie besprachen das, und dann ging Frau Lind weiter, nachdem sie sich in ihrer ruhigen, bestimmten und doch herzlichen Art verabschiedet hatte. Lore sah ihr nach.

»Eine sehr interessante Frau, Richard.«

»Ja, Lore, ihrer Art findest du nicht viele. Sie hat ein schweres Schicksal hinter sich und wahrscheinlich auch vor sich. Aber sie läßt sich nicht unterkriegen.«

Lachend sah Lore zu ihm auf.

»Vielleicht hält sie sich auch an deinen Wahlspruch: Allen Gewalten zum Trotz sich erhalten.«

Er drückte ihre Hand.

»Lore — ach Lore —, wie mir das ist, daß ich Hand in Hand mit dir gehen kann.«

Sie betraten das Hotel. Lore suchte ihr Zimmer auf, um sich zu erfrischen. Richard sah ihr nach, wie sie die Treppe emporschritt. Es war ihm ein Labsal zu sehen, wie elegant und vornehm sie wirkte. Zugleich aber wurde ihm das Herz wieder ein wenig schwer. Diese elegante, vornehme Frau auf Ovamba — würde das gutgehen?

Diese Frage legte er Lore später vor, als sie zusammen speisten. Sie lachte froh.

»Ich bin ganz darauf gefaßt, Richard, als Farmersfrau alle Eleganz einzubüßen, aber ich habe an dieser Frau Lind gesehen, daß man auch als Farmersfrau in Südwest einen recht netten Eindruck machen kann.«

»Du wirst aber leider nicht mehr in der Lage sein, so elegante Kleider zu beziehen, wie du sie trägst und zu tragen gewohnt bist. Solche Kleider sind hier, wenn überhaupt zu haben, furchtbar teuer.«

Lore mußte über sein sorgenvolles Gesicht lachen.

»O Richard, um dir diese Sorge zu nehmen, will ich dir nur gleich gestehen, daß alle meine Kleider in meinem eigenen Atelier entstehen. Auch was Hilde getragen hat, solange sie nicht verheiratet war, haben diese meinen beiden Hände angefertigt.«

Er staunte.

»Wirklich? So geschickt bist du? Das nimmt mir wirklich eine Sorge. Ich hatte keine Ahnung, daß du ein solches Talent hast.«

»Ich hoffe, daß du noch mehr Talente an mir entdeckst. Nur wegen etwas bin ich sehr bange, Richard.«

Er faßte ihre Hand und sah in ihre braunen Augen hinein.

»Um was bangst du dich, Lore?«

»Ob ich mich nicht zu ungeschickt anstelle in bezug auf die Landwirtschaft. Kochen und im Hause wirtschaften, das kann ich wohl, aber von Landwirtschaft habe ich keine Ahnung. Du wirst viel Geduld mit mir haben müssen.«

»Aber, Lore, was denkst du nur? Dafür bin ich doch da. Und kochen mußt du auch nicht, ich habe einen tüchtigen Koch. Nur im Haus mußt du auf Ordnung sehen und die Leute anstellen. Du wirst erst lernen müssen, mit ihnen

188

umzugehen, sie sind zuweilen schwierig. Aber ich stehe dir schon bei, und Frau Lena wird dir auch nützliche Winke geben. Nur keine Bange, Lore, du schaffst es schon, davon bin ich überzeugt.«

»Jedenfalls habe ich den festen Willen, alles zu lernen, was ich wissen muß. Aber nun muß ich dir etwas Ernstes berichten — hast du schon Nachricht von dem alten Diener deines Onkels?«

»Nur ein Telegramm, das mir den Tod des Onkels meldet und die Nachricht, daß meine Unschuld erwiesen sei. Ein Brief soll folgen. Ich hoffe, daß er mit der ›Usambara‹ gekommen ist und ich ihn zu Hause bald bekommen werde. Ich bin doch sehr gespannt, wie meine Unschuld an den Tag gekommen ist und was ich eigentlich verbrochen habe, daß ich so in Ungnade gefallen bin.«

Lore sah ihn mit ihren schönen Augen liebevoll an.

»Ich kann dir alles erklären, Richard, aber — damit mußt du dich vertraut machen, daß dein Onkel jenes Testament, das dich enterbte, nicht umgestoßen hat, obwohl er es sicher vorgehabt hat und nur durch seinen schnellen Tod daran gehindert wurde.«

Erstaunt sah er sie an.

»So weißt du Näheres, Lore?«

»Ja, Richard — und — ich habe selber mit deinem Onkel gesprochen, ohne daß er wußte, wie wir beide zusammen stehen.«

Und sie erzählte nun ausführlich, wie sie schon immer einen Verdacht auf Ernst Frankenstein gehabt hatte, berichtete ihm so schonend wie möglich, daß Hilde sie aus Ärger, daß sie sich mit ihm verlobt hatte, aus ihrem Haus gewiesen habe, und wie sie dann zufällig zwei Tage vor ihrer Abreise Frankenstein vor dem Polizeigebäude begegnet sei.

»Es war wie eine Eingebung, Richard, daß ich diese letzte Gelegenheit benutzte, um Frankenstein das Geständnis seiner Schuld zu entreißen. Ich mußte sogar ein wenig flunkern, um zu diesem Ziel zu kommen.«

Sie berichtete nun, wie sie Frankenstein zu einem Geständnis gebracht und ihn bestimmt hatte, nach Gorin zu gehen und seine Schuld einzugestehen. Und wie dann plötzlich Heinrich Sundheim unter dem Portal des Polizeigebäudes gestanden und was sie mit ihm gesprochen hatte.

Sie zeigte ihm auch den Zettel, den Frankenstein ihr geschickt hatte. Richard hatte mit gespannter Aufmerksamkeit zugehört und las nun den Zettel. Sein Gesicht verfinsterte sich.

»Der Schuft!« stieß er hervor.

Sie nahm seine Hand.

»Richard, meine erste Bitte an dich — vergiß, was Frankenstein dir angetan hat. Glaube mir, du wärest mit Hilde nicht glücklich geworden.«

Er drückte ihre Hand an sein Herz.

»Ach Hilde! Die ist ja längst vergessen, Lore. Aber daß er mich vor meinem Onkel als einen undankbaren Lügner hinstellte, das kränkt mich tief!«

»Ich kann es dir nachfühlen, er hat dir Böses getan. Aber, es ist nichts mehr daran zu ändern. Zu spät hat er versucht, gutzumachen.«

»Nein, Lore, es ist nichts daran zu ändern, und wie die Dinge liegen, habe ich mich damit abgefunden, daß Onkel mich enterbt hat. Und — schließlich danke ich es Frankenstein, daß ich dich gefunden habe, deshalb soll ihm verziehen sein. Wenn ich nur wenigstens noch ein gutes Wort von Onkel Heinrich hätte hören können.«

»Vielleicht hat dir der alte Friedrich noch etwas Tröstliches zu berichten. Jetzt höre erst noch, was ich während der Eisenbahnfahrt nach Hamburg von zwei Herren erfuhr, die in mein Abteil einstiegen.«

Und sie erzählte ihm auch das. Richard streichelte ihre Hände.

190

»Jedenfalls habe ich es dir zu danken, Lore, daß mein Onkel in dem Bewußtsein starb, daß ich nicht seinen Groll verdiente. Das muß mich trösten. Seinem Erbe trauere ich nicht so sehr nach, immerhin ist es für einen Mann wertvoll, wenn er erkennen kann, daß er auf eigenen Füßen zu stehen vermag. Und dieses herrliche Gefühl hätte ich vielleicht nie kennengelernt, wenn ich immer in Gorin geblieben wäre. Aber immerhin, deinetwegen wäre es mir doch sehr lieb gewesen, wenn er mir ein paar tausend Mark hinterlassen hätte, nur, damit ich dir etwas mehr Behagen hätte schaffen können.«

Mit einem schelmischen Lächeln, das er noch nie bei ihr gesehen hatte, sah sie ihn an.

»Für das Behagen sorgen wir, wenn wir alte Leute geworden sind. Jetzt gelüstet es mich nach einem ehrlichen Kampf ums Dasein an deiner Seite. Ich will doch zeigen, daß ich eine echte Farmersfrau werden kann.«

Er legte seine Wange schmeichelnd auf ihre Hand.

»Ja, Lore, du hast recht, wir beißen uns schon durch. Allen Gewalten zum Trotz sich erhalten! Mit dir muß das doch glücken, Lore. Ich fühle es, mit dir ist das Glück zu mir gekommen. Herrgott, Lore, und dabei muß ich jetzt so steif und förmlich neben dir sitzen, darf dir nicht einmal einen Kuß geben, denn, glaube es oder nicht, hier in Südwest wird auch geklatscht, und wie. Davon laß dir heute nachmittag von Frau Lind erzählen, wenn wir mit ihr zusammentreffen. Wir müssen uns ganz formell und gesittet benehmen.«

»Das soll uns doch nicht schwerfallen, Richard«, sagte sie neckend.

Entzückt sah er ein Lächeln um ihren Mund spielen.

»Lore — du bist ja ein Schelm! Das macht mir noch mehr Appetit nach einem Kuß von dir. Du irrst sehr, wenn du annimmst, daß es mir nicht schwerfällt, so korrekt neben dir zu sitzen. Am liebsten würde ich all die Menschen hier aus diesem Speisesaal hinauswerfen, um mit dir allein sein zu können.«

Sie wurde rot, lachte aber über sein kriegerisches Gesicht.

»Du bist wirklich schon ganz verwildert.«

»Schlimmer als du denkst, Lore. Ich habe mich heute nur dir zuliebe zwangsweise in einen gesitteten Kulturmenschen zurückverwandelt. Wochenlang hatte ich mir zum Beispiel das Haar nicht schneiden lassen, und meine Hände hatten fast vergessen, daß es etwas wie Maniküre gibt.«

Sie lachten beide. Und hatten sich weiter noch viel zu erzählen. Dann mußten sie aufbrechen, um mit Frau Lind zusammenzutreffen. Diese war schon zur Stelle, und es gab ein sehr angeregtes Plauderstündchen. Frau Lind gab Lore in aller Eile noch eine Menge guter Ratschläge, so daß diese sich kaum alles merken konnte. Ehe sie sich dann trennten, gab sie Lore noch ihre Adresse.

»Wenn Sie mal gar nicht aus und ein wissen, dann fragen Sie ruhig bei mir an. Ich bin es schon gewöhnt, daß halb Südwest in schwierigen Situationen sich bei mir Rat holt.«

»Sie sind sehr gütig, Frau Lind, aber ich will mir Mühe geben, mich allein zurechtzufinden und Sie nicht auch noch in Anspruch zu nehmen. Doch werde ich Ihnen nie vergessen, wie freundlich Sie zu mir waren.«

»Bravo! Lieber Herr Sundheim, Ihre Braut wird eine richtige Farmersfrau, sie hat das Zeug dazu, dafür habe ich einen Blick. Und nun Gott befohlen, Herrschaften! Alles Gute in der Ehe! Wir sehen uns schon mal wieder; Südwest ist ein Dorf, man begegnet einander immer wieder. Grüßen Sie Heinz Martens und seine junge Frau!«

Herzlich verabschiedete man sich. Lore war ganz begeistert von Frau Lind, prägte sich all ihre Ratschläge ein und notierte einiges, damit sie es nicht vergäße. Richard lächelte über ihren Eifer und streichelte gerührt ihre Hand.

XVII

Am anderen Morgen brach das Brautpaar sehr zeitig von Walfischbai auf, um mit der Bahn nach Keetmanshoop zu fahren. Dort wurden sie am Bahnhof von Heinz und Lena Martens empfangen. Lore fühlte sich gleich zu Frau Lena hingezogen, und auch Heinz Martens war ihr sehr sympathisch. Und Lena war entzückt von Lore.

Das Brautpaar übernachtete im Klub, und am anderen Morgen ging Richard gleich noch zum Amt, um Lores Papiere vorzulegen. Angemeldet hatte er seine Trauung schon lange, bevor er nach Walfischbai fuhr, und es war alles in Ordnung. Man machte hier nicht viel unnötige Umstände, zuweilen mußte hier ein Paar schnell zusammengegeben werden.

Lena Martens hatte eine nette, stimmungsvolle Hochzeitsfeier veranstaltet, an der die Farmer aus der Umgegend teilnahmen. Lore empfand lebhafte Sympathie für alle diese einfachen, tüchtigen Menschen, denen ein hartes Leben alle Unnatur und allen Formelkram ausgetrieben hatte. Zwischen Lena und Lore wurde schon jetzt der Grundstein gelegt zu einer Freundschaft, die für ein ganzes Leben ausreichen sollte. Am Spätnachmittag durfte das junge Ehepaar endlich nach Ovamba aufbrechen. Das Martenssche Auto stand bereit, und von herzlichen Glückwünschen überschüttet, fuhren Richard und Lore Hand in Hand davon. Sie wußten nun, daß sie sich angehörten für alle Zeit und daß sie nun gemeinsam alles tragen würden, Freud und Leid, Not und Tod. Als sie in Ovamba ankamen, hob Richard Lore aus dem Wagen und trug sie über die Schwelle seines Hauses.

»Deinen Eingang segne Gott, meine geliebte Frau«, sagte er innig und warm.

Sie schmiegte sich wohlig in seine starken Arme.

»Gott helfe mir, daß ich nur Glück für dich über die Schwelle deines Hauses bringe, mein geliebter Mann.«

Er führte sie durch das Haus und beobachtete sie mit brennender Unruhe. Glückselig lachend sah sie sich in allen Räumen um.

»Oh, Richard, was für einen Bären hast du mir aufgebunden, um mich graulen zu machen. Das ist doch ein schönes, behagliches Heim!«

Erleichtert atmete er auf.

»Du darfst nicht vergessen, daß Frau Lena wie eine Zauberin hier gewaltet hat. Gefällt es dir wirklich in meinem schlichten Hause?«

Sie warf sich an seine Brust, große Tränen rannen über ihre Wangen.

»Mein geliebter Mann, ich habe eine Heimat, an deinem Herzen, in deinem Haus — wenn mir nur das Herz nicht bricht vor Glück.«

Innig umschlang er sie, seine Lippen auf die ihren pressend. Feierliche Stille herrschte ringsum, seit das Auto wieder davongefahren war. Nichts regte sich. Die Diener schliefen alle drüben in ihren nahen Hütten, niemand war zu sehen und zu hören. So hatte es Richard gewollt.

Lore und Richard waren allein, ganz losgelöst von der Welt. Sie standen dicht aneinander geschmiegt, Herz an Herz, Mund auf Mund. Und die Welt versank um die beiden Glücklichen.

Als Lore am anderen Morgen mit Richard hinaus auf die Veranda trat, lag Ovamba in hellem Sonnenschein vor ihnen. Weit konnte der Blick über die Steppen schweifen. Richard rief durch einen hellen Pfiff auf einer silbernen Pfeife, mit der er schon in Gorin seine Leute zusammengerufen hatte, die Dienerschaft herbei. Sie kam von den Hütten herüber, die unweit des Hauses in einer Gruppe zusammenlagen. Er stellte ihnen die neue »Missis« vor und ermahnte sie zu Gehorsam ihr gegenüber. Lore sprach in englischer Sprache einige freundliche Worte und be-

194

schenkte die Frauen mit bunten Glasperlketten, die Männer mit bunten Taschentüchern, die Richard vorsorglich im Kaufhaus in Walfischbai gekauft hatte. Lore staunte, was für ein Jubel ausbrach über diese bescheidenen Geschenke. Die neue »Missis« hatte sich damit gleich gut eingeführt.

Das junge Ehepaar frühstückte nun erst einmal. Lore ließ sich alles gut munden, sie bediente Richard, wie sich das für eine junge Hausfrau gehört, und er strahlte vor Wonne und Behagen.

Nach dem Frühstück führte er Lore zuerst zum Fluß, wo die Kaimauer in Arbeit war. Und dann gingen sie zur Siedlung hinüber.

»Du mußt doch sehen, was alles ich angelegt habe, Lore. Es sind zum Teil sehr mühsame Versuche, aber manches ist mir doch über Erwarten gut geglückt. Sogar einige Blumen habe ich für dich angepflanzt.«

Sie sah mit dem warmen Glücksleuchten, das jetzt in ihren Augen war, zu ihm auf.

»Wie gut du bist, Richard.«

Er legte den Arm um sie und hielt sie sehr fest.

»Am liebsten möchte ich mein Glück zum Himmel hinaufjauchzen, Lore. Du bist bei mir, bist meine Frau. Meine Frau! Meine süße, liebe Frau. Wie herrlich das klingt. Bist du glücklich, Lore?«

Sie sah ihn nur an — da wußte er genug.

»Und gefällt es dir in Ovamba?«

»Wunderschön ist es hier — und so groß dein Besitz, das habe ich gar nicht gewußt. Schon diese Siedlung allein, die dir gehört, ist ein ganz anständiger Besitz, und Ovamba ist wie ein großes Gut bei uns daheim.«

Richard lachte.

»Ja, Lore, was die Ausdehnung anbelangt, da kann sich Ovamba fast mit Gorin messen, aber Ovamba ist nicht den zehnten Teil so ertragsfähig. Man kann ja nichts bauen, der

195

Boden gibt nichts her als Steppengras. Deshalb muß man sich nur auf Viehzucht legen; was ich hier in der Siedlung mühselig aufziehe, sind nur Versuche am untauglichen Objekt, sozusagen für den Hausgebrauch. Aber die Hauptsache ist, daß du nicht zu enttäuscht bist.«

»Gar nicht, Richard, es ist doch hier viel schöner, als wenn ich in einer engen Stadtwohnung vegetieren müßte.«

»Aber es ist sehr einsam hier.«

»Ich habe ja dich!« sagte sie schlicht.

Er mußte sie an sich ziehen und küssen.

In den nächsten Tagen kamen beide in ihrem jungseligen Glück kaum zum Bewußtsein der Wirklichkeit. Erst nach und nach fanden sie sich wieder zurecht, und nun fing Lore eifrig an zu schaffen. Richard mußte bremsen.

Nach einigen Tagen bekam Richard gleich zwei Briefe des alten Friedrich. Der eine war der, den Friedrich an jenem Tage geschrieben hatte, an dem Frankenstein in Gorin gewesen war. Darin hatte Friedrich wortgetreu berichtet, was sich in Gorin zugetragen hatte. Auch von Fräulein Lore Darland war in diesem Brief viel die Rede.

Richard reichte ihn seiner Frau, als er ihn gelesen hatte.

»Lies das, du Zauberin, sogar meines Onkels verknöchertes Herz hast du gewonnen.«

Während Lore diesen Brief las, öffnete Richard das zweite Schreiben. Es war am nächsten Tag geschrieben worden. Friedrich berichtete, wie er den alten Herrn am nächsten Morgen tot in seinem Bett gefunden hatte. Leider sei er nun nicht mehr dazugekommen, ein anderes Testament zu machen und somit sei nun der »Australier« der alleinige Erbe des gnädigen Herrn geworden.

»Der Australier kann lachen, Herr Richard, und mir tut es in der Seele weh, daß Sie nicht Gorin erben. So gewiß und wahrhaftig ich noch meine fünf Sinne beisammen habe, so gewiß sind Sie nach dem Letzten, allerletzten Willen des Herrn Onkels sein Erbe. Ganz ausdrücklich hat er am

Abend, als ich ihn zu Bett brachte, zu mir gesagt: ›Friedrich, ich habe einen Brief an den Notar geschrieben, daß er morgen nach Gorin kommen soll; gleich früh soll der Chauffeur damit zur Stadt fahren und den Notar holen. Denn ich will das törichte Testament, das ich damals in meinem Ärger habe abfassen lassen, umstoßen; mein Neffe Richard soll mein Erbe sein, sonst niemand.‹ Aber die Herren vom Gericht und der Herr Notar haben gesagt, das gilt nicht, sondern nur das, was schwarz auf weiß steht. Hätte der gnädige Herr nur noch einen einzigen Tag gelebt, dann wären Sie der Erbe von Gorin und von dem Vermögen des Herrn Onkels geworden. Ich war so froh und glücklich darüber, daß der gnädige Herr nun wußte, daß Sie seinen Groll gar nicht verdienten, und sah Sie im Geiste schon wieder hier. Und nun ist alles aus! Ich bin sehr unglücklich darüber, mein lieber, lieber Herr Richard. Meiner Ansicht nach ist es ein großes Unrecht, daß Sie nun leer ausgehen sollen.

Mir hat der gnädige Herr zehntausend Mark vermacht, und ich darf bis zu meinem Tod in Gorin bleiben, wo ich alles frei habe und gar nichts für mich brauche, und deshalb wollte ich noch einmal so sehr darum bitten, Herr Richard, daß Sie wenigstens die zehntausend Mark von mir annehmen; ich habe doch keine Freude daran, wo ich Sie in so schwierigen Verhältnissen weiß. Bitte, schreiben Sie mir, ob Sie das Geld haben wollen. Der Herr Notar hat nun gleich nach Australien geschrieben, weil man doch nicht mal genau weiß, wo dieser Herr Karl Sundheim jetzt lebt. Der kann sich freuen! Aber wenn er kommt, werde ich es ihm gewiß sagen, daß er im Grunde gar nicht der richtige Erbe sei. Ich kann gar nicht darüber einschlafen, Herr Richard. So ein Pech, wie Sie gehabt haben!«

Richard war tief gerührt durch das Angebot Friedrichs, ihm die zehntausend Mark zu übergeben, wenn er das auch nie angenommen hätte.

Er gab Lore nun auch diesen Brief.

197

Als sie gelesen hatte, sahen sie sich beide eine Weile stumm in die Augen. Dann sagte Richard seufzend:

»Friedrich hat recht, Lore, ich habe in dieser Beziehung Pech gehabt. Man möchte sich wirklich darüber aufregen. Schon die zehntausend Mark, die mein Onkel Friedrich vermacht hat, wären mir eine große Hilfe gewesen. Ich darf gar nicht daran denken, daß mein Onkel nur noch einen Tag länger hätte leben müssen, um mich zum Herrn von Gorin zu machen. Dann wären wir jetzt miteinander heimgefahren, Lore, und du wärst Herrin von Gorin geworden.«

»Ich weiß, Richard, du wünschtest das hauptsächlich meinetwegen. Aber ich gebe dir mein Wort, glücklicher könnte ich als Herrin von Gorin auch nicht sein als jetzt als Herrin von Ovamba.«

Er zog sie in seine Arme.

»Ja, du, Lore, du bist anders als andere Frauen, die so einer Erbschaft nachweinen würden. Und das ist ein Glück für mich. Aber wenn ich wenigstens ein paar tausend Mark geerbt hätte, daß ich es dir ein wenig leichter hätte machen können.«

Lore glaubte, daß jetzt die Stunde gekommen sei, wo sie ihrem Mann die Beichte ablegen konnte, daß das geliehene Geld von ihr stammte. Er hatte sie auf seinen Schoß gezogen, und sie umfaßte ihn mit ihren Armen.

»Würde es dich sehr glücklich machen, Richard, wenn du so viel Geld haben würdest, deine Schulden bezahlen zu können?«

Er lachte ein wenig.

»Ja, Lore, schon deinetwegen. Dann könnte ich daran denken, dir ein kleines Auto zu kaufen, damit du ab und zu einen Ausflug machen kannst. Jetzt bist du so ziemlich abgeschlossen von allem Verkehr, wenn Martens' nicht mal herkommen oder dich in ihrem Auto mitnehmen.«

»Was kostet so ein Auto?«

Er küßte sie, hob sie von seinen Knien und setzte sie sanft in einen Sessel.

»Sechstausend Mark mindestens, wenn wir einen leidlich guten Motor haben wollen.«

»Dann kaufe doch eines, Richard«, sagte sie mit einem Schelmenlächeln.

Er hob ihr Kinn und sah sie halb lachend, halb betrübt an.

»Süße, ich hab' ja leider kein Geld dazu.«

»Aber ich, Richard!«

Konsterniert sah er sie an.

»Du? Aber Lore, du kannst doch keine sechstausend Mark haben.«

»Doch, Richard, sogar zehntausend und noch etwas darüber.«

Er faßte es nicht, schüttelte besorgt den Kopf und faßte nach ihrem Puls.

»Lore — du bist doch um Gottes willen nicht krank?«

Nun mußte sie lachen, wurde aber gleich wieder ernst und faßte seine Hand mit ihren beiden Händen.

»Nun hilft es nichts, Richard, jetzt muß ich dir ein Geständnis machen. Aber du mußt mir erst versprechen, daß du mir bestimmt nicht böse bist.«

»Dir böse sein? Das kann ich gar nicht, Lore, dazu hab' ich dich zu lieb. Aber was ist es für ein fürchterliches Geständnis, das du mir zu machen hast?«

Sie sah ihn mit ihren schönen Augen an, daß er es bis ins Herz hinein fühlte.

»Richard, das Geld — die dreißigtausend Mark, die hat dir nicht Georg Heims geliehen, er hat nur den Vermittler auf meinen dringenden Wunsch gespielt. Ds Geld war von mir, ich wußte, daß du es von mir keinesfalls angenommen hättest. Deshalb bat ich Georg Heims, er möge deinen Gläubiger spielen.«

Er wurde sehr blaß und wich einige Schritte von ihr zurück. Angstvoll sah sie ihn an und hob flehend die Hände zu ihm empor. Er wandte sich ab und trat an die offene Tür, die nach der Veranda führte. Kein Wort brachte er hervor, aber sie merkte, wie es in ihm stürmte.

»Richard!« bat sie leise.

»Du — du!« stieß er hervor, überwältigt von seinen Gefühlen.

Sie schmiegte sich an ihn.

»Wenn du mir nur nicht zürnst.«

Er küßte wie in Andacht ihren gesenkten Kopf.

»Lore, ich bin ganz außer Fassung. Wie hätte ich daran denken können. Und an so einem Edelstein bin ich blind vorbeigegangen. Lore — sage mir doch nur —, wie bist du zu diesem Geld gekommen? Ich weiß doch, daß dein Vater gänzlich verarmt war.«

Sie hob den Kopf, sah noch den feuchten Schimmer in seinen Augen und erzitterte leise.

Dann berichtete sie ihm von ihrer Erbschaft.

Mit tiefer Rührung sah er in ihre Augen.

»Was habe ich für eine Frau? Was habe ich für eine herrliche, aufopfernde Frau — für eine schrecklich unvernünftige Frau, die all ihr Geld hingibt für so eine aussichtslose Sache. Lore, was tue ich dir nur an?«

Schelmisch bot sie ihm die Lippen, ohne ein Wort zu sagen. Und er küßte sie, bis sie beide atemlos waren. Endlich sagte er, noch ganz benommen:

»Wenn mir der Himmel nur hilft, daß ich das an dir gutmachen kann. Jetzt habe ich eine reiche Frau, ohne es gewollt und gewußt zu haben.«

»Ja, Richard, schrecklich reich bin ich«, scherzte sie, fuhr aber dann »ernst werdend« fort: »Immerhin bist du wenigstens deine Schulden los, und das Auto kaufst du gleich. Genau elftausenddreihundertzehn Mark habe ich noch. Was nach dem Autokauf übrigbleibt, das legen wir auf die Bank als Heckpfennig. Dazu legen wir dann alles, was du verdienst. Und« — sie lachte — »eines Tages sind wir dann unversehens ganz reiche Leute geworden.«

Er erstickte sie fast mit seinen Küssen.

»Lore, süße, herrliche Lore! Und diese Frau ist mein! Da muß man in anderen Dingen schon ein Pechvogel sein, sonst ist das zuviel des Glücks für einen einzigen Menschen. Herrgott, so eine Frau und auch noch alle Schulden los! Lore, liebe Lore — das ist zuviel, das ist angreifender, als wenn man eine Schlappe nach der anderen aushalten muß.«

XVIII

Das Auto war gekauft worden, und die erste Fahrt darin galt der Familie Martens. Frau Lena staunte nicht wenig, als das hübsche neue Auto vor ihrem Haus hielt und Lore und Richard ausstiegen. Sie rief Heinz herbei, der drüben im Viehkraal bei der Arbeit war.

Richard berichtete nun mit einem Übermut, der ihn seltsam jung erscheinen ließ, was für eine »glänzende« Partie er gemacht hatte, ohne eine Ahnung davon zu haben.

»Außer dem Auto haben wir auch noch allerlei andere Einkäufe gemacht«, berichtete er weiter, »Lore hat noch etwas Wäsche und einige Möbel erstanden, auch noch Geschirr und kleine Notwendigkeiten. Ja — wir haben nun einen ganz geordneten Haushalt und sind schrecklich vornehm geworden. Ihr müßt am Sonntag unbedingt zu uns kommen und alles in Augenschein nehmen. Die Kaimauer ist auch fast fertig, und nun kann der Regen das nächste Mal soviel Wasser bringen, wie er will, mich soll es nicht mehr kümmern.«

Lore hatte für Lena ein reizendes helles Kleid gearbeitet. Lena hatte ein Kleid Lores sehr bewundert, und nach diesem

Modell hatte Lore dies Kleid angefertigt. Unsicher, aber mit freudigen Augen sah Lena auf das Kleid.

»Nein, nein, das darf ich doch nicht annehmen — reizend ist es —, aber nein, es geht nicht, daß ich das annehme.«

»Sie wollen mir also diese Gelegenheit nicht gönnen, Ihnen ein klein wenig meinen Dank abzustatten für die viele Arbeit, die Sie meinethalben gehabt haben? Wollen Sie mich so sehr kränken, das Kleid nicht anzunehmen?«

Lenas Augen glänzten immer strahlender.

»Herrgott, es fällt mir schwer, es zurückzuweisen, es ist zu entzückend gearbeitet. Sie sind wirklich eine große Künstlerin, Frau Lore. Ich staune, daß Sie so etwas können, dazu hätte ich kein Geschick.«

»Dafür haben Sie mir den reizenden Toilettentisch gemacht; irgendwie mußte ich mich doch dafür revanchieren, und da Ihnen mein Kleid so sehr gefiel, dachte ich, Ihnen damit eine kleine Freude zu machen.«

»Also, ich soll es wirklich haben?«

»Ja doch, und ich hoffe, daß es gut passen wird; wir haben ja so ziemlich die gleichen Figuren. Sie müssen es gleich einmal anprobieren.«

Lena wurde schwach und legte das Kleid an. Sie gefiel sich so sehr darin, daß sie Lore um den Hals fiel.

»Liebe Lore, ich freue mich sehr, daß Sie da sind. Und nun müssen Sie auch gleich ein richtiges Freundschaftsbündnis mit mir schließen, da unsere Männer doch auch so gute Freunde sind.«

Lore war gern dabei. Der neue Freundschaftsbund wurde mit einem herzhaften Kuß besiegelt. Die beiden jungen Ehepaare verlebten einige frohe Stunden zusammen, und dann fuhren Sundheims wieder heim in ihrem neuen Auto, auf das sie sehr stolz waren.

Lore lebte sich schneller in die neuen Verhältnisse ein, als sie es selbst für möglich gehalten hatte. Es gab gewiß viel

Arbeit, und vieles war ihr fremd, aber mit gutem Willen findet sich ein intelligenter Mensch in alles. An Sorgen und Kämpfen fehlte es nicht, doch Lore und Richard standen Seite an Seite, und einer schöpfte Kraft aus dem Wesen des anderen. Ihre tiefe, starke Liebe war ein unerschöpflicher Brunnen, aus dem ihnen immer neue Kräfte wuchsen. Trotz aller Sorgen und Mühen wußten sie beide, daß sie die glücklichste Zeit ihres Lebens genießen durften.

Sonntags trafen sie immer mit Martens' zusammen, abwechselnd in den beiden Häuslichkeiten. Und ab und zu traf man sich auch in Keetmanshoop im Klub, wo man vergnügt mit den anderen zusammen war und wo auch zuweilen getanzt wurde.

So war ein halbes Jahr nach Lores Ankunft in Südwest vergangen, und jeder Tag dieser Zeit war mit Glück angefüllt gewesen. Die Lammzucht florierte immer mehr, und Richard hatte auf seiner Siedlung immer wieder einen Erfolg, der seine Mühe lohnte. Nach wie vor lieferte er seine Erzeugnisse nach den Diamantfeldern, während die Felle der jungen Lämmer nach Europa wanderten und dort die Modedamen mit »Persianerpelzen« schmückten. Einige besonders schöne Felle hatte Richard zu einem Mantel für Lore verarbeiten lassen, und er war stolz und glücklich, daß seine schöne Frau sich in einen so kostbaren Mantel kleiden konnte.

Das Weihnachtsfest hatten sie mit Martens' und Lenas Eltern zusammen in Ovamba gefeiert, es war ein sehr stimmungsvolles Fest gewesen, und mitten in dieser Feier wurden sie alle plötzlich sehr weich gestimmt. Weihnachten in der Fremde ist immer ein wunder Punkt. Alles saß mit feuchten Augen da, und die Lippen, die Weihnachtslieder anstimmten, zitterten ein wenig. Aber das Farmerleben macht hart. Man überwand die weiche Stimmung bald und wurde wieder vergnügt. Aber all diese Menschen hatten doch tief im Herzen den einen großen Wunsch:

eines Tages wieder heimkehren zu können. Ob ausgesprochen oder verschwiegen, diese Sehnsucht lebte in allen Herzen.

Noch ein Gast war Weihnachten in Ovamba — Frau Elly Lind. Die Weihnachtstage wollte sie unter Freunden sein, und so hatte sie sich von ihrem englischen Herrn drei Tage Urlaub geben lassen und sich bei Sundheims und Martens' angemeldet. Mit Freuden wurde sie aufgenommen. Und als alle so weichmütig und ergriffen waren, ging sie hinaus auf die Veranda und weinte ihre Sehnsucht nach ihren Kindern gründlich aus. Erst als sie sich gefaßt hatte, kam sie mit geröteten Augen wieder herein. Lena und Lore umfaßten sie zugleich.

»Bald werden Ihre Kinder hier sein, Frau Lind, und wenn Sie noch immer kein Heim für sie haben, dann bringen Sie sie zu uns, wir nehmen sie gern auf, und Sie können sie doch zuweilen sehen, bis Sie zusammen sein dürfen«, sagte Lore, die das vorher schon mit ihrem Gatten besprochen hatte.

Da stürzten Frau Lind wieder die Tränen aus den Augen, aber sie faßte sich rasch.

»Das soll uns Südwestern mal jemand nachmachen, diese großzügige Gastfreundschaft. Das findet man so leicht nicht wieder. Ich danke euch, ihr lieben Menschen, und vielleicht werde ich schwach und nehme euer Anerbieten an, wenn meine Sache nicht bald entschieden wird. Das schlimmste ist, daß alle guten Farmen eine nach der anderen vergeben werden, mir bleibt nicht viel Auswahl mehr. Jetzt ist mir wenigstens ein fester Termin gestellt worden, am ersten April soll ich bestimmt meine Entschädigung ausbezahlt bekommen. Ostern ist meine Jüngste mit der Schule fertig, so würde es höchste Zeit, daß ich eine Heimat für meine Kinder bekomme. Also, falls es sein müßte, nehme ich Sie beim Wort, Frau Lore, und halse Ihnen meine Kinder für einige Zeit auf. Sie können sich dann nützlich machen, müs-

204

sen beizeiten lernen zuzugreifen. Das schadet ihnen auch nichts.«

Nun war Weihnachten schon einige Monate vorüber. Richard und Lore saßen eines Morgens zusammen über ihren Wirtschaftsbüchern, um alles einzutragen, was eingenommen und was ausgegeben worden war. Da kam der Ochsenkarren von Keetmanshoop zurück, der allerlei für die Diamantfelder bestimmte Ware nach der Bahnstation gefahren hatte. Der Führer dieses Wagens brachte immer die Post mit, die freilich zumeist nur aus Zeitungen bestand. Selten war einmal ein Brief aus Deutschland dabei, vom alten Friedrich, der unlängst geschrieben hatte, der »Australier« sei immer noch nicht in Gorin, er habe sich auch noch nicht gemeldet, und der Notar sehe immer mal nach dem Rechten, obwohl der Verwalter seine Sache am Schnürchen halte.

Sonst gab es keine Post.

Um so erstaunter war Richard, als er heute ein amtlich aussehendes Schreiben erhielt.

Von allen Seiten betrachtete er es, ehe er es öffnete.

»Von daheim, Lore, von der Behörde unserer lieben Heimatstadt. Was will denn die von mir?«

Interessiert sah Lore zu ihm hinüber.

»Du wirst den Brief öffnen müssen, um es zu erfahren, Richard«, neckte sie.

Lachend sah er sie an.

»Kluge Lore! Also sehen wir zu.«

Er öffnete das Schreiben und entfaltete einen feierlichgewichtig aussehenden großen Bogen. Seine Augen flogen darüber hin, und er wurde blaß, und die Muskeln seines Gesichts zuckten, so daß Lore, die ihren Mann ganz genau kannte, besorgt zu ihm hinübersah. Aber sie fragte vorläufig nicht.

Plötzlich sprang Richard auf und stieß einen halbunterdrückten Ruf aus. Mit großen Augen starrte er Lore an.

»Was hast du, Richard? Dieser Brief bringt dir doch nichts Unangenehmes?«

Er holte tief Atem.

»Lore! Lore — nun sollst du doch noch Herrin von Gorin werden!« stieß er heiser hervor.

Sie sah ihn betroffen an.

»Du machst dir wohl einen Scherz mit mir?«

Er schüttelte energisch den Kopf.

»Nein, nein, Lore. Denk dir, jener Karl Sundheim, den Onkel Heinrich zum Universalerben eingesetzt hatte, ist nicht mehr am Leben. Man hat ihn lange in Australien gesucht, und als man endlich seine Spur fand, stellte sich heraus, daß er schon gestorben war, ehe Onkel Heinrich starb. Zwei Monate früher als Onkel Heinrich ist er verschieden, ohne irgendeinen Erben zu hinterlassen. Niemand von unserer Verwandtschaft existiert nun, außer mir — und nun bin ich Onkel Heinrichs Erbe geworden. Sein Letzter, allerletzter Wille ist also doch noch in Erfüllung gegangen. Ich werde hier aufgefordert, mein Erbe anzutreten.«

Lore war zunächst, genau wie ihr Mann, mehr betroffen als erfreut. Das kam zu unerwartet. Sie standen eine ganze Weile und sahen sich mit großen Augen an. Aber dann brach sich doch die Freude Bahn, Richard nahm Lore in seine Arme.

»Lore, nun wird es also nicht so lange dauern, bis wir graues Haar haben, ehe wir Heimatboden bewirtschaften können. Lore!«

Sie sah bewegt in sein Gesicht. Wohl hatten sie beide klaglos und unverdrossen das harte Farmerleben ertragen, aber — nun lockte die Heimat, lockte ein heiteres, sorgenfreies Leben.

Er küßte Lore und preßte sie an sich.

»Lore, nun kann ich dir ein anderes, leichteres Leben schaffen. Das freut mich am meisten. Glaube nicht, daß ich diese Zeit in Südwest missen möchte, nicht um alle Schätze der Welt möchte ich sie aus meinem Leben streichen. In allen Mühen und Kämpfen dieser Zeit habe ich doch ein gesteigertes Kraftgefühl gehabt. Und ich habe vieles gelernt. Du und ich aber, wir sind uns in allen Mühen und Kämpfen so viel geworden, daß wir nun genau wissen, daß wir aufeinander bauen können. Aber, Lore, nun kann ich dir alle Opfer vergelten, das ist das schönste dran. Du sollst es nun besser haben, meine liebe, süße Frau.«

Mit feuchten Augen sah sie zu ihm auf.

»Ich freue mich für dich, Richard, aber glaub mir, auch ich möchte diese Zeit in Südwest nicht aus meinem Leben streichen. Es war doch schön und herrlich, Seite an Seite mit dir kämpfen und schaffen zu dürfen.«

Lange saßen sie beisammen und sprachen über das Glück, das ihnen nun wie vom Himmel gefallen erschien, nachdem sie es längst verloren wähnten.

»Lore, der alte Friedrich wird sich am meisten freuen!« sagte Richard.

Sie nickte.

»Der soll es gut haben bei uns, Richard.«

Aber dann wurde Lore plötzlich ernst. Sie dachte an Hilde, dachte daran, daß Richard sie wiedersehen würde. Ein Zusammentreffen war kaum zu vermeiden. Ihr Blick flog zu ihrem Gatten hinüber. Er kannte sie genau, wußte, daß ihr etwas Unerfreuliches durch den Kopf ging.

»Was ist dir, Lore?«

Leise sagte sie:

»Du wirst Hilde wiedersehen, Richard.«

Er lachte laut und herzlich auf und zog sie an sich.

»Lore, süße, dumme Lore, denkst du vielleicht, Hilde könnte mir je wieder gefährlich werden? Hilde, die ich so genau kennengelernt habe? Und nun ich dich, meine süße

Frau, mein eigen nenne? Ach, du dumme Lore, solche Gedanken darfst du nicht in dir aufkommen lassen.«

Lore lachte schon wieder. Aber sie sagte aufatmend:

»Ich will dir nur gestehen, daß ich bei dem Gedanken an Hilde fast wünschte, du hättest Gorin nicht geerbt. So dumm war deine Lore.«

Er schüttelte sie lachend ein wenig bei den Schultern.

»Oh, du dumme, süße Lore — welche Frau könnte es mit dir aufnehmen?«

Sie umarmten und küßten sich und vergaßen eine ganze Weile die große Erbschaft.

Als sie dann wieder vernünftigen Erwägungen zugängig waren, fragte Lore plötzlich:

»Aber was wird nun aus Ovamba, Richard?«

Er strich sich über die Stirn.

»Das müssen wir aufgeben — das Vieh und die Siedlung müssen wir verkaufen. Wahrhaftig, Lore, das fällt mir schwer.«

»Mir auch, Richard; der Gedanke, daß hier fremde, gleichgültige Menschen hausen werden, wo wir so glücklich waren, tut mir weh. Aber — ach, Richard — jetzt habe ich einen herrlichen Gedanken.«

»Was denn für einen, Lore?«

»Frau Lind! Denkst du nicht an Frau Lind? Sie klagte Weihnachten, daß alle guten Farmen schon in festen Händen wären. Richard — wir könnten dieser Frau helfen! Wenn wir ihr unsere Siedlung und das Vieh verkauften und du sie in dein Pachtverhältnis eintreten ließest, gleich, wenn wir hier fortgehen? Wir brauchen doch das Geld nicht so nötig. Sie könnte uns bezahlen, wie sie es verdient. Sie ist doch so sehr tüchtig — und — sie hätte ein Heim für sich und ihre Kinder. Am ersten April soll sie ja ihre Entschädigung bekommen, dann könnte sie den größten Teil bezahlen. Und wenn auch nicht — ihr würde ich gern Zeit lassen, abzuzahlen. Was meinst du dazu?«

Er küßte sie innig.

»Daß du eine wundervolle Frau bist und das Herz und den Kopf am rechten Fleck hast. Großartig ist dieser Gedanke. Gleich heute mußt du ihr das schreiben, Lore — du sollst die Freude haben, Freude schaffen zu können. Dann kommt Ovamba in die richtigen Hände und alles, was ich hier geschaffen habe, kommt dieser prächtigen Frau zugute. Auch die Kaimauer wird ihr von Nutzen sein. Famos, Lore, jetzt fahren wir zu Martens' hinüber — da wird es freilich bei Frau Lena Großwasser geben, daß sie dich verliert. Aber sie werden sich doch ehrlich mit uns freuen. Und Frau Lind wird ihr auch eine angenehme Kameradin sein.«

Frau Lena weinte wirklich, als sie hörte, daß Lore nun wieder mit ihrem Mann nach Deutschland gehen würde.

»Oh, Lore, nun hatte ich eine so gute Freundin an dir gefunden, und Heinz war so glücklich, Richard hier zu haben, und nun geht ihr beide wieder fort.«

Lore umfaßte sie tröstend.

»Weine nicht, Lena, Frau Lind wird dir ebenfalls eine gute Freundin werden. Wir haben beschlossen, ihr Ovamba zu übergeben.«

Und Lore berichtete von ihrem Plan, Frau Lind zur Herrin von Ovamba zu machen.

»Das ist eine famose Idee, niemand gönne ich das herzlicher als ihr«, sagte Heinz Martens, der gleichfalls mit seiner Bewegung hatte ringen müssen. Sie hatten einander noch viel zu sagen, diese treuen Freunde, und heute war der Abschied schon ein Vorgeschmack von dem noch viel schmerzlicheren, wenn Sundheims nach Deutschland zurückkehrten.

Es gab nun viel zu tun und zu beraten. Der Brief an Frau Lind war von Lore geschrieben worden, und nach einigen Tagen traf diese ohne vorherige Anmeldung in Ovamba ein.

Sie kam einfach auf dem Ochsenwagen von Keetmanshoop angefahren. Richard zankte sie aus.

»Sie hätten uns eine Botschaft schicken können, dann hätte ich Sie im Auto abgeholt, Frau Lind.«

Diese schüttelte halb lachend, halb weinend den Kopf.

»Ich hatte keine Ruhe mehr, nachdem ich Frau Lores wunderschönen Brief gelesen hatte. Ohne langes Besinnen machte ich mich auf den Weg, und da bin ich, um von euch lieben Menschen zu hören, ob das wirklich alles wahr ist, ob ihr mir wirklich alles, was ihr hierlassen müßt, anvertrauen wollt, auch wenn ich es euch nicht gleich bezahlen kann?«

»Ja doch, Frau Lind, meine Frau hat gleich an Sie gedacht. Wir fahren heute in drei Wochen hier ab; wenn Sie wollen, können Sie schon einige Tage vorher nach Ovamba kommen, damit ich Ihnen alles richtig übergeben kann. Das Auto lassen wir Ihnen auch hier, damit Sie mit Ihren Kindern nicht ganz von allem Verkehr abgeschnitten sind. Und mit der Bezahlung machen Sie sich keine Kopfschmerzen, Sie sind uns sicher und Garantie genug.«

Frau Lind umarmte Lore.

»Sie haben sich einen Gotteslohn verdient, Frau Lore, daß Sie an mich gedacht haben. Wie schön werde ich es in Ovamba haben! Alles, was ihr tüchtigen Menschen hier geschaffen habt, soll mir nun zugute kommen.«

»Es ist uns ein lieber Gedanke, Frau Lind, daß alles das in gute Hände kommt. Ich hoffe, Sie werden es hier ein wenig leichter finden, als wenn Sie anderswo vor Anker gegangen wären«, sagte Richard herzlich.

Sie drückte ihm die Hand.

»Ich finde keine Worte, die euch genug danken könnten.«

»Und wir sind glücklich, Ihnen unseren Dank abstatten zu können, daß Sie uns so freigebig mit guten Ratschlägen versorgt haben.«

Richard hatte für die Heimreise wieder auf der »Usambara«

Plätze belegen lassen. Er hatte verschiedene Telegramme mit den Behörden seiner Heimatstadt gewechselt, um ganz sicher zu gehen. Auch seine Ankunft hatte er gemeldet.

Als dann Frau Lind für immer nach Ovamba kam, übergab ihr Richard alles. Sie fand den ganzen Betrieb in musterhafter Ordnung. Daß das Pachtverhältnis von Ovamba auf sie überging, war amtlich geregelt worden. Auch war die Siedlung auf sie überschrieben worden. Ihren Kindern hatte sie bereits geschrieben und ihnen Verhaltungsmaßregeln für die Reise geschickt.

Einige Tage verlebten Richard und Lore noch mit der überglücklichen Frau Lind. Dann machten sie ihren letzten Besuch bei Martens'. Da gab es nochmals »Großwasser« nicht nur bei Frau Lena, auch Lore weinte.

»Und wenn ihr zu einem Erholungsurlaub nach Deutschland kommt, seid ihr selbstverständlich unsere Gäste in Gorin«, sagte Lore.

Und Richard fügte hinzu:

»Und wenn ihr genug Geld gemacht habt, dann kommt auch ihr für immer in die Heimat zurück.«

»Aber nur, wenn wir uns eine eigene Scholle kaufen können, Richard, sonst wird es uns Südwestern zu eng im Vaterland. Und bis dahin wird noch viel Wasser den Berg herunterfließen.«

Noch einmal umarmten sich die beiden jungen Frauen, noch einmal schüttelten sich die beiden Männer die Hände, dann fuhren Lore und Richard davon.

Auch von Frau Lind wurde den beiden der Abschied schwer — und von Ovamba. Aber das mußte überstanden werden, und — sie gingen ja beide miteinander.

Von Ovamba bis Keetmanshoop fuhr Frau Lind im Auto mit, das sie dann allein nach Ovamba zurücksteuerte. Wie sie alles konnte, was eine Farmersfrau können muß, so verstand sie auch ein Auto zu steuern.

Sundheims fuhren nun nach Walfischbai und begaben sich dort an Bord der »Usambara«. Der Kapitän freute sich, als er von den glücklich veränderten Verhältnissen des jungen Paares hörte.

Die Reise verlief den beiden wie ein einziger Feiertag, hatten sie doch zum erstenmal so rechte Zeit, sich auf sich selbst zu besinnen und sich ohne Störung von früh bis spät anzugehören. Und sie fühlten beide beglückt, daß sie immer mehr miteinander zusammenwuchsen.

XIX

Wieder daheim! Lore und Richard wohnten einstweilen in einem Hotel der Stadt, bis alle Formalitäten erledigt und Richard die Erbschaft ausgefolgt war. Das junge Paar hielt sich außerordentlich zurück und kam mit niemandem zusammen, außer mit Georg und Grete Heims. Dennoch war viel von ihnen die Rede in der Stadt. Auch Frankenstein hatte davon gehört, daß Gorin doch noch an Richard gefallen sei, und hatte sich ehrlich darüber gefreut. Anders Hilde. Sie bekam beinahe einen Tobsuchtsanfall, als sie erfuhr, welche Wendung die Dinge genommen hatten. Ihre Mutter mußte große Mühe aufwenden, sie zu beruhigen, damit ihr Schwiegersohn nicht merkte, daß Hilde im Grunde nur Sundheims wegen so außer sich war.

»Was meinst du, Hilde«, sagte Frankenstein eines Tages zu seiner Frau, »sollten wir Richard und Lore nicht einen Besuch machen? Schließlich sind sie doch unsere Verwandten.«

Ernst Frankenstein war nie sehr feinfühlig gewesen und war es auch jetzt nicht, sonst hätte er sich sagen müssen, daß er am allerletzten eine Berechtigung hatte, sich Richard Sundheim gegenüber verwandtschaftlich zu fühlen. Aber dafür besaß er einen großen Posten Selbstsicherheit und Selbstgefälligkeit. Und eifersüchtig war er absolut nicht auf Richard Sundheim — jetzt nicht mehr. Er gehörte zu den glücklichen Naturen, die von ihrem eigenen Wert so fest überzeugt sind, daß sie nicht für möglich halten, daß man ihnen jemand anders vorziehen kann.

Hilde hatte erst hastig verneinen wollen, aber dann glomm plötzlich ein gefährliches Licht in ihren Augen auf. Der Wunsch, zum mindesten in Lores Glück hineinzustören auf irgendeine Art, wurde plötzlich in ihr lebendig.

Sie hatte keine Ahnung, daß Lore vor ihrer Abreise mit ihrem Mann zusammengetroffen war und ihn zu einem Geständnis seiner Schuld gebracht hatte, ebensowenig ahnte sie, daß Frankenstein in Gorin gewesen war und eine Beichte abgelegt hatte.

»Du hast recht, Ernst, wir müssen ihnen einen Besuch machen und sie beglückwünschen, aber wir wollen das verschieben, bis sie in Gorin wohnen.«

»Ganz wie du willst, Hilde. Vielleicht macht sich das wirklich besser, wenn wir warten, bis sie draußen sind. Lore wird es dir ja nicht nachtragen, daß du sie gewissermaßen mal aus dem Haus gewiesen hast. Sie wird das, wie ich sie kenne, längst vergessen haben.«

Und so verschoben sie ihren Besuch.

Richard und Lore hatten nun ihren Einzug in Gorin gehalten, und der alte Friedrich begrüßte seinen geliebten Herrn Richard mit nassen Augen und konnte sich gar nicht genug tun, seiner Freude Ausdruck zu geben.

»Es konnte ja gar nicht anders sein, Herr Richard, wenn es einen gerechten Gott im Himmel gibt. Mein seliger gnädiger Herr hätte ganz bestimmt keine Ruhe in seinem Grabe gefunden, wenn ein anderer als Sie Herr auf Gorin geworden wäre«, sagte er.

Die junge Frau seines Herrn Richard blickte er mit ganz verklärten Augen an. Richard hatte ihm in einem seiner

213

Briefe geschrieben, was alles er dieser Lore Darland zu danken habe, von der Onkel Heinrich gesprochen habe, und daß sie seine Frau geworden sei. Da hatte Lore nun schon lange einen Ehrenplatz im Herzen des alten Friedrich. Richard wollte unbedingt, Friedrich solle sich ganz zur Ruhe setzen, aber dieser bat so dringend, Richard möge sich seine Dienste gefallen lassen, solange er noch arbeiten könne, daß dieser nachgab, und so wurde Friedrich denn Richards persönlicher Diener.

Es währte eine gewisse Zeit, bevor das junge Paar sich wieder an das veränderte Leben gewöhnt hatte. Anfangs kam es ihnen fast verwunderlich vor, keine dunklen Gesichter mehr um sich zu haben. Bald aber wurden sie in den neuen Verhältnissen heimisch.

Als Richard in der ersten Zeit Lores Staunen über die kostbare Einrichtung des Goriner Herrenhauses bemerkte, sagte er einmal lachend:

»Nicht wahr, jetzt merkst du erst, wie primitiv wir in Ovamba gehaust haben.«

»Schilt mir nicht Ovamba, Richard, so wie es war, war es schön und herrlich.«

»Dann gefällt es dir am Ende in Gorin gar nicht?« neckte er.

Sie mußte lachen.

»Doch, es gefällt mir sehr, und ich werde auch lernen, als Herrin von Gorin würdig zu repräsentieren — aber — ich fürchte, die Farmersfrau von Ovamba hat mir besser gelegen als die Herrin von Gorin.«

»An welchem Platz du auch stehst, immer wirst du ihn voll und ganz ausfüllen. Das ist ja das Bewunderswerte an dir, daß du dich so schnell in jede neue Lebenslage zu fügen weißt. Ich bin sehr, sehr stolz auf dich, meine Lore.«

Und wirklich fand sich Lore schnell in die veränderten Verhältnisse, und Ovamba mit allem, was ihr lieb und leid gewesen war, verblaßte allmählich zu einer lieben Erinnerung. Sie fühlte, daß sie als Herrin von Gorin eine noch viel verantwortlichere Stellung einnahm und daß sie hier ebenfalls viele ernste Pflichten zu erfüllen hatte. Vieler Menschen Wohl und Wehe war von ihr und Richard abhängig, und sie mußten das stets im Auge behalten. Aber je mehr Pflichten und Arbeit für sie erwuchsen, desto froher und freier fühlte sie sich. Und sie spürte mit strahlender Befriedigung, daß ihr Gatte hier erst an der richtigen Stelle stand und sein Schaffen und Wirken segensreicher war für viele Menschen als auf Ovamba.

So waren fast drei Wochen vergangen, als eines Tages ein Auto vorfuhr und der Diener eine Karte hereinbrachte. Lore faßte danach und bekam einiges Herzklopfen. Mit unsicherer Hand reichte sie ihrem Mann die Karte, die den Besuch von Herrn und Frau Frankenstein ankündigte.

Richard sah seine Frau mit finsteren Augen an.

»Ich habe gar kein Verlangen, sie zu empfangen«, sagte er leise, während der Diener wartend an der Tür stehenblieb. »Es könnte sein, daß dieser Herr Frankenstein einige zünftige Grobheiten von mir zu hören bekäme. Und Frau Hilde wiederzusehen, verlangt mich durchaus nicht.«

Zaghaft sah Lore ihn an.

»Fürchtest du sie?« fragte sie ebenfalls leise, um von dem Diener nicht gehört zu werden.

Er schüttelte lächelnd den Kopf.

»Nein, ich fürchte sie nicht, habe aber auch absolut kein Verlangen, sie wiederzusehen.«

»So laß sie uns empfangen, Richard — es wird nicht nur in Südwest geklatscht, und man wird sich die Mäuler zerreißen, wenn wir Frankensteins schneiden würden.«

»Nun gut!« Und zu dem Diener gewendet, fuhr Richard laut fort: »Führen Sie die Herrschaften ins Empfangszimmer.«

Und Frankensteins wurden in dasselbe Zimmer geführt, in dem damals Heinrich Sundheim Ernst Frankensteins

Beichte entgegengenommen hatte. Er sah sich ein bißchen unbehaglich darin um, und plötzlich überfiel ihn die Angst, Richard könnte ihm in Gegenwart seiner Frau Vorwürfe machen über das, was er ihm angetan hatte. Aber er dachte dann an Lore. Nein, Lore würde schon dazu helfen, daß Hilde nichts davon erfuhr. Wohl war ihm trotzdem nicht zu Sinn während der wenigen Minuten, die er mit seiner Frau auf Sundheims wartete, aber er nahm sich vor, den Stier einfach bei den Hörnern zu fassen und Richard gar nicht dazu kommen zu lassen, Hilde etwas zu verraten.

Richard und Lore traten ein. Hilde machte große Augen. Lore hatte sich sehr zu ihrem Vorteil verändert, das Glück hatte sie verschönt. Sie wirkte sehr vornehm in einem Kleid von mattgrauem Samt, das bis zum Hals hinauf geschlossen war und lange, enge Ärmel hatte. Unbeschreiblich lieblich und bezaubernd wirkte Lore in dieser schlichten und doch eleganten und kostbaren Toilette. Heute konnte sie den Vergleich mit Hilde sehr wohl aushalten, heute wurde sie nicht mehr von ihr in den Schatten gestellt. Soviel sich Lore zu ihrem Vorteil, soviel hatte sich Hilde zu ihrem Nachteil verändert. Ihre Launen, ihre Reizbarkeit, das unbefriedigte Leben, das sie trotz allem Glanz führte, waren ihrer Schönheit sehr abträglich gewesen.

Selbstverständlich hatte Hilde für diesen Besuch raffinierte Toilette gemacht, die alle ihre Reize in das beste Licht rücken sollten. Sie wollte Richard um jeden Preis wieder erobern und ihn Lore abspenstig machen. Das war ihr brennender Wunsch.

Aber beim ersten koketten Blick in seine Augen, die kalt und, was schlimmer war, spöttisch auf ihr ruhten, fühlte sie, daß ihr Spiel verloren war, noch ehe sie es richtig begonnen hatte.

In heuchlerischer Herzlichkeit lief sie nun Lore entgegen, um sie zu umarmen.

»Liebe, liebe Lore, wie glücklich bin ich, daß du wieder hier bist. Du hast mir sehr gefehlt, und es hat mir aufrichtig leid getan, daß wir in einer kleinen Verstimmung voneinander schieden. Das mußt du vergessen, wie ich es auch schon vergessen habe. Wir müssen viel zusammen sein, Lore, ihr müßt uns beide sehr oft besuchen.«

Lore ließ sich diese falsche Herzlichkeit gefallen, aber sie konnte sie nicht mit echter Wärme erwidern und wußte, daß zwischen Hilde und ihr immer nur äußerliche Beziehungen bestehen würden.

Frankenstein hatte inzwischen Richard seine Hand mit einem bittenden Blick hingereicht.

»Gestatten Sie mir, daß ich Ihnen von Herzen Glück wünsche, Herr Schwager, daß Sie nun doch noch Herr von Gorin geworden sind. Weiß Gott, keinen Menschen kann das so freuen wie mich.«

Und in diesen Worten klang so viel echte Freude und eine so deutliche Bitte um Verzeihung, daß Richard lachend allen Groll aufgab. Er faßte seine Hand und sprach einige Worte mit ihm, die nicht an Vergangenes rührten. Darüber war Ernst Frankenstein sehr froh. Nun mußten sich auch Hilde und Richard begrüßen, während Lore Frankenstein die Hand reichte. Hilde versuchte noch einmal, Richard in den Bann ihrer Blicke zu ziehen, traf aber auf einen so kalten, ironischen Ausdruck in seinen Augen, daß sie fröstelte. Sie reichte ihm die Hand, und er beugte sich formell gerade so weit darüber, daß seine Lippen sie nicht berühren konnten.

»Ich heiße Sie herzlich willkommen in der Heimat, Herr Schwager«, sagte Hilde, alle Kraft zusammennehmend, mit einem Lächeln, das ihn bezaubern sollte, das aber wirkungslos an ihm abglitt.

»Sehr liebenswürdig, Frau Schwägerin, ich freue mich, Sie gesund und munter vor mir zu sehen«, erwiderte Richard mit so großer Gelassenheit und Überlegenheit, daß Hilde alle Hoffnung aufgab, ihn je wieder an ihren Triumphwagen zu fesseln.

Frankenstein hatte zu Lore gesagt:

»Bist mir doch nicht mehr böse, Lore?«

Sie schüttelte lächelnd den Kopf.

»Wie geht es eurem kleinen Sohn, Ernst?«

Sein Gesicht strahlte in unbändigem Vaterstolz.

»Ach, Lore, du wirst ihn ja sehen, ein Prachtjunge! Er läuft wie ein Wiesel und ist immer fidel, ein bißchen zu fidel nach Hildes Geschmack. Sie kriegt alle Zustände, wenn er zu wild wird. Aber mir gefällt das. Wilde Kinder sind gesunde Kinder, und er ist eben auch darin mein Ebenbild; zu den Ruhigen habe ich mein Lebtag nicht gehört. Komm nur bald, ihn anzusehen.«

»Das will ich tun, Ernst.«

Und dabei hatte Lore keinen Blick von Hilde und Richard gelassen, und sie erschrak fast vor dem kalten, ironischen Blick, den Richard für Hilde hatte. Scharfe, nüchterne Kritik lag in seinem Blick, während er nun mit Hilde ganz konventionell von Südwest plauderte. Das Gespräch wurde dann allgemein. Lore fragte Hilde nach dem Befinden ihrer Mutter, und Hilde sagte ein wenig spöttisch.

»Mama hat für nichts mehr Sinn und Interesse als für die Kinderstube. Sie vergöttert ihren Enkel geradezu.«

Und in diesen Worten lag eine solche Herzenskälte ihrem Kind gegenüber, daß Richard im stillen dem lieben Gott und Frankenstein dankte, daß aus seiner Heirat mit ihr nichts geworden war.

Frankenstein lachte in seiner gutmütig lärmenden Art.

»Ja, unsere Großmama ist beinahe mehr in den Jungen verliebt als ich, und das will viel sagen.«

»Ja, ihr beiden verwöhnt den Jungen in Grund und Boden«, sagte Hilde mit einem Ton, als wollte sie sagen: Ich verstehe nicht, wie man dies Kind so verwöhnen kann.

»Ich glaube, es ist ein sehr drolliges Kind geworden, euer

kleiner Sohn, und ich werde ihn nächstens einmal besuchen. Ich muß doch auch Mama guten Tag sagen«, bemerkte Lore.

So unterhielt man sich ein Viertelstündchen, während Hilde immer wieder in Richards kalte, harte Augen blickte, die ihr so gar nichts zu sagen hatten, die aber dafür mit um so innigerer Liebe immer wieder zu Lore hinüberflogen. In Hildes Herzen sah es schlimm aus. Sie fühlte, wie der Haß gegen Lore immer stärker wurde, und wußte doch auch, daß sie machtlos war, diesen Haß zu betätigen. Lores Glück war anscheinend so unantastbar, daß es ihr nicht gelingen würde, es zu trüben.

Mit dem Gefühl, eine letzte Schlacht völlig verloren zu haben, trat Hilde mit ihrem Gatten endlich den Heimweg an. Stumm saß sie in den Wagen geschmiegt und biß die Lippen zusammen, um nicht in Tränen auszubrechen. Sie mußte hören, wie ihr Gatte von Lore schwärmte, sie sei eine charmante, schöne Frau geworden und habe sich kolossal zu ihrem Vorteil verändert. Und Richard sei ein feiner Kerl, und die beiden schienen über die Maßen glücklich zu sein.

»Genauso glücklich wie wir beide, meine süße Hilde«, sagte er, den Arm um Hildes Gestalt legend.

Hilde ließ es geschehen, aber sie erwiderte kein Wort, weil sie fühlte, daß es mit ihrer Fassung aus sein würde, wenn sie nur den Mund öffnete. Und sie bildete sich ein, die unglücklichste Frau von der Welt zu sein — und ganz ohne ihr Verschulden. Naturen wie Hilde werden nie glücklich und zufrieden sein.

Als Richard und Lore wieder allein waren, umfaßte Richard seine Frau mit beiden Armen und sah ihr tief in die schönen, ernsten Augen.

»Lore — ach Lore —, ich muß wohl blind und taub gewesen sein, als ich mich in deine Stiefschwester verliebte. Heute konnte ich sie wirklich nicht schön finden, und ihr grelles Organ verursachte mir direkt Unbehagen. Herrgott, Lore, wieviel lieber und holder bist du! Hildes wegen mache dir ja keine Kopfschmerzen, nie mehr kann sie mir gefährlich werden. Dich kann mir keine ersetzen, und keine kann dir das Wasser reichen. Und wie vornehm du im Vergleich mit Hilde wirktest. Sie hat entschieden etwas Gewöhnliches, was ich entweder früher nicht gemerkt habe oder was sie erst bekommen hat, seit sie Frau Frankenstein geworden ist. Ach, Lore — daß ich dich nur habe!«

Und er küßte sie heiß und innig, und Lore hatte für immer alles Bangen verloren. Ihr Glück war ihr sicher, das fühlte sie mit beseligender Gewißheit, und ein heißer Dank gegen das Schicksal stieg in ihr auf.

»Gottlob, mein geliebter Mann, es hätte mich auch todunglücklich gemacht, wenn Hilde dir noch etwas gewesen wäre, jetzt — jetzt hätte ich nicht mehr mit stummem Verzicht abseits stehen können.«

Er streichelte zärtlich über ihr Haar.

»Du hast hoffentlich nicht ernsthaft gefürchtet, daß ich dir auch nur mit einem Gedanken hätte untreu werden können. Da hätte ich doch alles aus meinem Leben streichen müssen, was mein Glück ausmacht, müßte alles vergessen, was in Ovamba war. O du goldene, liebe Frau, du bist du! Und dich allein liebe ich von ganzem Herzen und von ganzer Seele. Nie werde ich eine andere Frau lieben als dich!«

Lore sah ihm strahlend in die Augen.

Das Glück blieb den beiden Menschen, die es sich so schwer erkämpft hatten, treu. Sie hatten auch jetzt ihr wohlgerütteltes Maß an Arbeit, aber sie freuten sich ihrer.

Über Richards Schreibtisch hing in einem schlichten Rahmen ein von Lores Hand gestickter Wahlspruch:

Allen Gewalten zum Trotz sich erhalten!

Als Lore ihrem Mann diesen Spruch schenkte, sagte sie lächelnd:

»Es ist zwar geschmacklos, solch einen Spruch aufzuhängen, aber für uns ist er bedeutungsvoll gewesen. Du sollst ihn deshalb immer vor Augen haben, und er soll dich daran erinnern, wieviel der Mensch kann, wenn er nur ernstlich will.«

»Und wenn ihm so eine wundervolle Frau zur Seite steht wie du, meine Lore — das darfst du nicht vergessen«, und zugleich zog Richard Sundheim seine Frau in seine Arme und küßte sie in inniger Liebe.